**Zu diesem Buch :** Wir schreiben das Jahr 1879: Der französische Meisterkoch Jacques Pistoux und seine adlige Geliebte Charlotte Sophie lassen Sizilien hinter sich und erreichen nach einer abenteuerlichen Odyssee Wien. Doch das zarte Glück ist nicht von langer Dauer, die unziemliche Liaison scheitert am Standesdünkel der hochherrschaftlichen Verwandtschaft. Also ist der Amateurdetektiv Pistoux wieder einmal auf sich allein gestellt und gerät unversehens in eine hinterlistige Intrige, als er in einem Kaffeehaus unfreiwillig zum Komplizen eines Mordes wird.

Wie immer spielt Virginia Doyle souverän mit den Gesetzmäßigkeiten des Genres. In ihrem ersten Kriminalroman «Die schwarze Nonne» (Nr. 43321) erwies sich Monsieur Pistoux als überaus lukullische Reinkarnation von Sherlock Holmes, im zweiten Abenteuer «Kreuzfahrt ohne Wiederkehr» (Nr. 43352) orientierte sich die Autorin an Wilkie Collins und wandelte in «Das Blut des Sizilianers» (Nr. 43356) auf den Spuren von Robert Louis Stevenson. Diesmal ließ sich Virginia Doyle vom übersinnlichen Realismus eines Leo Perutz inspirieren.

Ambitionierte Hobbyköche finden alle Rezepturen des Monsieur Pistoux im Anhang.

# Virginia Doyle ⁓ Tod im Einspänner⁓

Rowohlt Taschenbuch Verlag

**r o r o r o   t h r i l l e r**

Herausgegeben von Bernd Jost

Originalausgabe
Veröffentlicht im Rowohlt Taschenbuch Verlag GmbH,
Reinbek bei Hamburg, März 2000
Copyright © 2000 by Rowohlt Taschenbuch Verlag GmbH,
Reinbek bei Hamburg
Redaktion Peter M. Hetzel
Umschlaggestaltung Notburga Stelzer
(Illustration: Jürgen Mick)
Satz Adobe Garamond PostScript (PageOne)
Gesamtherstellung Clausen & Bosse, Leck
Printed in Germany
ISBN 3 499 43368 0

# Inhalt

*Für A.C.E.M.W. –*
*in Erinnerung an einen denkwürdigen Abend*
*in der Loos-Bar zu Wien.*

«Sehen Sie, meine Gnädigste, es genügt nicht,
beim Fleischer ein zartes Stück zu verlangen.
Man muß darauf achten, in welcher Art es geschnitten ist.
Ich meine, Querschnitt oder Längsschnitt.
Die Fleischer verstehen heutzutage ihr Handwerk nicht mehr.
Das feinste Fleisch ist verdorben,
nur durch einen falschen Schnitt.»

Joseph Roth, Radetzkymarsch

∿ I ∾ *IM FIEBERWAHN*   Als sein Blick auf die große Uhr über der prunkvollen gläsernen Eingangstür des Café Metropol fiel, bemerkte der Wiener Dichterfürst Friedrich Berg den Fehler. Er saß im falschen Kaffeehaus!

Eigentlich war nichts gegen das Metropol einzuwenden. Es befand sich in bester Lage an der Ringstraße, gar nicht weit von der Wohnung des Dichters entfernt, in einem gewölbeartigen Saal mit Säulen, die in spitze Bögen mündeten. Von der hohen Decke hingen üppige Lüster. Darunter standen runde Marmortische und Bugholzstühle. Vor den Wänden, unter einer endlosen Reihe von Spiegeln, und vor den hohen Fenstern konnte man es sich auf roten Sofas bequem machen. Friedrich Berg hatte, ohne nachzudenken, den gleichen Platz eingenommen, auf dem er früher immer gesessen hatte. Genau wie früher hatte ihn der Oberkellner respektvoll begrüßt: «Habe die Ehre, Herr Professor.» Die Andeutung einer Verbeugung, ein gefrorenes Lächeln – «der Herr Franz» beherrschte die Umgangsformen in höchster Vollendung. Aber wirkte er heute nicht etwas steifer als sonst?

Von seiner Fensternische aus hatte Berg einen guten Blick nach draußen auf das breite Trottoir der Ringstraße, wo die Passanten gegen den Schneeregen und gelegentlich herabfallende Dachlawinen ankämpften.

Wegen des scheußlichen Schnees hatte er sich entschlossen, einen Fiaker zu nehmen. Sein Sekretär, der bläßliche Joseph Schlick, hatte dem Dichter eine Kutsche herangewinkt und gleichzeitig den Schirm schützend über seinen Kopf gehalten. Als Berg eingestiegen war, hatte er seinen Sekretär wie jeden

9

Morgen mit den Worten: «Na, dann tun Sie mal Ihre Arbeit, Sie wissen ja, wie's geht.» verabschiedet. Dann befahl er dem Kutscher, ihn zum Café Metropol zu fahren, das ringstraßenabwärts auf der anderen Seite lag.

Im Fiaker war Friedrich Berg kurz eingenickt. Er fühlte sich ein wenig krank in letzter Zeit. Müde, erschöpft und unkonzentriert. Seine Beine wollten manchmal nicht mehr richtig funktionieren, er zitterte, gelegentlich verschwamm die Umgebung vor seinen Augen zu einem unscharfen grauen Nebel. Er schob es aufs Alter. In solchen Momenten umkrampften seine Hände den silbernen Knauf seines Spazierstocks, der einem Alpengipfel nachempfunden war, und er fragte sich, ob sein Ruhm schon groß genug war, daß man ihn im Falle seines Ablebens mit einer glorreichen Parade auf dem Heldenplatz verabschieden würde. Tatsächlich war er gerade mal 60 Jahre alt, wirkte aber in letzter Zeit sehr blaß, wie er jeden Morgen beim Blick in den Spiegel feststellte.

Friedrich Berg fröstelte in seiner Nische. Eine Erkältung, es muß eine Erkältung sein, dachte er.

Der Zuträger brachte einen Einspänner. Auf dem Tablett lag neben dem Kaffee und dem Wasserglas ein *Kipferl*. Genau so pflegte Friedrich Berg hier früher immer sein Frühstück zu verzehren.

Doch heute hob er abwehrend die Hand und sagte: «Bringen's mir einen Fiaker.» Der Alkohol würde ihn aufwärmen. Der Zuträger verschwand, ohne eine Miene zu verziehen.

Der Pikkolo brachte die Zeitung. Der Zuträger kam mit dem Fiaker und dem Gebäck. Friedrich Berg trank den Kaffee aus, solange er heiß war, und verzehrte das Hörnchen, obwohl er kaum Hunger hatte. Dann lehnte er sich zurück und spürte, wie der Alkohol ihn innerlich erhitzte.

Dann bemerkte er den besorgten Blick des Herrn Franz.

Ihm fiel auf, daß auch die anderen Kellner immer wieder zu ihm herüberblickten. Der Grüßer, der von Tisch zu Tisch ging, um den Gästen einen guten Tag zu wünschen, mied ihn. Der Oberkellner sah verdächtig oft zur großen Uhr über der Tür. Aber Friedrich Berg ließ sich nicht aus der Ruhe bringen. Trotzdem warf er irgendwann zwischendurch einen kurzen Blick auf die Uhr: Es war kurz vor elf.

Und? Hatte diese Uhrzeit etwa eine besondere Bedeutung? Mit einemmal fiel es ihm wieder ein! Natürlich! Diese Uhrzeit hatte eine besondere Bedeutung. Jeden Tag um elf Uhr ging die Tür des Café Metropol auf ...

Der Dichter starrte auf den großen Zeiger der riesigen Uhr, der jetzt nach vorne ruckte. Der kleine Zeiger schob sich ganz auf die Elf, und jetzt war es soweit ...

Auf die Sekunde genau öffnete sich die herrliche Glastür, und herein trat ein Mann in der Uniform eines Obersts der Kavallerie.

Friedrich Berg starrte den Offizier an, als sei er eine Erscheinung. Die Kellner hielten den Atem an.

O Gott, dachte der Dichterfürst, ich habe einen unverzeihlichen Fehler begangen!

Wie hatte er nur vergessen können, warum er dieses Etablissement gemieden hatte? Was war nur mit ihm los? Hatte er gestern zuviel Wein getrunken? Wie hatte er bloß vergessen können, daß dies das Stammcafé von Oberst Otto von Chudenitz war?

Was genau mit ihm nicht stimmte, konnte Friedrich Berg nicht mehr ergründen. Er spürte, wie es ihm gleichzeitig heiß und kalt den Rücken hinunterlief. Er merkte, daß er errötete und kurz darauf erblaßte. Er sah, wie der Oberst auf seinen Tisch zusteuerte. Er wollte aufstehen, blieb aber wie gelähmt sitzen.

Oberst von Chudenitz trat gemessenen Schrittes näher. Sein großer Schatten fiel auf den Dichterfürsten. Er war in Uniform, seine breite Hand lag auf dem Griff seines Säbels. Ganz ruhig schien der Oberst zu sein, aber der mächtige Schnauzbart bebte unter der klobigen Nase. Er war außer sich, auch wenn man es ihm nicht ansah. Womöglich zu allem fähig! Eine Hitzewelle durchjagte den Körper des Dichters und mündete in einen plötzlichen Anfall von Schüttelfrost.

«Wollen Sie, daß ich Sie absteche wie ein Schwein, oder soll ich Ihnen den Kopf abschlagen?» hörte Friedrich Berg den Oberst sagen. Seltsamerweise bewegten sich dessen Lippen dabei überhaupt nicht.

Tatsächlich hatte der Oberst überhaupt nichts gesagt. Der Dichter versuchte, die zitternden Hände ruhig zu halten, und merkte, daß seine Beine einen noch schlimmeren Veitstanz aufführten.

«Ich werde Sie vierteilen, zerhacken und den Hunden zum Fraß vorwerfen», glaubte der Dichter den Offizier zu hören.

Der Dichter wurde jetzt grün im Gesicht. Aus seinen Mundwinkeln tröpfelte Speichel. Ihm war speiübel. Er wollte sich übergeben. Ein Krampf schüttelte ihn. Er konnte sich nicht mehr auf dem Sofa halten, mußte sich zur Seite beugen, würgte und erbrach eine Mischung aus Magensäften und Kipferl. Dann rutschte er von seinem Sitz auf den Boden, spuckte ein wenig und blieb wie ohnmächtig direkt vor den blankgeputzten Stiefeln des Obersts liegen, die Augen starr auf die Stiefelnaht gerichtet.

Der Oberst drehte sich um und winkte seinem Adjutanten, der einige Meter hinter ihm gewartet hatte. Der Adjutant eilte herbei, bückte sich und rieb mit dem Ärmel über die Stiefelspitzen, um die Speichelspritzer des Dichterfürsten zu beseitigen.

Dann wandte sich von Chudenitz um und marschierte gemessenen Schrittes ins Billardzimmer.

Niemand eilte dem Dichter zu Hilfe. Alle sahen weg, wollten nichts bemerkt haben.

Friedrich Berg rappelte sich auf und taumelte zur Tür. Er vergaß zu bezahlen, er vergaß seinen Mantel. Kein Fiaker hielt für ihn an. Er wurde naß, holte sich eine schlimme Erkältung, sogar eine Lungenentzündung.

Aber er träumte nicht mehr davon, als «schöne Leich» über den Heldenplatz zu paradieren.

Wochenlang hütete er das Bett. Erst als es Frühling wurde, wagte er sich wieder ans Fenster und dachte an die bevorstehenden Proben zu seinem neuesten Theaterstück.

Friedrich Berg hoffte auf eine triumphale Premiere. Bis dahin würde hoffentlich dieser Husten vorbei sein, der ihn plagte, seit die Lungenentzündung abgeklungen war. Und diese anhaltende Schwäche in den Beinen mußte auch noch bezwungen werden.

Er sehnte sich nach dem alten Glanz.

~ 2 ~ BEIM HEURIGEN Sie standen vor einem Tempelbau mit griechischen Säulen. Es war ein strahlender Maitag. Die Sonne spielte mit den Blättern der Bäume, die in frischem Grün strahlten.

«Sieh nur», sagte Charlotte Sophie, «diese Säulen. Sie erinnern mich an die Ruine in Sizilien.»

«Ja», sagte der stattliche Mann mit dem dunklen Teint und dem stolzen Schnurrbart, bei dem sie sich eingehängt hatte. «Ich erinnere mich. Es ist jetzt neun Monate her. Es war heiß. Das Land war ausgetrocknet.»

«Es war heiß auf Sizilien», wiederholte die junge Frau gedankenverloren.

«... Und es war eine schwere Zeit.»

«Ja, wirklich. Es waren ungeheuerliche Wirrungen, denen wir dort ausgesetzt waren. Aber sie hatten auch ihr Gutes.»

«Sie hatten ihr Gutes?» fragte der Mann an Charlotte Sophies Seite.

«Aber ja!» rief sie schwärmerisch aus. «Sie haben uns doch zusammengebracht.»

«Das ist wahr.»

«Und vor allem: Das ist gut.»

«Du hast recht.» Er beugte sich zu ihr herunter, sie senkte den kleinen Sonnenschirm, um sich vor neugierigen Blicken zu schützen. Dann küßten sie sich.

Die Säulen gehörten nicht zu einem Tempel, sondern verzierten den Eingang zu einem der vielen Schwefelbäder der Kurstadt Baden. Hier, in dem südlich von Wien gelegenen kleinen Ort mit den hübschen Biedermeierhäusern, waren Charlotte Sophie und ihr Begleiter Jacques Pistoux nach einer langen Reise durch Italien angelangt. Die Reise hatte unter turbulenten Umständen auf Sizilien begonnen, als Charlotte Sophie das Opfer einer Entführung geworden war. Jacques Pistoux gelang es schließlich, sie aus den Fängen finsterer Banditen in den sizilianischen Bergen zu retten. Sie wurden ein Paar und lernten sich auf dem weiten Heimweg vom Süden Italiens bis hinauf in den österreichischen Norden kennen und lieben.

Nun hatten sie Wien fast erreicht, und Charlotte Sophie war freudig erregt. Pistoux spürte eine nervöse Unruhe: Wien, das war Charlotte Sophies Welt. Er fürchtete, daß es nicht leicht sein würde, sich nach einer so langen Reise wieder in den Alltag einer Großstadt einzufügen. Lieber wäre es ihm gewesen, sie wären in eine französische Stadt gereist, am besten Paris. Frankreich war seine Heimat. Österreich, das hatte er gleich nach dem Grenzübertritt bemerkt, beunruhigte ihn. Auch Charlotte Sophies Versicherungen – «Du wirst sehen, es ist so schön wie Paris.» – hatten ihn nicht beruhigen können, obwohl er so getan hatte, als würde er sich freuen.

Pistoux blickte sich um. Kein Zweifel, dies war ein hübsches Städtchen, eine in sich ruhende, kleine, abgeschlossene Welt.

Seine Begleiterin riß ihn aus seiner Grübelei: «Ich werde ein Schwefelbad nehmen!» rief sie begeistert aus. «Kommst du mit?»

Pistoux lächelte nachsichtig: «Das wird kaum möglich sein.»

«Zu schade. Aber nimm doch auch ein heißes Bad.»

«Nein, ich bleibe draußen. Es ist schön hier.»

«Gut», sagte sie. «Aber lauf mir nicht davon!»

Damit verschwand sie zwischen den Säulen des kleinen Tempels, den tüchtige Geschäftsleute der Gesundheit geweiht hatten.

Pistoux entschloß sich zu einem kleinen Spaziergang. Es war warm, der Himmel strahlte in schönstem Frühlingsblau, und er dachte an Italien, während er die kleinen Gassen des Kurortes entlangschritt. Er dachte an Wanderungen durch Olivenhaine und an endlose Spaziergänge entlang einsamer Mittelmeerstrände. Er dachte an kleine Orte in den Bergen, wo sie in einfachen Gasthöfen oder bei Bauern übernachtet hatten. Sie waren arm gewesen, aber das hatte ihnen nichts ausgemacht. Gelegentlich hatte Pistoux eine Arbeit angenommen, zumeist in größeren Städten, wo er aushilfsweise in seinem Beruf als Koch arbeiten konnte. Er hatte nach besten Kräften für Charlotte Sophie gesorgt, und sie hatte ihn mit ihrer Liebe belohnt. Doch seit gestern abend waren sie in ihrer Welt angekommen. Pistoux spürte, daß eine Wende bevorstand, und er fürchtete sich davor.

Im Schatten vor einem kleinen, windschiefen Haus sah er einen kleinen buckligen Mann von beinahe zwergenhaftem Wuchs stehen. Er trug einen weiten Mantel und den Hut tief ins Gesicht gezogen. Pistoux bildete sich ein, der Zwerg würde ihn beobachten. Hatte er diesen seltsamen Kerl mit dem stechenden Blick nicht schon mal irgendwo gesehen? Pistoux schüttelte den Kopf. Er sah schon Gespenster.

Sie waren am Vortag in einem Heurigenlokal an einem Weinhang am Rand des Ortes abgestiegen. Der Kutscher hatte es ihnen als preiswerte Gaststätte mit Übernachtungsmöglichkeit empfohlen. Über der Tür des kleinen Hauses hing eine Sonne aus Stroh, als Zeichen, daß hier Wein ausgeschenkt wurde, wie Charlotte Sophie ihm erklärte. Durch einen Torbogen gelangten sie in einen Innenhof, wo lange Holztische und Bänke standen, an denen die Gäste saßen, tranken und sich unterhielten.

Die Österreicher waren andere Menschen als die Italiener. Sie waren größer, auch dicker. Sie lachten gern, tranken viel und wurden immer lauter. Zu späterer Stunde allerdings verstummten manche von ihnen plötzlich und wirkten fast apathisch.

Sie aßen Unmengen, obwohl das Heurigenlokal, wie Pistoux sich erklären ließ, kein Restaurant war. Manche hatten sich etwas mitgebracht, zum Beispiel Speck, Käse, Wurst, Brot, Zwiebeln und Radieschen. Andere ließen sich von den Wirtsleuten bedienen und lobten den *Liptauer*, den *warmen Erdäpfelsalat*, das *Selchfleisch* und den *Schweinsbraten*.

Zum erstenmal, seit sie Sizilien verlassen hatten, war Charlotte Sophie ihm fremd vorgekommen. Ganz offensichtlich fühlte sie sich inmitten der lärmenden, derben Menschen wohl. Sie lachte, erzählte lustige Geschichten, legte wildfremden Menschen freundschaftlich die Hand auf den Arm und ließ einen Kaiser hochleben, von dem sie bis zu diesem Abend noch nie gesprochen hatte. Als Pistoux sie danach fragte, deutete Charlotte Sophie in eine Ecke, wo das Bild eines bärtigen Mannes in weiß-roter Uniform hing, der gleichzeitig streng und gütig dreinblickte, eine Hand am Koppel, die andere am Degengriff.

«Ach, Jakob!» rief Charlotte Sophie. «Du weißt ja gar nicht, was für eine Freude es mir macht, hier so mitten unter den Menschen zu sitzen.»

Er sah sie erstaunt an. Hatten sie nicht monatelang jeden Tag unter Menschen zugebracht?

«Ich bin doch hier aufgewachsen, in Wien», sagte sie. «Nachdem meine Eltern gestorben waren, kam ich nach Wien zu meiner älteren Schwester Mizi. Dieses Land hier ist meine Heimat.» Dann verdüsterte sich ihr Blick: «Aber wenn ich erst mal wieder bei ihr wohne, wird es nicht mehr so einfach sein wie jetzt.»

Warum? wollte er fragen, doch sie sprach schon weiter: «Aber du wirst mir doch helfen, Jakob, nicht wahr, du wirst auch weiterhin mein Tor zur Welt sein.»

Er nickte. Zum erstenmal seit langer Zeit kam es ihm fremd vor, daß sie ihn Jakob nannte und nicht Jacques. Vielleicht war es besser so. Inzwischen sprach er ja dank ihrer monatelangen Zweisamkeit recht gut Deutsch. Im übrigen hatte es ihm gar nicht gefallen, wie sie einmal seinen Namen ausgesprochen hatte: «Schackl», hatte sie zu ihm gesagt, als sie sich einmal wegen irgendeiner Kleinigkeit über ihn lustig gemacht hatte. Gleich darauf hatte es ihr leid getan, und er hatte bemerkt, daß es sich bei diesem «Schackl» keinesfalls um ein schmeichelhaftes Kosewort handelte. Es war besser, sie, er und alle anderen blieben bei Jakob.

Sie hatten, wie alle anderen in diesem Lokal, schon mehr getrunken, als ihnen guttat. Es war dunkel geworden und kühl. Die Öllampen warfen ein flackerndes Licht an die Wände des Innenhofs, die ersten Gäste brachen bereits auf. Plötzlich stand ein schmächtiger alter Mann vor ihnen. Er war Pistoux schon aufgefallen, denn er hatte bereits seit einer Weile im Torbogen gestanden und zu ihnen herübergeblickt. Pistoux war sich nicht sicher gewesen, ob er sie angesehen oder einfach nur in die Ecke gestarrt hatte.

Der Alte schlurfte zielstrebig durch den Hof auf ihren Tisch zu. Er trug einen langen Mantel, der fast bis zum Boden reichte. Über seiner Schulter hing eine große Ledertasche an einem Riemen. Seinen Hut hatte er abgenommen. Darunter war schütteres, klebriges graues Haar zum Vorschein gekommen. Seine Hände, die den verbeulten Hut umkrampften, waren unverhältnismäßig groß, die Finger lang und knochig.

«Entschuldigen Sie meine Aufdringlichkeit», sagte der alte Mann. «Gestatten Sie?»

Pistoux macht eine abwehrende Handbewegung, die der Mann nicht wahrnahm, weil er Charlotte Sophie mit unverhohlener Neugier musterte.

«Wirklich ein schönes Kind», murmelte er und beugte sich vor, um sie näher anzusehen. «Zweifellos ein schönes Kind», wiederholte er.

«Hören Sie», sagte Pistoux. Er war kurz davor aufzustehen, aber Charlotte Sophie, die den Mann mit einem ungläubigen Lächeln anstarrte, hielt ihn zurück, indem sie ihre Hand auf seinen Arm legte.

Der alte Mann schüttelte betrübt den Kopf. «Das Licht ist zu schwach. Meine Augen …»

«Entschuldigen Sie bitte, mein Herr.»

Der Alte richtete sich wieder auf. «Aber nein», sagte er, «da gibt's nichts zu entschuldigen. Sie haben ganz recht.»

Pistoux zuckte verärgert mit den Schultern.

«Darf ich einen Schluck?» fragte der Alte und deutete auf Pistoux' halbgefülltes Weinglas.

«Trinken Sie!» forderte Pistoux ihn auf, in der Hoffnung, der Störenfried würde dann gehen.

Der Alte griff nach dem Weinglas und trank es in einem Zug aus wie Wasser. Er stellte das Glas zurück, stöhnte zufrieden, rülpste und wischte sich den Mund mit dem Handrükken ab. Dann deutete er mit seinem langen, knochigen Zeigefinger direkt in Pistoux' Gesicht.

«Ein sehr bemerkenswerter Schädel», sagte er.

«Bitte …» versuchte Charlotte Sophie sich einzuschalten.

Der alte Mann hob wie beschwörend die freie Hand und auch die andere, in der er den Hut hielt.

«Ein sehr bemerkenswerter französischer Schädel», sagte der Mann. «Sie sind doch Franzose?» Wieder beugte er sich nach vorn.

«Ich wüßte nicht, was Sie das angeht», sagte Pistoux mit rauher Stimme.

«Jakob», versuchte Charlotte Sophie ihn zu besänftigen.

«Er soll gehen», sagte Pistoux, der nicht mehr wußte, wie er sich in dieser eigenartigen Situation in einem fremden Land verhalten sollte.

«Natürlich gehe ich», sagte der Mann. «Wir werden alle eines Tages gehen. Und dann bleibt von uns nichts weiter übrig als blanke Knochen, und die zerfallen bald zu Staub.» Er hustete und fuhr fort: «Blanke Knochen, vor allem der Schädel. Der Schädel ist das Wichtigste.»

«Hören Sie jetzt auf», sagte Pistoux. Er sah Charlotte Sophie an, die gebannt auf den Störenfried blickte. Um sie herum schien sich niemand um den Eindringling zu kümmern. Man trank, redete, lachte.

Der Alte ließ sich nicht beirren. Er öffnete die umgehängte Tasche und griff hinein.

«Darf ich Ihnen meinen Lehrer und Meister vorstellen?» fragte er und zog einen Totenschädel hervor.

Charlotte Sophie schrie auf, Pistoux hielt den Atem an.

«Was soll das?» fragte Pistoux.

Der alte Mann verbeugte sich andeutungsweise und sagte: «Gestatten Sie, Rudnik, Doktor Rudnik, wenn's beliebt. Und dies hier», er deutete auf den Schädel, den er jetzt erstaunlich sicher auf der Handfläche balancierte, «dies ist mein Herr und Meister Professor Gall, nach seinem Ableben.»

Die Angesprochenen starrten ihn regungslos an.

Rudnik beugte sich nach vorn: «Glauben Sie nicht, was andere erzählen. Professor Gall liegt nicht in seinem Grab. Er hängt auch nicht als nacktes Gerippe im wissenschaftlichen Institut. Alles Lüge. Er hat seine letzte Ruhestätte bei mir gefunden. Bei mir, seinem wissenschaftlichen Erben.»

Plötzlich richtete er sich wieder auf und bekam einen fürsorglichen Gesichtsausdruck: «Oh ... habe ich Sie etwa erschreckt? Das tut mir leid. Es lag nicht in meiner Absicht, gnädiges Fräulein, verzeihen Sie mir. Ich wollte mich nur vorstellen.» Er ließ den Schädel wieder in die Tasche gleiten.

«Sie sind also wieder zurück, gnädiges Fräulein. Im Wonnemonat Mai kehren Sie heim. Ausgezeichnet. Und einen Schädel haben Sie auch mitgebracht, einen Franzosenschädel, wie schön.» Er hustete wieder. Dann blickte er Pistoux an: «Sie sind Koch?»

Pistoux stand ruckartig von der Bank auf: «Hören Sie!» rief er laut.

Rudnik prallte zurück. Er grinste schief: «Sie sind aufbrausend, aber trotzdem ein intelligenter Mensch. Beruhigen Sie sich. Es besteht kein Grund zur Aufregung.» Er sah Charlotte Sophie an. «Das wird schwierig für Sie, gnädiges Fräulein … ein Koch.»

Er drehte sich um und ging eilig davon.

«Warten Sie!» rief Charlotte Sophie ihm nach.

«Wer war das?» fragte Pistoux.

«Ich weiß es nicht.»

«Er kennt dich.»

«Unmöglich. Ich habe ihn nie gesehen.»

«Was sollten diese Anspielungen bedeuten?»

«Nichts, es ist doch ohne Bedeutung. Ein verwirrter alter Mann.»

«Mir kam er nicht so verwirrt vor.»

«Dann eben wunderlich.»

«Ein Phrenologe.»

«Ein was?»

«Ein Schädelkundler. Er schließt von der Kopfform auf den Charakter eines Menschen.»

«Na bitte, ein verwirrter Professor. Jakob, ich bitte dich, glaube mir. Ich habe diesen Mann heute abend zum erstenmal in meinem Leben gesehen.»

«Gut», sagte Pistoux. «Aber laß uns jetzt schlafen gehen.»

Und nun, einen Tag später, während er durch die malerischen Straßen des kleinen Biedermeierstädtchens spazierte, dachte Pistoux noch einmal über den gestrigen Vorfall nach. Dieser seltsame alte Mann hatte sich nicht nur für sie beide interessiert, er hatte auch erstaunlich viel über sie gewußt. Je mehr er darüber nachdachte, um so unruhiger wurde er. Wie lange war er jetzt schon unterwegs? Er drehte sich um und eilte zum Badehaus zurück. Als er dort ankam, trat Charlotte

Sophie gerade zwischen den Säulen hindurch und kam die Treppe herunter. Sie winkte ihm zu. Er war erleichtert, sie in so fröhlicher Stimmung anzutreffen.

«Na, Jakob, wie gefällt dir dieses kleine Städtchen?»

«Es ist hübsch.»

«Warte nur ab, bis wir in Wien sind. Dann wirst du staunen.»

～ 3 ～ GEHEIME AKTEN   Oberst von Chudenitz saß in seinem Arbeitszimmer in einem unauffälligen Seitentrakt eines Adelspalais nahe der Hofburg. Soeben hatte er mit seiner rechten Hand hinter sich gegriffen und energisch an dem reichverzierten Seidenband gezogen, um seinen Adjutanten aus dem Vorzimmer zu rufen.

Leutnant Conradi war gerade dabei, einen Bericht abzulegen, der die Aufschrift «v. Chudenitz – Sehr geheim!» trug. Er legte die Blätter ein, klappte den Aktenordner zu, strich sich mehrmals über den dünnen Schnurrbart, versuchte, ihn zu zwirbeln, was wie immer nicht gelang, und stand auf. Sein Schreibpult befand sich genau in der Mitte des Zimmers. Leutnant Conradi durchquerte das Zimmer, vorbei an den hohen, mit geheimen Papieren vollgestopften Aktenschränken, und klopfte an die große Tür.

«Herein!» tönte die laute Stimme des Obersts.

Der Adjutant trat ein, deutete eine Verbeugung an und lief zielstrebig auf den unbequemen Stuhl zu, der vor dem mächtigen Schreibtisch stand, hinter dem von Chudenitz thronte. An der Wand, direkt über dem kahlen Schädel des Obersts, hing das Bild des Kaisers. Es hing so hoch, daß es auch noch zu sehen war, wenn man auf dem Stuhl Platz genommen hatte. Es war ein furchteinflößender Anblick: direkt vor einem der Oberst, hinter ihm der Kaiser.

Doch diesmal setzte sich der Adjutant auch nach einer auffordernden Handbewegung seines Vorgesetzten nicht hin. Respektvoll blieb er stehen, in der Hand den Ordner mit dem neuesten Bericht.

«Sie haben Meldung zu machen, Leutnant?» fragte der Oberst wie jeden Tag um diese Zeit.

«Jawohl, Herr Oberst!»

«Gibt's was Neues?»

«Jawohl, Herr Oberst.»

Von Chudenitz griff nach seinem Monokel und klemmte es vors linke Auge.

«Na bitte», sagte er, als hätte er es schon geahnt.

Der Leutnant trat vor und legte die Dokumente auf den Tisch. Der Oberst zog den Ordner zu sich hin, las die Aufschrift «Sehr geheim!», nickte und murmelte: «So, so.»

Seit Jahren versuchte Leutnant Conradi zu ergründen, ob er auf dieses undeutliche «So, so» mit «Jawohl, Herr Oberst» antworten sollte oder nicht. Meistens räusperte er sich leise und schlug die Hacken zusammen. So auch diesmal.

Von Chudenitz schlug den Ordner nicht auf. Das tat er niemals. Statt dessen blickte er seinen Adjutanten forschend an, der daraufhin mit seinem Bericht begann.

«Melde gehorsamst, Herr Oberst, neue Entwicklungen und Erkenntnisse.»

«Sehr gut, Leutnant, erzählen Sie.»

«Die fraglichen Personen nähern sich der Stadt.»

«Aha. Wien?»

«Sehr wohl, Herr Oberst.»

«Na bitte.»

«Sie werden womöglich bald hier sein.»

«Können Sie sich nicht präziser ausdrücken?»

Leutnant Conradi schlug die Hacken erneut zusammen: «Sehr wohl, Herr Oberst. Die fraglichen Personen befinden sich zur Zeit in Baden.»

Der Oberst nahm das Monokel herunter und blickte über seinen Adjutanten hinweg in die Ferne.

«So, so. In Baden. Scheinen's nicht eilig zu haben.»

«Melde gehorsamst, sie haben sich dort unters Volk gemischt.»

«Unters Volk?»

«Sie haben beim Heurigen gesessen. Gescherzt haben sie.»

«Mit dem Volk?»

«Mit den anderen Gästen. Das gnädige Fräulein ist sehr fröhlich gewesen.»

«So, so, fröhlich», murmelte von Chudenitz.

«Sie haben getrunken und gegessen und die Nacht im Gasthof verbracht», sagte Conradi und fügte hinzu: «Ein sehr einfacher Gasthof.»

«Sind nicht gleich weitergefahren, sondern in Baden geblieben.»

«Am nächsten Tag hat das gnädige Fräulein einem Kurbad einen Besuch abgestattet.»

«Man nimmt sich Zeit, will man denn gar nicht mehr kommen?»

«Der ... äh ...» Conradi räusperte sich. «... Begleiter des gnädigen Fräuleins ...»

«Ja?» Der Oberst starrte seinen Adjutanten ausdruckslos an.

«Wir wissen jetzt, daß es sich keineswegs um einen Italiener handelt.»

«Aha. Sondern?»

«Franzose.»

«Hm.»

«Unser … Informant … hat ihn französisch sprechen gehört.»

«Das hat doch keinerlei Bedeutung», sagte der Oberst streng.

«Mit anderen Franzosen, die sie in Venedig trafen.»

«Absichtlich?»

«Wie meinen, Herr Oberst?»

«Ob die Zusammenkunft absichtlich geschah?»

«Es waren Reisende, ebenfalls Reisende. Eine Zufallsbekanntschaft offenbar.»

«Sie sagen offenbar, vermeiden Sie in Zukunft diesen Ausdruck. Sehr unpräzise.»

«Jawohl, Herr Oberst. Der … äh … Begleiter … des gnädigen Fräuleins erzählte von seiner Herkunft. Er stammt aus Nizza.»

«Nizza? Ist das nicht eine italienische Stadt?»

«Nicht mehr, Herr Oberst. Sie gehört jetzt zu Frankreich.»

«Ein Franzose aus Nizza, hm …» Von Chudenitz blickte wieder auf den Ordner mit der Aufschrift «Sehr geheim».

«Adelstitel, Dienstgrad?»

«Es handelt sich um einen Zivilisten.»

«Ein Zivilist, so.»

«Ganz recht.» Conradi wurde immer nervöser. Es drängte ihn, von einem Fuß auf den anderen zu treten. Aber in dieser Situation war Haltung gefragt.

«Nun ja. Das Prädikat?»

Conradi schluckte. «Keins», stieß er heiser hervor.

«Ein Bürgerlicher?»

«Offenbar.» Der Leutnant zuckte zusammen. Wieder dieses Unwort! «… Ich meine ohne Zweifel, Herr Oberst, ein Bürgerlicher.»

Hoffentlich wenigstens das, dachte Conradi, während er zusah, wie der Oberst den Kopf schüttelte.

«Nun ja», sagte von Chudenitz nach kurzem Schweigen, «immerhin hat er sie sicher durch Italien gebracht.»

Nicht sicher, dachte Conradi ängstlich, im Gegenteil. Er räusperte sich.

«Sie haben recht lange gebraucht von Sizilien ...» deutete er an.

«Recht lange?»

«Immerhin neun Monate.»

«Neun Monate?» Der Oberst blickte mit zusammengekniffenen Augen an seinem Adjutanten vorbei ins Leere.

«Ja, in der Tat.»

«Und in Venedig sind sie gewesen?»

«Auch in Florenz, Rom, Neapel und in vielen anderen Orten. Kein geradliniger Weg.»

«Sie haben sich also Zeit gelassen.»

«Ganz recht.»

Plötzlich heftete der Oberst seine stechenden Augen unter den buschigen Augenbrauen auf Conradi, der ängstlich zusammenzuckte.

«Warum?» fragte von Chudenitz.

«Weil, weil, es ...» stotterte Conradi.

«Nun?»

«Es ... es ist ... sehr ... prekär ... Herr Oberst.»

Die buschigen Augenbrauen glitten nach oben. Von Chudenitz beugte sich nach vorn.

«Prekär?» fragte er drohend.

Conradi deutete auf den ungeöffneten Ordner, als wollte er sagen: «Lesen Sie bitte selbst.» Aber natürlich würde der Oberst den Bericht niemals lesen, dazu hatte er ja seinen Adjutanten.»

«Der letzte Bericht», sagte der Leutnant.

«Neue Entwicklungen?» gab von Chudenitz das Stichwort.

«Ja, neue Entwicklungen.» Conradi war dankbar für diese Formulierung. Es klang amtlich und distanziert.

«Erklären Sie!»

«Die neuen Entwicklungen verhalten sich derartig», begann der Leutnant gewunden, «daß das gnädige Fräulein und ihr französischer Begleiter in einem Moment, in dem sie sich unbeobachtet glaubten, einander ... geküßt haben.»

Oberst von Chudenitz stemmte seine kräftigen Arme auf die Tischplatte, beugte sich weit nach vorn, schnellte dann zurück und warf dabei seinen aus schwerem Eichenholz gefertigten Schreibtischsessel um und schrie: «Was? Geküßt? Was!»

Der Leutnant trat erschrocken zurück und duckte sich. Der Oberst schlug mit seiner großen Hand auf den Tisch.

«Das wagen Sie mir zu sagen! Geküßt? Noch dazu mit einem Bürgerlichen! Sind Sie des Teufels? Warum wohl habe ich Sie beauftragt, die beiden zu beschatten? Geküßt! Konnte das nicht verhindert werden? Was sind das für erbärmliche Versager, die Sie geschickt haben, Leutnant?»

Conradi zuckte hilflos mit den Schultern. Er war leichenblaß geworden. Das Schlimmste hatte er ja noch gar nicht mitgeteilt, nämlich daß die beiden beschatteten Personen sich nicht nur sehr oft geküßt, sondern auch während der ganzen Reise ihr Nachtlager geteilt hatten. Der Leutnant verzichtete auf diesen ergänzenden Hinweis. Er verzichtete auch darauf, dem Oberst zu erläutern, daß er keineswegs eine ganze Truppe von Spitzeln und Aufpassern losgeschickt hatte, sondern nur eine einzige Person. Mehr standen ihm nicht zur Verfügung. Er sah betreten zu Boden und schwieg.

«Bringen Sie mir die beiden!» forderte der Oberst, der sich nun wieder unter Kontrolle hatte. «Vor allem bringen Sie mir dieses bürgerliche Subjekt. Ich werde ihn mir ansehen.» Er senkte seine Stimme zu einem drohenden Flüstern. «Ich werde ihn mir ganz genau ansehen. Und dann gnade ihm Gott!»

Wieder ruhte der stechende Blick des Obersts auf Conradi. Der Leutnant stand da wie ein geprügelter Hund, der am liebsten weggelaufen wäre.

«Na los!» kommandierte der Oberst. «Worauf warten Sie noch? Schaffen Sie die beiden her!» Dann hob er die Hand: «Aber halt! Nicht so. Gehen Sie behutsam zu Werke. Lassen Sie sie nach Wien kommen, und geben Sie mir dann sofort Bescheid.»

«Jawohl, Herr Oberst.»

«Nun aber los!»

Der Oberst hatte es plötzlich sehr eilig. Es war schon nach elf. Normalerweise arbeitete er niemals länger als bis kurz vor elf. Dann meldete sich der Hunger auf ein Gabelfrühstück. So war es auch jetzt. Von Chudenitz bemerkte, wie es in seinem großen, runden Bauch gurgelte. Er fühlte diese Leere, die heute noch viel deutlicher zu spüren war als sonst, was an der Aufregung liegen mußte. Schon lange hatte er sich nicht mehr derartig echauffiert. Er griff nach seinem Koppel, das an einem silbernen Haken an der Wand hing, und schnallte es um.

Leutnant Conradi reichte ihm Überwurf und Mütze und salutierte, als der Oberst das Vorzimmer durchquerte, um seine Amtsstuben zu verlassen. Dann ließ er sich auf seinen Stuhl fallen und atmete tief ein und aus. Er mußte unbedingt sofort mit Greiner sprechen.

~4~ ᛒESPITZELT «Straßenbahnen!» rief Charlotte Sophie aus. «Ist das nicht wunderbar?»

Pistoux war sich nicht ganz sicher, was an einer Pferdekutsche auf Schienen so wunderbar sein sollte, aber er nickte.

«Überhaupt die Ringstraße», fuhr Charlotte Sophie fort, «das ist Fortschritt. Es ist noch gar nicht lange her ...» Sie zögerte und lächelte dann verträumt: «Damals standen hier noch die häßlichen Mauern der Befestigungsanlage. Der Kaiser hat angeordnet, sie niederzureißen, um Platz für eine große Straße zu schaffen. Ist sie nicht prächtig?»

«Ja», mußte Pistoux zugeben. «Sie erinnert mich an Paris. Dort gibt es auch breite Boulevards.»

Die Sonne schien an diesem schönen Maitag. Sie waren mit der Kutsche des Weinhändlers gekommen, bei dem sie übernachtet hatten. Der Winzer wollte ein paar neue Fässer besorgen und hatte sie bis in die Vorstadt mitgenommen.

Nun hatten sie das Ziel ihrer Reise erreicht. Charlotte Sophie war glücklich, wieder in ihrer Heimatstadt zu sein, und konnte gar nicht aufhören, ihm allerlei großartige Gebäude und Plätze zu zeigen, ihm die Geschichte von Männern zu erzählen, denen Denkmäler errichtet worden waren, und vom Kaiser zu schwärmen.

Letzteres zum Mißvergnügen ihres Begleiters, der ihr als Franzose und Republikaner zu erklären versuchte, daß es sich bei den Revolutionären von 1789 nicht um Verbrecher, sondern um Freiheitskämpfer gehandelt hatte. Stets hatte sie ihm bei seinen Ausführungen, die durchaus leidenschaftlich gewesen waren, aufmerksam zugehört und manchmal geseufzt: «Ach, Jakob! Was hätte ich alles versäumt, wenn ich dich nicht getroffen hätte.» Er hatte versucht, ihr nahezubringen, warum es zu den Unruhen von 1848 gekommen war und was es mit den blutigen Vorgängen um die Pariser Kommune von

1871 wirklich auf sich hatte. Aber nun schwärmte sie wieder von ihrem Kaiser. Von diesem bärtigen Militär in Paradeuniform, dessen Gemälde überall im Land an den Wänden von Dienststuben, Gaststätten und manchmal sogar in Hotelzimmern hingen. Mehr als einmal hatte Pistoux mit Unbehagen beobachtet, wie Männer – mal waren sie betrunken, mal nüchtern, aber immer meinten sie es ernst – vor dem Bild salutiert hatten.

«Aber er ist für uns doch so etwas wie ein fürsorglicher Vater», hatte Charlotte Sophie ihm widersprochen, als er allzusehr in republikanischen Eifer geraten war. Daraufhin hatte er seufzend seine Ausführungen abgebrochen.

Nun fragte er sich, wie es mit ihnen weitergehen sollte. Sie waren in Wien. Auf ihrer langen Reise durch Italien hatten sie wie Mann und Frau gelebt. Er war ihr Held, ihr Führer, ihr Geliebter gewesen, der auch für das nötige Geld gesorgt hatte. Für einen Koch, der nicht nur die französische Art der Zubereitung beherrschte, sondern auch spanische und sizilianische Rezepte gelernt hatte, war es leicht gewesen, in Italien, dem Land der passionierten Feinschmecker, Arbeit zu finden. Manchen Wirt und manchen Chefkoch hatte er mit seinen Ideen zu wahren Begeisterungsausbrüchen animiert. Mehr als einmal hatte man ihm eine feste Stelle angeboten. In Rom, Florenz oder Venedig hätte er bleiben können. Aber er hatte ja die Aufgabe übernommen, Charlotte Sophie sicher zu ihrer Familie zurückzubringen.

Nun standen sie nach einem Marsch durch die Vorstadt endlich an der Ringstraße, und es war nur noch ein kurzer Weg bis in die Herrengasse, wo Charlotte Sophies Schwester Mizi wohnte.

«Wien ist eine Stadt ohne Mauern, und doch oder gerade deshalb fühlt man sich hier so sicher und geborgen. Dabei haben doch die Türken zweimal die Stadt belagert und wollten sie einnehmen. Jetzt kommen sie nicht mehr. Auch kein anderes Volk wagt es mehr, hier einzufallen. So mächtig ist unser Kaiser, so groß ist unser Land», sagte Charlotte Sophie nachdenklich.

Pistoux wußte von Kriegen, die stattgefunden hatten oder stattfanden. Hatte nicht Napoleon vor 70 Jahren diese Stadt hier eingenommen, damals, als die Festungsmauern noch gestanden hatten? Wie konnten sich diese Wiener so sicher sein, daß nicht eines Tages doch wieder ein größenwahnsinniger Feldherr einmarschieren würde? Aber solche Gedanken waren jetzt nicht angebracht. Sie standen vor einem ganz persönlichen Wendepunkt. Und außerdem wurden sie beobachtet.

Pistoux hatte ihn schon in Baden bemerkt. Es war der kleine Mann von fast zwergenhaftem Wuchs, der immer leicht nach vorn gebeugt umherschlich.

Zunächst hatte Pistoux sich gefragt, ob es wirklich derselbe Mann war. Aber bucklige kleine Männer mit stechenden Augen gab es nicht so viele. Es konnte kein Zweifel daran bestehen, daß er sie verfolgte. Aber seit wann? Pistoux war sich sicher, daß er ihn bereits vorher irgendwo gesehen hatte. Aber wo? Schon in Italien? Wurden sie verfolgt, beschattet, bespitzelt? Warum? Wer hatte den Auftrag erteilt? Sein Beschützerinstinkt regte sich. Er hatte diese schöne junge Frau aus der Gewalt sizilianischer Banditen gerettet, und er würde sie an niemanden, egal welcher Nationalität und welchen Standes, preisgeben. Das hatte er sich geschworen.

«Kommst du, Jakob?» fragte Charlotte Sophie. Mit der linken Hand schirmte sie die Sonnenstrahlen ab, mit der rechten ließ sie den zusammengerollten Sonnenschirm durch die Luft sausen. «Warum bist du denn heute so verträumt?» Sie lachte fröhlich.

«Ja, natürlich», sagte Pistoux. «Gehen wir.»

Er warf noch mal einen Blick auf ihren Verfolger, dann überquerten sie zwischen Droschken, Kutschen und Straßenbahnen hindurch die Ringstraße. Sie hatten sich in einem Verleihgeschäft Kleider besorgt, um bei ihrem Antrittsbesuch einen angemessenen Eindruck machen zu können. Pistoux war der Ansicht, daß seine Freundin ein wenig übertrieben hatte. Er mußte einen festlichen Bratenrock, einen steifen, hohen Kragen und einen Zylinder tragen. Sie trug ein grünes sommerliches Kleid mit einer weißen Strickjacke darüber und bunte Schleifen im Haar. Dazu einen Sonnenschirm im Grün des Kleides und weiße Handschuhe. Auf ihrer Reise durch Italien hatten sie sich einfach gekleidet wie das Volk, dachte Pistoux wehmütig. Das war nun vorbei.

Sie liefen am Gebäude der Oper vorbei, dann entlang der Fassade des Palais Taroucca, wo sie nach links abbogen.

Charlotte Sophie deutete auf ein monumentales Gebäude auf der anderen Straßenseite: «Irgendwo dort hat der Mann meiner Schwester sein Amtszimmer. Er ist ein hoher Offizier und ein wichtiger Beamter. Ein eindrucksvoller Mann. Du wirst sehen, meine Familie besteht aus lauter liebenswerten Menschen.»

Sie möchte mich beruhigen, dachte Pistoux. Sie weiß, daß ich nervös bin. Und sie weiß, daß es nicht so einfach werden wird, wie sie es sich erhofft.

Sie überquerten den Michaeler Platz. Charlotte Sophie blieb stehen und deutete auf die Hofburg, wo Handwerker hohe Gerüste aufgestellt und offenbar Abbrucharbeiten begonnen hatten: «An der Burg wird ständig gebaut. Seit ich denken kann, wird da irgendwo etwas Kleines weggerissen und was Großes hinzugebaut. Als ob der Kaiser immer mehr Platz bräuchte.»

Pistoux nutzte den kurzen Halt, um sich umzudrehen. Der Verfolger war nicht mehr zu sehen. Als sie abgebogen waren, schlich der kleine Mann noch hinter ihnen her und hatte sich, als Pistoux sich umwandte, zum Schein ein Opernplakat angesehen. Nun war er verschwunden.

Wenig später standen sie in der Herrengasse vor einem prächtigen Gebäude, ein Palais, in dem sich zweifellos weitläufige herrschaftliche Wohnungen befanden.

Sie traten durch ein mächtiges, reichverziertes Tor in eine Eingangshalle, die mit ihrem hohen Gewölbe und den Deckenmalereien einem Schloß alle Ehre gemacht hätte. Marmorsäulen wuchsen empor, Statuen standen in Nischen und auf Säulen. Ein strahlender Kristallüster hing in der Mitte, und das Licht seiner zahllosen Lampen wurde von hohen Spiegeln vertausendfacht.

Charlotte Sophie breitete die Arme aus und strahlte über das ganze Gesicht: «Ist das nicht herrlich! Ich bin wieder zu Hause.»

Pistoux nickte und versuchte zu lächeln. Ja, dies war Charlotte Sophies Zuhause. Sie hatte es ihm oft beschrieben, und er hatte gehofft, daß sie maßlos übertrieb. Nun sah er, daß dem nicht so war. Und er spürte, wie ein unsichtbarer, aber undurchdringlicher Vorhang zwischen sie fiel. Hier in diesem Palais war Charlotte Sophie aufgewachsen, hier wohnte, nach dem Tod der Eltern, ihre Schwester mit ihrem Mann.

Zögernd folgte Pistoux der jungen Frau, die er liebte und plötzlich, wie aus heiterem Himmel, verloren glaubte, über den roten Teppich die breite Treppe hinauf in den ersten Stock.

Dort betätigte Charlotte Sophie den überdimensionalen Türklopfer in Form eines Löwenkopfes, der an einer mächtig hohen, abweisenden Tür hing.

Die ältliche Frau, die öffnete, trug Kleid, Schürze und Haube eines Dienstmädchens. Als sie sah, wer vor der Tür stand, erstarrte sie vor Staunen, dann klatschte sie, dann rang sie die Hände, dann hob sie die Arme, ließ sie wieder herunterfallen, holte tief Luft, seufzte und sagte mit tonloser Stimme: «Das gnädige Fräulein ist wieder da.»

«Guten Tag, Anna», sagte Charlotte Sophie.

Das Dienstmädchen rang nach Atem. «Aber ... wie ist das bloß möglich!»

«Ich bin zurück, Anna.»

«Das ist ... das ist ... aber ... eine Überraschung.»

Anna blickte über die Schulter der jungen Frau neugierig auf den Mann, der hinter ihr stand.

«Mein Beschützer hat mich bis zur Tür gebracht», sagte Charlotte Sophie. «Du siehst, es ist alles in bester Ordnung.»

«Ja, ja, ja», stotterte das Dienstmädchen und starrte abwesend die verlorengeglaubte junge Frau und den großgewachsenen Mann mit dem dunklen Teint und dem imposanten Schnurrbart an. «Na so was!» sagte sie noch und wollte sich nicht von der Stelle bewegen.

«Willst du uns nicht hineinlassen, Anna?» lachte Charlotte Sophie. «Willst du uns meiner Schwester nicht melden?»

«Aber ja, natürlich, sofort.»

Anna wandte sich hastig um und zog die Tür auf. Dazu mußte sie den Arm ausstrecken, denn die Klinke war sehr weit oben angebracht.

Sie ließ das Paar herein, schob die schwere Tür wieder ins Schloß, öffnete eine zweite und deutete hinein: «Wenn die Herrschaften solange Platz nehmen möchten.»

«Danke, Anna», sagte Charlotte Sophie.

Pistoux folgte ihr ins Vorzimmer, wo ein Biedermeiersofa und mehrere Sessel standen.

Charlotte Sophie setzte sich auf das Sofa und lehnte sich lächelnd zurück.

«Du wirst sehen», sagte sie. «Meine Schwester ist sehr nett.»

«Natürlich», sagte Pistoux.

Er war gleich ans Fenster getreten, wo er die schweren Gardinen zur Seite schob, um nach unten auf die Straße zu blikken.

Dort unten stand der Zwerg, die Hände in den Manteltaschen, den Hut ins Gesicht gezogen, und wartete.

## ⌁ 5 ⌁ HOCHSTAPLER WIDER

WILLEN Mizi von Chudenitz wirkte in ihrem hochgeschlossenen Kleid, dessen Rot so dunkel war, daß es fast schon wie Schwarz wirkte, wesentlich älter als ihre Schwester. Sie war eine stattliche Frau mit Doppelkinn und einer Haartracht aus zahllosen Flechten und Schnecken, die sich übereinandertürmten. Mit träger Freundlichkeit schloß sie ihre jüngere Schwester in die Arme. Charlotte Sophie befreite sich lachend. Mizi erklärte, wie froh sie sei, die Jüngere endlich wieder sicher zu wissen. Charlotte Sophie rief überschwenglich aus: «Ach! Endlich wieder in Wien! Endlich wieder meine geliebte Familie!» Mizi von Chudenitz brach in Tränen der Rührung aus und wiederholte immer wieder: «Oh, wie gut, daß diese schreckliche Affäre ein so gutes Ende gefunden hat. Oh, wie gut!»

Pistoux stand in angemessenem Abstand daneben und grübelte über den Mann vor dem Fenster nach. Die beiden Frauen schienen ihn vergessen zu haben. Vielleicht, dachte Pistoux, geht es dem da unten nicht um mich und Charlotte Sophie, sondern um die Familie von Chudenitz. Möglicherweise gibt es eine Geheimpolizei in Wien. Vielleicht haben sie hier nicht nur einen Kaiser, der in seiner Uniform wie ein fremdländischer Napoleon wirkt, vielleicht haben sie hier auch einen österreichischen Fouché, der die Hauptstadt mit einem Netz von Geheimpolizisten überzogen hat.

«Was für eine lange Reise», sagte Mizi von Chudenitz. «Was hast du alles entbehren müssen. Wie mager du bist! Wie ist es dir ergangen? Allein durch ganz Italien!»

«Nicht allein, Mizi», sagte Charlotte Sophie. «Mir stand ein Mann zur Seite.»

Mizi ließ von ihrer Schwester ab und trat einen Schritt zurück.

«Ein Mann», sagte sie, als wäre dies ein abwegiger Gedanke.

«Ja», sagte Charlotte Sophie. «Ein Mann.» Sie deutete auf Pistoux: «Er hat mich die ganze Strecke von Sizilien bis nach Wien begleitet und beschützt.»

Zum erstenmal sah Mizi den Begleiter ihrer Schwester an. Ihr Blick irrte unstet über die stattliche Erscheinung des großen, schlanken Mannes mit dem imposanten Schnurrbart. Offenbar wußte sie nicht, wie sie ihn einordnen sollte. In seinem Bratenrock mit dem hohen Kragen und dem Zylinder in der Hand wirkte er wie ein Herr. Aber auf welcher Stufe der Hierarchie war er angesiedelt?

Charlotte Sophie zögerte. Sie sah ihre Schwester fröhlich an, wendete den Blick ab und blickte nun plötzlich sehr ernst drein, als sie Pistoux fixierte.

Sie schürzte leicht die Lippen. Er glaubte, einen bittenden Ausdruck in ihrem Gesicht zu entdecken. Dann sah sie zu Boden, schließlich an ihm vorbei zum Fenster, das von den Gardinen verhängt wurde.

«Liebe Mizi», sagte sie schließlich zögernd, «ich möchte dir den Mann vorstellen, der mich gerettet hat. Den Mann, der mich sicher nach Hause geführt hat. Einen Ehrenmann, dem ich unendlich viel verdanke …» Wieder senkte sie ihren Blick, als würde sie sich schämen. Dann hob sie den Kopf, lächelte verloren und stieß hervor: «Meinen Verlobten, Baron Jakob von Mühlhausen.»

Wieder ruhte der ernste, ängstliche Blick Charlotte Sophies auf Pistoux. Mit diesem Blick bettelte sie ihn an, sie nicht zu verraten. Er kannte diesen Blick eines eigensinnigen kleinen Mädchens, das wußte, daß dieser Blick die beste Waffe war, um ans Ziel zu kommen.

Einen Moment lang war Pistoux vollkommen ratlos. Baron Jakob von Mühlhausen? Wie und wann war sie auf diese absurde Idee verfallen? Schämte sie sich für ihn? Hatte sie sich womöglich die ganze Zeit für ihn geschämt? Zorn stieg in ihm auf. Es war nicht nur eine Lüge, es war auch ein Verrat. Sie wollte ihn nicht so haben, wie er war. Sie wollte etwas Besseres. Davon hatte sie in den neun Monaten ihrer Reise nie gesprochen. Nicht davon, daß es ihr peinlich sein würde, ihn seiner Familie vorzustellen. Das Schlimme war nicht die Lüge, sondern daß sie seine Überzeugungen mißachtete. Er kam aus dem Volk und brauchte keinen Titel, keinen Besitz. Er war Jacques Pistoux, er lebte von seiner Hände Arbeit, er war Koch, er gehörte einer Zunft an, die nach wohlgesetzten Regeln arbeitete und ein hochentwickeltes Handwerk ausübte.

Für Pistoux waren Adelige nichts weiter als Müßiggänger, die auf Kosten der einfachen Leute lebten. Er war kein Revolutionär, aber fest davon überzeugt, daß es noch so manchen Umsturz in Europa geben würde. Der Adel würde eines Tages weggefegt werden. Wie oft hatte er dies Charlotte Sophie gegenüber wiederholt, ihr erklärt, wie seiner Ansicht nach die Welt funktionierte. Sie hatte ihm zugehört, zugestimmt, auch widersprochen oder nachgefragt. Aber nun hatte sie mit einnemmal sehr deutlich gemacht, wie wenig sie seinen Worten geglaubt hatte.

Eine tiefe Enttäuschung breitete sich in ihm aus. Er sah den bittenden Blick der Frau, die er liebte, und bemerkte zu seiner eigenen großen Verwunderung, daß er auf Mizi von Chudenitz zutrat, sich verbeugte und ihr die Hand küßte. Er brachte kein Wort heraus.

«Sehr erfreut, Baron», sagte Mizi von Chudenitz und ergriff die Hände des angeblichen Elsässers und wollte sie nicht mehr loslassen. «Und vielen, vielen Dank.»

«Jakob ist mir eine große Stütze gewesen», sagte Charlotte Sophie und sah dabei sehr unglücklich aus, denn sie hatte bemerkt, wie sich Pistoux' Gesicht verfinstert hatte.

«Ach, das ist ja wunderbar», sagte Mizi. «Über diese Sache mit der Verlobung wird sicherlich noch zu sprechen sein. Doch davon später.» Sie ließ Pistoux' Hände los und drehte sich unschlüssig nach rechts und links. «Ich frage mich nur, wo Otto bleibt. Er wollte doch längst zurück sein. Gott, wie wird er sich freuen!»

Es klopfte an der Tür, und Anna, das Dienstmädchen, trat ein: «Gnädige Frau, entschuldigen Sie bitte. Marie läßt ausrichten, daß die Kaffeetafel vorbereitet ist.»

«Danke, Anna. Sie trinken doch eine Schale Kaffee mit uns, Baron?»

Pistoux nickte. Viel lieber hätte er sofort die Wohnung verlassen. Statt dessen folgte er den Damen in den Salon. Kurz bevor sie eintraten, wandte sich Charlotte Sophie um, ergriff seine Hand und drückte sie leidenschaftlich. Er schüttelte den Kopf, aber sie hatte nicht den Mut, ihm ins Gesicht zu sehen.

Die Kaffeetafel war reichhaltig gedeckt. Auf einer Etagere, die auf einem Beistelltisch stand, waren verschiedene Kuchen-

und Gebäckspezialitäten angeordnet. Am unteren Ende des Tisches befand sich eine prachtvolle silberne Kanne, aus der Anna den Kaffee in die Tassen einschenkte, nachdem sie die Flamme des Rechauds erstickt hatte. Die Kanne ruhte auf drei silbernen Löwen mit Adlerschwingen. Aus dem zylindrischen Behälter ragte ein reichverziertes kleines Rohr, dessen Ende wiederum wie ein Löwenkopf geformt war. Darüber befand sich ein Zapfhahn aus Elfenbein, den man nach rechts oder links drehen mußte, um den Kaffee in die Tassen laufen zu lassen.

Man setzte sich. Charlotte Sophie deutete begeistert auf die Gebäckstücke: «Sieh nur, Jakob! Da sind all die Leckereien, von denen ich dir immer vorgeschwärmt habe!» Dann wandte sie sich an die kleine, sehr rundliche Frau, die neben den Süßspeisen stand und treuherzig auf die wieder heimgekehrte junge Frau blickte: «Marie, reiche unserem Gast von allem etwas. Er muß unbedingt alles probieren.»

«Gern, gnädiges Fräulein. Ich freu mich, daß Sie wieder da sind.»

«Danke, Marie.»

Pistoux bekam *Vanillekipferln*, *Tascherln*, *Linzeraugen* und *Ischler Törtchen* von Marie serviert. Anna stellte ihm eine Tasse mit dampfendem Kaffee hin. Dann zogen sich das Dienstmädchen und die Mehlspeisköchin zurück.

«Ich weiß gar nicht mehr, was ich lieber mag, die Kipferln oder Tascherln oder die Törtchen», sagte Charlotte Sophie und begann zu essen.

Pistoux hatte gerade mal ein Tascherl und ein Linzerauge verzehrt und auf Charlotte Sophies Fragen nach der Qualität knappes Lob geäußert, da kamen die beiden Dienstmädchen wieder herein, jede mit einer großen Torte.

Pistoux war erstaunt, wieviel Aufwand hier am Nachmittag getrieben wurde, nur um eine Tasse Kaffee zu trinken. Schon allein von dem Gebäck hätten sie sich einen ganzen Tag satt essen können. Aber nun kamen eine aus viel Sahne, Crème und Biskotten gefertigte *Malakofftorte* und eine mit Schokoladenbuttercrème gefüllte *Dobostorte* mit goldbrauner Zukkerglasur dazu. Und die Damen zögerten nicht zuzugreifen.

Pistoux bekam einen zweiten Teller mit jeweils einem Tortenstück. Dann verschwanden die Dienstmädchen wieder, und Pistoux hoffte innigst, daß sie nicht mit weiteren Süßspeisen zurückkommen würden.

«Das war es!» rief Charlotte Sophie aus. «Die Torten habe ich am liebsten gegessen. Sie sind einfach unvergleichlich. Was meinst du, Jakob? Ist Marie nicht eine wahre Künstlerin?»

Pistoux konnte sich nur mühsam beherrschen. Vorsichtig legte er die Kuchengabel auf den Teller zurück und hob den Kopf. Charlotte Sophie saß ihm direkt gegenüber, Mizi am Kopfende. Pistoux blickte seine junge Verlobte finster an. Wollte sie ihn verhöhnen, indem sie auf diese Art scheinheilig auf seinen Beruf anspielte? Er war kurz davor aufzustehen. Es wäre besser gewesen, er hätte sich verabschiedet. Aber da hörte er die Gastgeberin fragen: «Sie werden uns doch sicherlich die Ehre erweisen, unser Gast zu sein, Baron?»

Noch ehe er antworten konnte – er wußte ohnehin nicht, was er sagen sollte –, ertönte von hinten eine dröhnende, tiefe Stimme: «Nein! Das wird er nicht!»

«Otto!» riefen die beiden Frauen gleichzeitig aus.

Oberst von Chudenitz beachtete sie nicht.

«Stehen Sie auf, Mann!» rief er.

Charlotte Sophie wurde leichenblaß. Ihre Schwester blickte verwirrt ihren Mann an, der breitbeinig vor der geöffneten Salontür stand, die eine Hand in die Hüfte gestemmt, die andere am Griff seines Säbels.

«Ja, aber ...» sagte Mizi ratlos.

Pistoux drehte sich um, sah den kampfbereiten, riesenhaft wirkenden Oberst, der vor Erregung schnaufte und im Gesicht krebsrot angelaufen war. Er stand auf und spürte ein Gefühl der Erleichterung.

«Hochstapler!» stieß der Oberst hervor.

«Aber Otto, was ist denn los?» fragte Mizi.

Nur mühsam brachte Oberst von Chudenitz die Worte hervor: «Man sagte mir, ein Baron sei zu Besuch und brächte uns deine Schwester zurück. Man beschrieb mir den Baron, und ich wußte sofort, daß er ein Lügner ist!»

Mizi sah ihren Mann fassungslos an. Charlotte Sophie senkte den Kopf und fing an zu schluchzen.

Der Oberst deutete mit dem Finger auf Pistoux: «Dieser Mann da ist Franzose. Ein einfacher Bursche aus dem Volk!» Er blickte anklagend auf seinen Gegner. «Seien Sie froh darüber, daß Sie mir nicht gleichgestellt sind, Sie schäbiger Betrüger. Ich sähe mich sonst gezwungen, Satisfaktion zu fordern, weil Sie sich meiner Schwägerin genähert haben. Aber da sich die Dinge anders verhalten, als Sie vorgeben, sage ich nur: Verlassen Sie sofort mein Haus! Sonst sehe ich mich genötigt, Sie zu töten.» Er zog seinen Säbel.

Pistoux holte Luft und sprach ganz ruhig: «Sie haben recht, Oberst. Ich bin kein Baron, und ich bedaure es auch nicht. Sie haben unrecht, wenn Sie glauben, mein Verhältnis zu Ihrer Schwägerin sei illegitim. Ich lebe nach anderen Gesetzen als Sie. Und ich dachte und hoffte ...» Pistoux blickte kurz auf Charlotte Sophie, die wie vom Donner gerührt ihren Schwager anstarrte. «... das gälte auch für sie.»

«Gehen Sie!» Der Oberst hob drohend den Säbel.

Charlotte Sophie schrie auf und brach über dem Tisch zusammen.

«Natürlich gehe ich», sagte Pistoux.

Erhobenen Hauptes und ohne eine Blick zurückzuwerfen, lief er an Oberst von Chudenitz vorbei und verließ den Salon.

Kaum hatte sich die Tür hinter ihm geschlossen, war sein Kopf wie leer gefegt. Mechanisch setzte er einen Fuß vor den anderen, ging wie in Trance durch die Eingangshalle nach draußen und lief ohne Ziel durch die Straßen.

Der Zwerg hatte auf ihn gewartet und folgte ihm in gemessenem Abstand.

## ∿ 6 ∿ WAHNSINN UND METHODE

«Eine Tasse Kaffee, bitte!» sagte Pistoux.

Er saß im Café Eberhard, einem mit einfachem Mobiliar ausgestatteten Ecklokal in der Josefstadt. Vor sich auf dem Tisch lagen die letzten Münzen, die ihm noch geblieben waren. Nachdem er sein Zimmer in der Pension um die Ecke bezahlt hatte, hatte er gerade noch genug Geld, um am frühen Morgen einen Kaffee trinken zu können. Er hatte schlecht geschlafen. Das Bett war zu kurz gewesen, die rauhen Laken hatten muffig gerochen, und durch die zerschlissenen Vorhänge war das Licht einer Straßenlaterne direkt auf sein Gesicht gefallen.

Nach den gestrigen Vorfällen und dem stundenlangen Herumwälzen auf dem durchgelegenen Bett war er in denkbar schlechter Verfassung. Er schwankte zwischen Wut und Verzweiflung, aber er wußte noch nicht einmal, auf wen er wütender war. Charlotte Sophie hatte ihn gedemütigt, Oberst von Chudenitz hatte ihn erniedrigt. Menschliches Treibgut bin ich geworden, dachte er bitter, über Bord geworfen und von den Wellen des Schicksals an fremde Gestade gespült. Das einzig Positive war, daß der Zwerg, der ihn bis vor die Pension verfolgt und draußen auf der gegenüberliegenden Straße Posten bezogen hatte, am Morgen verschwunden war.

Der Oberkellner, der in seinem Frack vornehmer aussah als seine Gäste, lief zum drittenmal schweigend an seinem Tisch vorbei. Beim viertenmal wiederholte Pistoux seine Bestellung, diesmal mit erhobener Stimme: «Herr Ober, eine Tasse Kaffee, bitte!»

Wieder ging der Kellner vorbei. Es war überdeutlich, daß er seinen Gast ignorierte.

Pistoux versuchte, den Zuträger auf sich aufmerksam zu machen. Aber auch der in der Hierarchie niedriger angesiedelte Bedienstete tat so, als würde er die Handbewegung nicht wahrnehmen. Pistoux zählte ein weiteres Mal die Münzen durch und fragte sich, ob man seinem Anzug bereits ansah, wie schlimm es um ihn stand, und winkte dem Pikkolo zu, der in weißem Sakko und schwarzer Hose neben dem Platz der Sitzkassiererin stand und seinen Blick aufmerksam durch das Lokal schweifen ließ.

Einen Moment lang schien der junge Mann zu zögern, dann gab er sich einen Ruck, durchquerte das Kaffeehaus und blieb steif vor Pistoux' Tisch stehen.

«Haben Sie französische Zeitungen?» fragte Pistoux.

«Sehr wohl, mein Herr. Den Mercure de France.»

«Bringen Sie mir bitte ein Exemplar.»

Der Pikkolo nickte und deutete eine Verbeugung an.

«Und eine Tasse Kaffee, bitte.»

Der Pikkolo drehte sich um und ging davon.

Es dauerte länger als bei allen anderen Gästen, aber nach einer Weile kam der junge Mann mit einem Tablett, auf dem die zusammengefaltete Zeitung lag. Daneben stand ein Glas mit Wassser.

«Bitte vergessen Sie meinen Kaffee nicht», sagte Pistoux höflich, aber bestimmt.

Der Pikkolo verschwand wieder. Wenig später stand er wieder vor dem Buffet rechts neben der Sitzkassiererin.

Nun war klar, daß er nicht vergessen worden war. Entweder lag es an seiner äußeren Erscheinung oder daran, daß man ihn als Franzosen identifiziert hatte. Beides fand Pistoux gleichermaßen unakzeptabel. Er strich die Münzen vom Tisch und ließ sie in seinem Jackett verschwinden. Dann faltete er die Zeitung auseinander.

Er würde hier so lange sitzen bleiben, bis er seinen Kaffee bekam. Er war ein Gast wie jeder andere. Er hatte genug Geld für eine Tasse. Wenn er sie getrunken hatte, mußte er sich etwas überlegen. Bis dahin aber forderte er sein Recht.

Pistoux merkte gar nicht, was für einen verbissenen Gesichtsausdruck er aufgesetzt hatte. Er versuchte, sich auf die Lektüre zu konzentrieren, aber es war unmöglich. Was interessierte ihn jetzt in seiner Lage die Weltausstellung in Paris? Er hob den Kopf und blickte direkt ins Gesicht eines alten Mannes mit weißem Bart und kahlem Kopf, der ihn freundlich anlächelte und sich dann wieder der Lektüre der Neuen Rundschau zuwandte.

In diesem Moment näherte sich der Oberkellner, der zu einem Neuangekommenen an den Tisch trat, um die Bestellung entgegenzunehmen.

«Herr Ober!» rief Pistoux laut. «Entschuldigen Sie bitte, aber ich habe noch immer keine Tasse Kaffee bekommen!»

Der Oberkellner drehte sich um, ohne den ungeduldigen Gast eines Blickes zu würdigen, und rief dem Pikkolo zu: «Georg, machen's einen Lauf für den Herrn!»

Der Pikkolo machte sich auf den Weg und kam kurz darauf mit einer großen Tasse Kaffee zurück.

Pistoux legte die Zeitung beiseite, griff nach der Tasse und nahm einen Schluck. Der Kaffee war dünn und lauwarm. Beinahe hätte er die Brühe wieder ausgespuckt. Er verzog das Gesicht und räusperte sich.

«Das schmeckt sicherlich gar nicht gut», sagte der alte Mann am Nebentisch.

Pistoux blickte verwirrt auf: «Wie bitte?»

«Entschuldigen Sie, daß ich mich einmische, aber mir ist es ganz genauso ergangen.»

«Ich verstehe nicht, was Sie meinen», sagte Pistoux gereizt.

«Das erste, was ich tat, nachdem ich in dieses Kaffeehaus kam, war, eine Tasse Kaffee zu bestellen. Genau so wie Sie.»

«Ja und?»

«Sie haben mir auch solches Abwaschwasser vorgesetzt. Eine lauwarme, dünne Brühe. Ekelhaft, nicht?»

Der Weißbärtige kicherte.

Pistoux kniff die Augen zusammen: «Wollen Sie sich über mich lustig machen?»

Der Alte hob abwehrend beide Hände: «Sehe ich aus wie ein Unmensch?»

Pistoux schwieg. Der dünne Mann war etwa so gut gekleidet wie er selbst, vielleicht sogar schmuddeliger. Der Hut, der neben ihm auf dem Stuhl lag, war sogar recht verbeult. Er legte die Zeitung beiseite, deutete im Sitzen eine Verbeugung an, indem er die rechte Hand anwinkelte, und sagte: «Gestatten Sie? Eduard Busch. Ich komme aus Deutschland. Bin also Ausländer wie Sie. Habe daher Verständnis für Probleme, die man als Fremder hier hat. Vor allem auch, was die Sprache betrifft.»

«Aber ich spreche doch Deutsch», sagte Pistoux verärgert.

«Sie sprechen sogar ein gutes Deutsch. Aber Ihren französischen Akzent können Sie trotzdem nicht verhehlen.»

«Warum sollte ich meine Herkunft verhehlen?» Pistoux blickte sich mißtrauisch um. Was sollte diese Fragerei?

«Sie verstehen mich falsch. Ich wollte Ihnen lediglich meine Sympathie mitteilen.»

Pistoux betrachtete den freundlich dreinblickenden Mann. «Warum?» fragte er.

«Weil wir Schicksalsgenossen sind. Darf ich mich zu Ihnen setzen? Ich könnte Ihnen auch noch einen richtigen Kaffee bestellen.»

Pistoux zögerte. Dann sagte er: «Ich habe kein Geld mehr.»

«Ich lade Sie ein.»

Der Weißbärtige stand auf, trat an Pistoux' Tisch und wiederholte noch einmal seinen Namen: «Eduard Busch.» Dann setzte er sich.

Pistoux merkte, daß er sehr unhöflich gewesen war, und stellte sich vor.

«Sehen Sie, ich hatte doch recht. Sie sind Franzose», sagte der Alte vergnügt.

«Ja.»

«Aus Paris?»

Pistoux zuckte mit den Schultern: «Ich bin lange nicht in meiner Heimat gewesen.»

«Ich wäre lieber in Paris», sagte Busch, «glauben Sie mir. Aber man hat mich nicht gelassen.»

«Was wollten Sie mir erklären?» fragte Pistoux. Er hatte keine Lust, über sich zu sprechen, nicht nach alledem, was ihm zuletzt widerfahren war. Zu seiner eigenen Überraschung merkte er plötzlich, daß er sich für das schämte, was er gestern hatte erdulden müssen.

«Ja, richtig», sagte Busch. «Die Sache mit dem Kaffee.» Der alte Mann lachte vor sich hin.

«Wenn Sie sich über mich lustig machen wollen …»

«Aber nein! Hören Sie doch, mir ist es genauso ergangen. Sie haben die falschen Worte gebraucht.»

«Aber …»

«Es ist nicht Ihre Schuld. Sie sprechen sehr gut Deutsch. Ich habe den gleichen Fehler begangen», sagte Eduard Busch und beugte sich vor: «Dies ist ein Kaffeehaus. Aber hier bekommen Sie keine Tasse Kaffee.»

Pistoux sah in verblüfft an.

«Wie gesagt», fuhr Eduard Busch fort, «es ist alles eine Frage der richtigen Worte. Eine Tasse ist keine Tasse, sondern eine Schale. Vielleicht auch ein Glas, aber niemals eine Tasse. Verstehen Sie?»

«Nein.»

«Die Tasse heißt Schale. Man legt großen Wert auf dieses Wort. Niemals wird der Kaffee, der gar nicht Kaffee genannt werden darf, in einer Tasse serviert wie zum Beispiel in Deutschland. Auch wenn die Schale einen Henkel hat, bleibt sie hier in Wien doch eine Schale. Aber manche Zubereitungen werden ausschließlich im Glas serviert. Und damit sind wir beim komplizierten Thema der Namen. Sie haben einen Kaffee bestellt, nicht wahr?»

«Ja.»

«Sie haben sich unpräzise ausgedrückt und deshalb eine unpräzise Zubereitung bekommen. Es gibt zahlreiche Kaffeezubereitungen. Jede hat ihren Namen. Verstehen Sie?»

Pistoux zuckte mit den Schultern.

«Sie verstehen nicht. Ich muß es Ihnen demonstrieren.»

Busch machte eine Handbewegung, und schon stand der Oberkellner am Tisch.

«Bitte schön, Herr Doktor?»

«Bringen Sie uns eine lichte Melange und einen großen Braunen.»

«Sehr wohl, Herr Doktor.» Der Oberkellner ging.

«Haben Sie aufgepaßt?» fragte Eduard Busch.

«Eine lichte Melange und einen großen Braunen», wiederholte Pistoux wie ein gelehriger Schüler.

«Richtig. Eine Melange ist Kaffee mit heißer Milch und Sahne, wozu man hier wiederum Obers sagt. Sie wird genauso wie der Braune in einer Schale serviert, die eine täuschende Ähnlichkeit mit dem hat, was andere deutschsprachige Völker Tasse nennen. Der Braune enthält nur wenig Milch. Sie verstehen?»

Der Zuträger brachte die bestellten Getränke.

«Die Melange wird lichter, wenn man mehr Milch hineingibt. Den Brauen, der gewissermaßen ein gelichteter Schwarzer ist, können Sie auch, wenn Sie mögen, mit heißem oder kaltem Wasser verlängern, was soviel heißt wie verdünnen.»

Pistoux verstand nur andeutungsweise, um was es hier eigentlich ging. Der alte Mann hatte sich in eine wahre Definitionsbegeisterung hineingeredet. Seine Augen leuchteten, und er hob den Zeigefinger und fuhr fort: «Wenn Sie jetzt aber zum Beispiel einen Einspänner haben wollen, dann wird der nicht in der Tasse serviert, die hier Schale heißt, sondern in einem Glas. Ein Einspänner ist ein Mokka, also ein Schwarzer, der mit Sahne, die hier Obers genannt wird, aufgefüllt wird. Da das Obers geschlagen ist, heißt es Schlagobers. Sie können aus dem Einspänner auch einen Fiaker machen, wenn Sie Rum hinzugeben. Warum er im Glas serviert wird, kann ich Ihnen leider nicht enthüllen. Aber so ist das nun einmal. Können Sie mir folgen?»

Die letzten Sätze hatte Pistoux nicht mehr mitbekommen. Er starrte durch das Fenster nach draußen.

«Nein», sagte er zerstreut.

«Passen Sie auf, es ist ganz einfach», begann Eduard Busch

von neuem. «Um einmal Shakespeare zu zitieren: ‹Ist es auch Wahnsinn,‹ so hat es doch Methode.›» Der alte Mann lachte herzlich. «Der grundlegende Baustein in diesem System der Wienerischen Kaffeezubereitungen ist der Mokka. Er wurde übrigens von den Türken hierhergebracht, denen wir auch die Hörnchen verdanken, die Kipferln genannt werden, aber das ist eine andere Geschichte ... Hören Sie mir überhaupt zu?»

«Ja, ja ...»

«Aber nein», stellte Busch erstaunt fest. «Langweile ich Sie?»

«Entschuldigen Sie», murmelte Pistoux.

Er starrte noch immer durch das Fenster nach draußen. Dort, direkt vor dem Fenster des Kaffeehauses, stand der zwergenwüchsige Spitzel und glotzte herein. Jetzt hatte er bemerkt, daß Pistoux ihn ansah. Er winkte. Pistoux traute seinen Augen nicht. Wollte dieser Kerl ihn verhöhnen?

«Da scheint Ihnen jemand ein Zeichen zu geben», stellte Eduard Busch enttäuscht fest. «Sind Sie verabredet?»

«Nein», sagte Pistoux. «Dieser Mann verfolgt mich.»

«Oh, kennen Sie ihn?»

«Nein.»

«Er scheint nicht gerade diskret vorzugehen.»

«Er will, daß ich zu ihm nach draußen komme.»

«Genau diesen Eindruck habe ich auch.»

Pistoux blieb unschlüssig sitzen und beobachtete, wie der Zwerg ihm noch einmal Zeichen machte und sich dann umdrehte und die Hände auf dem Rücken verschränkte.

«Trinken Sie erst Ihre Melange», sagte Eduard Busch. «Es wäre doch zu schade, wenn sie kalt würde. Im übrigen ist es nichts Besonderes, in Wien verfolgt zu werden.»

«Nein?»

«Nein. Die geheime Polizei gibt sich recht forsch. Vielleicht sind sie auch alle ein bißchen dumm. Jedenfalls sind sie keine Meister der Diskretion.»

«Dieser Mann ist kein Polizist», sagte Pistoux.

«Aber ja doch», sagte Eduard Busch. «Ich kenne ihn. Er hat mich auch schon bespitzelt.»

«Sie?»

Der alte Mann blickte stolz nach draußen: «Ich bin ein Staatsfeind.»

Pistoux zögerte, dann sagte er: «Ich nicht.»

Busch sah ihn listig an: «Sind Sie sicher? Warum ist er dann hinter Ihnen her?»

Pistoux zuckte mit den Schultern: «Ich weiß es nicht.»

«Vielleicht will er es Ihnen sagen. Da, er winkt wieder.»

Tatsächlich hatte sich der Zwerg wieder umgedreht und fuchtelte mit den Armen in der Luft.

Pistoux stand auf: «Ich gehe nach draußen.»

«Lassen Sie ihn doch noch ein wenig zappeln.»

«Ich will wissen, was das soll. Er ist mir eine Erklärung schuldig.»

«Das glaube ich nicht», sagte Eduard Busch.

Doch Pistoux hörte nicht auf ihn, sondern eilte zur Tür.


᠅ 7 ᠅ DER ODEM
DES DICHTERS    Pistoux trat aus dem Kaffeehauseingang. Diese Seite der Straße lag im Schatten. Die gegenüberliegende Häuserreihe jedoch wurde vom warmen Licht der morgendlichen Maisonne überflutet. Es war noch früh am Tag und recht frisch. Pistoux schob die Hände in die Hosentaschen und fröstelte.

Eine mit Brennholz beladene Kutsche, gezogen von einem alten Gaul, rollte vorbei. Auf der gegenüberliegenden Straßenseite verschwand eine Dame in Abendgarderobe mit schnellen Schritten in einer engen, dunklen Gasse. Einige Meter entfernt, stand ein Leiterwagen, beladen mit Weinfässern. Davor lungerten zwei kräftige Männer mit hochgekrempelten Ärmeln herum und rauchten Pfeife. Hier und da eilte ein zugeknöpfter Herr mit Handschuhen und Zylinder vorbei, Beamte auf dem Weg in ihr Amt. Wo war der Zwerg?

Von links kam ein Zischen: «Pst!»

Pistoux wandte sich um. Der Zwerg stand in einer Toreinfahrt und winkte ihn zu sich. Pistoux machte keine Anstalten, ihm zu folgen. Sollte der Kerl doch zu ihm kommen. Die Situation wurde immer absurder: Der Zwerg winkte und zischte immer wieder, die Arbeiter betrachteten ihn mit gutmütigem Desinteresse, Pistoux blieb wie angewurzelt stehen und wartete. Gern wäre er nochmals ins Kaffeehaus zurückgegangen und hätte Eduard Busch um Rat gefragt. Wie verhielt man sich in dieser Stadt Spitzeln gegenüber, die einen in einen Hauseingang locken wollten? Vielleicht hätte er Eduard Busch bitten sollen mitzukommen. Der alte Mann schien Erfahrung mit solchen Situationen zu haben, Pistoux nicht. Er hatte sich schon mit Mördern, Sittenverbrechern, Betrügern und Banditen herumgeschlagen, aber noch nie mit Spitzeln. Wie weit durfte ein solcher Geheimpolizist gehen?

Wieder ein «Pst» und ein Winken, das eher verzweifelt anmutete. Die Arbeiter drehten sich um und begannen damit, die Fässer wegzurollen.

Wenn dieser kleine Kerl große Macht besäße, entschied Pistoux, dann würde er sich nicht so lächerlich benehmen. Außerdem sah er nicht sehr kräftig aus. Was sollte schon passieren? Er ging zu ihm hin.

Noch bevor er ihn erreicht hatte, verschwand der Zwerg. Pistoux trat in den Torbogen und entdeckte den Spitzel in einem Seiteneingang unter einer gußeisernen Laterne. Er winkte schon wieder. Die Situation wurde immer lächerlicher.

Als Pistoux endlich vor ihm stand, blickte er in ein häßliches, schiefes Gesicht. Seine Nase war krumm, sein unterwürfiges Lächeln wirkte seltsam verzerrt. Hinzu kam die Andeutung eines Buckels und die gebeugte Körperhaltung. Dieser Mann war nicht nur zwergenwüchsig, er sah auch aus wie ein Gnom.

«Was wollen Sie von mir?» herrschte Pistoux ihn an und wunderte sich gleichzeitig über sein lautes Auftreten.

Der Zwerg beugte sich leicht nach vorn, hob die überproportional langen Arme, was merkwürdigerweise so aussah, als wolle er sein Gegenüber um etwas anflehen.

«Kommen Sie bitte mit», sagte er. Er sprach melodiös und einschmeichelnd, was so gar nicht zu dem unangenehm stechenden Blick der hellgrauen Augen passen wollte. «Folgen Sie mir bitte, Herr Pistoux. Es ist nur zu Ihrem Besten, vertrauen Sie mir.» Er flötete es geradezu.

Pistoux trat vor Überraschung einen Schritt zurück.

«Woher kennen Sie meinen Namen?» fragte er.

«Das gnädige Fräulein», sagte der Zwerg. Er sah nervös nach allen Seiten und schien kurz davor zu sein, verzweifelt die Hände zu ringen. Wie konnte so ein Mensch Geheimpolizist sein, dachte Pistoux, alles an ihm war auffällig.

«Ich kenne Sie nicht. Wer sind Sie?» fragte Pistoux. Vielleicht, überlegte er, war das ja das Erfolgsrezept dieses Mannes: Er erregte so viel Mitleid bei seinen Opfern, daß sie vergaßen, wie gefährlich er möglicherweise war.

«Mein Name ist Greiner, Ludwig Greiner. Aber seien Sie doch bitte nicht so zögerlich. Es ist alles nur zu Ihrem Besten.»

Er flüsterte jetzt: «Das gnädige Fräulein schickt mich. Hier», er kramte aus der Rocktasche einen winzigen rosafarbenen Briefumschlag hervor. «Das schickt sie Ihnen.»

Pistoux zögerte. Auf den kleinen Umschlag waren die schnörkelig ineinander verschlungenen Buchstaben C-S-R geprägt. Charlotte Sophie Gräfin zu Rentlow. Wollte er überhaupt eine Nachricht von ihr lesen? Letzte Nacht hatte er sich geschworen, daß er sie nie wiedersehen wollte.

«Ich will sie nicht wiedersehen», hörte Pistoux sich sagen. Er zog seine Hand zurück.

Greiner hielt ihm den Brief jetzt fast direkt unter die Nase.

«Aber ... Sie müssen ihn lesen. Man erwartet Sie.»

«Ich gehe nicht zu ihr.»

«Aber nein. Sie sollen nicht zu ihr. Sie sollen zu ihm.»

«Zu wem?»

«Aber so lesen Sie doch!»

Wütend riß Pistoux dem Zwerg den Brief aus der Hand, brach das winzige Siegel auf der Rückseite und zog ein blaßrosa Kärtchen heraus. In zierlichen Buchstaben stand dort geschrieben: «Verzeih mir, Liebster. Ich konnte nicht anders. Rettung naht! Folge diesem Mann, er wird Dich zu einem Freund bringen. In Liebe, Charlotte Sophie.»

Pistoux dachte an die entwürdigende Komödie, die sie im Haus ihrer Schwester gespielt hatte, an den Vertrauensbruch, an das Gefühl der Erniedrigung, das ihn erfaßt hatte und noch immer tief in ihm bohrte.

«Es ist nicht weit. Kommen Sie!» sagte der Zwerg.

Pistoux schüttelte den Kopf.

«Sie suchen doch Arbeit», sagte Greiner. «Also, kommen Sie doch mit.»

«Arbeit?»

«Aber ja.»

An etwas so wohltuend Banales hatte Pistoux gar nicht gedacht. Plötzlich schien es ihm, als würde er endlich wieder festen Grund unter den Füßen spüren. Arbeit, das war genau das, was er jetzt brauchte.

«Gut, ich komme mit.»

«Folgen Sie mir!»

Leicht gebeugt und wegen seiner ungleich langen Beine von einer Seite auf die andere schwankend, eilte Greiner voraus. Pistoux folgte ihm durch einen weiteren Torbogen in einen Hinterhof, in dem sich eine Tischlerei befand, dann durch eine Tür in einen kleinen Garten mit blühenden Apfelbäumen, über eine eingestürzte Mauer und dann zwischen zwei Häusern hindurch wieder auf die Straße. Dort kletterte der Zwerg hastig in einen halbgeschlossenen Einspänner und winkte Pistoux, ihm zu folgen. Kaum saß Pistoux im Wagen, knallte der Kutscher mit der Peitsche, und das Pferd trottete los.

Es dauerte nicht sehr lange, und sie erreichten die Ringstraße. Hier war der Verkehr schon recht lebhaft. Einmal kam es zu einem kurzen Stau, weil ein Leiterwagen auf der Kreuzung Babenberger Straße einen Teil seiner Holzladung verloren hatte. Die Straßenbahnen blockierten den Weg, und der Kutscher hatte alle Mühe, sein Gefährt um den Stau herumzumanövrieren.

Schließlich erreichten sie die Ringstraße und hielten vor einem hochherrschaftlichen Gebäude. Ein junger Mann mit blassem, länglichem Gesicht, spitzer Nase und Nickelbrille trat aus dem Hauseingang und eilte auf die Kutsche zu. Greiner kletterte umständlich aus der Kutsche, machte dem Kutscher ein Zeichen zu warten und rief Pistoux zu: «Nun kommen Sie schon!»

Der blasse junge Mann blieb neben Greiner stehen, warf

einen Blick auf Pistoux, der sich anschickte, aus der Kutsche zu steigen, und sagte: «Wo bleiben Sie denn? Es ist schon spät.»

Greiner machte eine abfällige Handbewegung und deutete auf Pistoux: «Er ist daran schuld. Ein mißtrauischer Mensch.»

«Kommen Sie», sagte der junge Mann und versuchte, Pistoux am Ärmel mit sich zu ziehen.

«Wer sind Sie überhaupt?» fragte Pistoux verärgert.

«Das ist der Schlick, sein Sekretär», sagte Greiner, während er zurück in die Kutsche kletterte.

«Wessen Sekretär?»

«Na, der Sekretär vom Berg, dem Dichter.» Greiner hob die Hand über das Verdeck, um dem Kutscher zu signalisieren, daß er losfahren sollte.

«Ich kenne keinen Berg.»

Die Kutsche ruckte an.

«Na jedenfalls kennt er Sie», sagte Greiner.

Die Kutsche fuhr davon.

Pistoux spürte die Hand des blassen jungen Mannes auf seinem Unterarm. Er schüttelte sie ab.

«Kommen Sie», sagte Schlick und ging eilig über den Bürgersteig zum Hauseingang. Pistoux zögerte, dann folgte er ihm.

Sie durchquerten eine großzügig angelegte marmorne Eingangshalle und liefen über eine geschwungene Treppe in den ersten Stock.

Schlick öffnete eine hohe, breite Tür und trat in einen mit Wandbehängen, Spiegeln, Lampen, Leuchtern und Gemälden großzügig ausgestatteten, breiten Korridor. Er öffnete eine weitere Tür, bedeutete Pistoux einzutreten, schloß die Tür, sagte: «Einen Moment, bitte.» und verschwand hinter einer Flügeltür, nachdem er kurz angeklopft und auf ein herrisches «Herein!» gewartet hatte.

Pistoux sah sich um. Er befand sich im Arbeitsraum des Sekretärs. In Glasvitrinen breiter Schränke standen zahllose Bücher, auf einem Schreibtisch, dessen Maße offenbar nicht ausreichten, stapelten sich schwere Folianten und Papiere. Federhalter und andere Schreibwerkzeuge lagen durcheinander. Hinter dem Schreibtisch hing ein Porträt des Dichterfürsten Friedrich Berg, der von dieser Warte aus tagein, tagaus seinem Sekretär bei der Arbeit über die Schultern schauen konnte. Gegenüber dem Schreibtisch stand eine große Uhr, die laut tickte. Dann schlug sie einmal an: Es war Viertel nach zehn.

Die Flügeltür wurde aufgezogen.

«Herr Berg läßt bitten», sagte der Sekretär.

Pistoux ging an ihm vorbei in das Arbeitszimmer des Dichters, der hinter einem mächtigen Schreibtisch in einem nicht weniger mächtigen Sessel thronte. Es war recht dunkel, da die schweren roten Vorhänge nur wenige Spaltbreit Licht durch die Fenster ins Zimmer fallen ließen. Wie der Dichter in dieser selbsterzeugten Dämmerung schreiben konnte, war Pistoux ein Rätsel.

Berg deutete auf den Stuhl vor dem Schreibtisch: «Setzen Sie sich!»

Pistoux nahm Platz und bereute es augenblicklich, als er merkte, daß der Stuhl so gestellt war, daß ein blendender Lichtschein von draußen direkt auf ihn fiel. Von seinem Gegenüber konnte Pistoux nur die breite Fläche des Gesichts mit dem Backenbart und die weißen Hände erkennen, die einen Spazierstock umklammerten, dessen Knauf in Form eines Alpengipfels effektvoll glänzte.

«Sie sind spät gekommen», sagte Friedrich Berg.

Pistoux antwortete nicht.

«Sie sind unhöflich.»

Pistoux schwieg.

«Ich werde Ihnen helfen, Monsieur.»

Pistoux wartete ab.

«Es macht mir keine besondere Freude, das zu tun, aber ich tue es dennoch.»

Pistoux hatte den Eindruck, daß der Mann seltsam roch. Als würde er einen leicht modrigen Odem ausströmen. Vielleicht lag eine tote Maus unter dem monströsen Schreibtisch des Dichterfürsten. Oder war es der blasse Sekretär, der seltsam roch? Er stand noch immer in der halbgeöffneten Tür.

«Ich wollte Sie sehen. Sie machen einen recht gewöhnlichen Eindruck. Das wundert mich ... und auch wieder nicht.» Er hüstelte.

Pistoux war kurz davor, aufzustehen und zu gehen. Eine solche erniedrigende Behandlung mußte er sich nicht noch einmal bieten lassen.

«Sie sind Koch?» fragte Friedrich Berg.

Pistoux hatte den Eindruck, als würde sich sein Gesicht höhnisch verziehen.

«Koch?» wiederholte Berg.

«Er ist Koch», tönte die Stimme des Sekretärs hinter Pistoux.

«Schön, er ist Koch», sagte der Dichter. «Als ob wir nicht schon genug Köche in Wien hätten.» Er sprach jetzt direkt zu seinem Sekretär. «Was fangen wir also mit ihm an?»

«Er wird Kellner. Im Café Rebhuhn», sagte der Sekretär.

«Da haben wir ihn im Auge ...» Der Dichter hustete plötzlich sehr heftig. Das Husten wollte gar nicht aufhören.

Pistoux stand auf.

Durch das Husten hindurch sagte Friedrich Berg: «Vielleicht versteht er nicht genug. Er ist Franzose.»

«Er spricht sehr gut Deutsch», sagte der Sekretär.

«Er soll gehen», sagte der Dichter. «Wegen ihm versäume

ich noch mein Gabelfrühstück. Ich hab wieder so einen boh-
renden Hunger, Joseph. Soll ich denn ausgerechnet wegen
eines Kochs verhungern?»

Pistoux drehte sich um und ging zur Tür. Das ganze Zimmer roch merkwürdig. Es war nicht unbedingt ein Modergeruch, aber etwas Fauliges. Als ob Tod und Verfall gerade dabei
wären, sich im Arbeitszimmer des Dichters einzunisten.

«Bring ihn weg, Joseph», sagte Friedrich Berg.

«Kommen Sie.» Wieder faßte der Sekretär Pistoux am Arm
und zog ihn aus dem Zimmer seines Herrn.

Pistoux riß sich los.

«Was soll dieses absurde Theater?»

«Seien Sie dankbar», sagte Joseph Schlick. «Sie haben vor
Ihrem Gönner gestanden.»

«Meinem Gönner?»

«Er hat Ihnen einen guten Posten besorgt. Wir gehen gleich
hin.»

«Warum hat er das getan? Woher kennt er die Gräfin Rentlow?»

«Die Dame ist mir nicht bekannt», sagte der Sekretär ungeduldig. «Kommen Sie jetzt.»

Als sie wieder auf die Straße traten, atmete Pistoux tief ein.
Der Modergeruch hatte ihn betäubt.

Wieder spürte er die Hand des Sekretärs. Schlick hatte ihn
am Oberarm gepackt und zog ihn mit sich.

Ich brauche Geld, dachte Pistoux, ich brauche Arbeit.

∾ 8 ∾ KONSPIRATION

IM SÉPARÉE Mizi von Chudenitz freute sich jeden Morgen aufs neue über die ersten Sonnenstrahlen, denn es war

Mai, die schönste Zeit im Jahr. Gewöhnlich lag sie ab acht Uhr morgens in ihrem Bett und sah zum Fenster hinüber, beobachtete, wie der Wind mit den Vorhängen spielte und die Sonnenstrahlen ihr warmes Licht durch einen schmalen Spalt ins Schlafzimmer schickten. Mizi konnte unmöglich vor neun Uhr aus dem Bett steigen. Nicht mal bewegen konnte sie sich, denn der Oberst legte Wert darauf, um Punkt neun Uhr geweckt zu werden, und zwar vom Duft des Kaffees und frischer *Kaisersemmeln*, nicht vom unruhigen Umherwälzen seiner Gattin.

So hatte Mizi immer eine Stunde lang Zeit, über ihr Lebensglück nachzudenken. Seit einigen Tagen war es wieder vollkommen, denn ihre geliebte Schwester Charlotte Sophie war zurück. Sie hatte sie vermißt, sie hatte Angst um sie gehabt, sie hatte sie tot geglaubt. Wie sehr ihre Ängste begründet waren, hatte sich gezeigt, als Charlotte Sophie mit einem wildfremden Mann erschienen war, der sich als Franzose entpuppte und wenig später vom Oberst als Hochstapler enttarnt worden war. Der armen Charlotte Sophie hatte dieser Mensch eingeredet, ein Baron zu sein. Tatsächlich war er ein Mann des Volkes und als solcher natürlich indiskutabel. Schade, dachte Mizi, eigentlich war seine Haltung tadellos, seine Statur beeindruckend. Ein bißchen dunkel war er gewesen, aber doch männlich. Aber der Oberst wußte besser, was für Charlotte Sophie richtig war.

Es klopfte leise an der Tür. Der Oberst regte sich. Die Tür wurde vorsichtig geöffnet. Marie, die Mehlspeisköchin, und Anna, das Dienstmädchen, traten ein. Marie blieb neben dem Bett stehen und wartete, daß der Oberst erwachte. Anna lief zum Fenster und zog die Vorhänge beiseite. Und wie jeden Morgen, wenn es nicht regnete, sagte Mizi von Chudenitz: «Ach, was für ein herrlicher Tag!»

Davon wachte der Oberst auf und brummte etwas Unverständliches. Anna kam vom Fenster herüber und nahm Marie das Tablett ab. Das Tablett hatte geschwungene Füße und wurde auf das Bett gesetzt, nachdem der Oberst und seine Frau sich aufgerichtet hatten. Die Melange wurde eingeschenkt, und dann griff der Oberst nach einer Kaisersemmel und dem ersten von zwei Frühstückseiern, seine Frau nach einem *Nußkipferl* und der Marmelade.

Nachdem er sehr viel Kaffee getrunken und sehr wenig gesprochen hatte, betätigte der Oberst die Klingel, ohne auf seine Frau zu achten, die noch nicht fertig war und nun ihr Hörnchen hastig in sich hineinstopfte, und machte der herbeieilenden Anna ein Zeichen, daß sie das Tablett abräumen sollte.

Danach empfing Madame je nach Wochentag die Maniküre, die Friseuse oder die Masseuse und dachte darüber nach, ob es mal wieder Zeit wäre, einen Vormittag bei der Schneiderin zu verbringen. Mizi ging oft zu ihrer Schneiderin. Die ständige Kontrolle ihres eigenen Personals ermüdete sie. Bei der Schneiderin ging es fröhlicher zu, denn dort trafen sich Freundinnen und Bekannte, und gleich nebenan war die Konditorei. Heute würde sie Charlotte Sophie mitnehmen, denn sie mußte komplett neu eingekleidet werden. Das konnte Tage dauern.

Der Oberst verließ das Schlafzimmer, schlurfte ins Bad und begab sich nach vollbrachter Wäsche und Rasur in sein Ankleidezimmer.

Das Ankleidezeremoniell, bei dem ihm Conradi assistierte, der rechtzeitig aus seiner Wohnung unterm Dach heruntergekommen war, endete immer mit einem langen, ausgiebigen Blick in den großen Spiegel. Stets wanderte der Blick des Obersts zwischen seinem Abbild und dem Porträtgemälde an der Wand hin und her. Das Kunstwerk zeigte den verstorbenen Vater des Obersts. Sein Sohn glich ihm in seiner äußeren Erscheinung bis aufs Haar. Sogar das gleiche Grau der Barthaare und Schläfen hatte er mittlerweile erreicht. Darauf war er sehr stolz.

Conradi hatte noch nicht gefrühstückt, aber das interessierte den Oberst nicht, denn es war jetzt an der Zeit, sich sehen zu lassen.

In Gehrock und Zylinder begab man sich auf den Korso.

Von der Herrengasse aus ging's in die Wallnerstraße und über den Kohlmarkt zum Graben. Stets legte der Oberst Wert darauf, auf der rechten Straßenseite im Schatten zu gehen. Nicht weil er das Sonnenlicht scheute, man ging grundsätzlich auf der Schattenseite, es sei denn, man legte aus bestimmten Gründen Wert darauf, nicht gesehen zu werden. In diesem Fall war man auf der hellen Seite der Straße gewissermaßen im gesellschaftlichen Dunkel.

Die elegante Wiener Welt, vor allem die Herren, trafen sich in den eleganten Straßen mit den feinen Geschäften und hübschen Fassaden, um sich zu grüßen oder zu ignorieren. Es war kein Müßiggang, es war Arbeit und diente der Repräsentation. Durch den Graben flanierte der Oberst gemächlich Richtung Stephansdom. Hinter ihm, in gemessenem Abstand zu seinem Herrn, ging Leutnant Conradi und achtete genauestens darauf, wem der Oberst zunickte und wem nicht. Er versuchte, sich die Gesichter zu merken, denn alle Herren, die hier einander passierten, repräsentierten die herrschende Klasse von Wien.

Vom Stephansdom ging's dann durch die Augustinerstraße bis zur Oper. Dort begann der Korso erneut, denn mindestens dreimal mußte der Weg gemacht werden, bis man alle bedeutenden Persönlichkeiten mit einem Kopfnicken oder einem freundlichen Gruß bedacht hatte.

Was für den Oberst eine Freude war, war für den Leutnant eine Tortur. Ihn grüßte niemand, höchstens mal eine Dame von zweifelhaftem Ruf, die sich unter die Passanten gemischt hatte. Und er hatte Hunger.

Für Conradi war es jeden Tag aufs neue ein nervenaufreibendes Rätsel vorauszusagen, wann und wo der Oberst auf ein Gabelfrühstück einkehren würde. Schon nach der ersten Runde oder erst nach der zweiten? Der Magen des Leutnants begann bei der Ankunft im Graben zu knurren, er rumorte, wenn sie den Stephansdom hinter sich ließen, und die Knie wurden ihm schwach, wenn sie am Ende der ersten Runde die Oper erreichten, ohne eingekehrt zu sein.

Diesmal machten sie schon während der ersten Runde bei Spetzer & Dollfuß halt, wo von Chudenitz sich ein *Saftgulasch* und ein Achtel Wein bestellte. Conradi begab sich derweil in eine Seitengasse und aß an einem Stand *Würstel mit Brot*.

Danach schritten die beiden erneut den Korso ab und kehrten zwischendurch auf einen kleinen Schwarzen in dem einen oder anderen Kaffeehaus ein und ließen sich diverse Zeitungen bringen.

Ab und zu kam es zu kurzen Gesprächen mit Bekannten auf der Straße. Davon wurde der Mund trocken, und der Oberst überlegte, ob er sich nicht ein belebendes Getränk an der Bar des Grand Hotels genehmigen sollte. Da es inzwischen aber bereits recht spät war, verzichtete er darauf.

Gegen ein Uhr verspürte der Oberst einen unbändigen Appetit. Er blieb stehen, holte seine Taschenuhr aus der Westentasche, klappte sie auf und nickte bedächtig. «Es ist Zeit, an unser Mittagsmahl zu denken, Conradi», sagte er.

Das Herz des Leutnants schlug höher. Die Wurst war längst verdaut, und er wußte, daß heute ein geheimes Arbeitsessen stattfinden würde, dem auch er beiwohnen durfte.

Sie machten sich auf den Weg zum Restaurant Sacher.

Der seit vielen Jahren hochgeschätzte Eduard Sacher, Sohn des Wein- und Delikatessenhändlers Franz Sacher, hatte vor fünf Jahren in der Augustinerstraße 4 ein Gastlokal eröffnet. Nach Pariser Vorbild war es mit «Chambres séparées» ausgestattet worden, stellte eine sogenannte «Maison meublée» dar und trug den stolzen Namen «Hôtel de l'Opéra», denn es befand sich vis-à-vis der «K.K.-Hof-Oper». Im Sacher logierten und speisten alle, die Rang und Namen hatten. Die kleinen intimen Speiseräume eigneten sich für diverse gesellschaftliche, private und dienstliche Diners und Soupers, für die Stammgäste wurden die Speisen extra zubereitet. Es hieß, daß es im Sacher das beste Essen der Welt gab. Ein weiterer Vorteil des Etablissements waren die versteckt liegenden Eingänge und Dienstbotentreppen, die es ermöglichten, Personen diskret im eigenen Séparée zu empfangen.

Für Oberst von Chudenitz war das Séparée im Sacher eine dienstliche Angelegenheit. Wenn er nicht zu Hause zu Mittag aß, speiste er hier. Und am Abend war er regelmäßig zu Gast in seinem mit viel Plüsch und Seide ausgestatteten Stammraum im dritten Stock. Wenn er wollte, konnte er durch die Fenster nach draußen auf die Straße blicken. Meist aber zog er es vor, die Fenster zu schließen und die schweren Vorhänge zuzuziehen. Bei der Art von Besprechungen, wie er sie führte, war eine dämmrige Atmosphäre angebrachter als gleißendes Sonnenlicht. Und niemand im Hotel fand etwas dabei, daß Oberst von Chudenitz am hellichten Tag die Gaslampen anzünden ließ.

Sie schritten durch die prunkvolle Eingangshalle, wurden von einem modernen Lift nach oben gefahren und von einem Pagen über einen dicken roten Teppich zu ihrem Zimmer geleitet.

Der Raum war gerade groß genug, um einen Eßtisch mit sechs Stühlen und zwei kleine Rauchtische mit jeweils drei Sesseln zu beherbergen. An den Wänden mit den gestreiften Seidentapeten hingen diverse Leuchter und verschiedene Gemälde. Oberst von Chudenitz hatte, als er den Raum übernahm, die Schäferszenen durch Bilder von Jagdgesellschaften und einem Gemälde von der Schlacht bei Solferino ersetzen lassen. Solche Motive, meinte er, paßten für alle Lebenslagen.

Der Oberst und sein Adjutant wurden bereits von Ludwig Greiner erwartet.

Der Zwerg sprang von seinem Sessel auf und verbeugte sich allerdings nur vor dem Oberst.

Leutnant Conradi gab dem Pagen den Befehl, dem Kellner mitzuteilen, in einer Viertelstunde das Essen zu servieren. Die Herren begaben sich nach dem Austausch einiger Belanglosigkeiten zu Tisch.

Sie aßen eine *Klare Wachtelsuppe*, *Hechtnockerln mit Reis* und *Rostbraten à la Tegetthoff*.

Oberst von Chudenitz bekam von allem eine doppelte Portion, die er gemächlich, aber zielstrebig in sich hineinschaufelte. Leutnant Conradi aß hastig und verschluckte sich des öfteren, vor allem bei den Hechtnockerln. Ludwig Greiner mochte keinen Fisch und säbelte um so gieriger an den Rindfleischscheiben herum.

Zum Nachtisch gab es *Kaiserschmarren mit Zwetschgenröster*, die Lieblingsnachspeise des Obersts. Als sie vertilgt war und der Mokka auf den Rauchtischen stand, erhoben sich die Herren, die bisher kaum miteinander gesprochen hatten, und setzten sich in die Sessel. Der Kellner verschwand, der Leutnant verschloß die Tür gewissenhaft.

Oberst von Chudenitz nahm sich eine Zigarre, zündete sie akribisch an, versäumte es wie immer, seinen Gästen ebenfalls eine anzubieten, nippte am Kaffee und sagte dann zu Ludwig Greiner: «Haben Sie den Kerl observiert?»

«Jawohl, Herr Oberst», sagte der Zwerg.

«Er ist noch in der Stadt?»

«Jawohl.»

«Sie haben ihm also nicht genug Angst einjagen können?»

«Nein, Herr Oberst.»

Von Chudenitz blies ihm den Rauch seiner Zigarre ins Gesicht. Greiner bemühte sich, nicht zu husten.

«Wo ist der Kerl denn untergekommen?»

«Er hat sich mit einem Exilanten angefreundet. Einem deutschen Sozialisten namens Eduard Busch.»

«Weisen Sie ihn aus.»

«Das ist nicht ganz einfach, Herr Oberst. Der Mann hat sich nichts zuschulden kommen lassen. Er hat eine Aufenthaltsgenehmigung. Er sitzt nur im Kaffeehaus. Abends geht er in sein Zimmer unterm Dach. Dort schläft auch der Franzose.»

«Die Genehmigung zurückziehen», sagte der Oberst und sah den Leutnant an.

Der Zwerg wiegte den Kopf zweifelnd hin und her: «Sie wissen, daß das mitunter lange dauern kann.»

«Denken Sie sich was aus!»

«Jawohl.»

Der Oberst wurde ungeduldig. Er spürte, wie er müde wurde. Sein Körper wollte nur noch verdauen, sonst nichts.

«Der Franzose hat Arbeit gefunden», sagte Greiner nach einer Pause.

Der Oberst sah ihn erstaunt an.

«Er ist Kellner im Café Rebhuhn geworden.»

«Kellner?» fragte der Oberst.

Greiner nickte.

«Wie konnte er so schnell Kellner werden?»

«Professor Berg hat ihm die Stellung verschafft.»

«Professor Berg?»

«Friedrich Berg, der Dichter.»

Der Oberst schnaufte wütend: «Dieser ...» Er stockte und schwieg. Er dachte nach.

«Conradi?» sagte er dann.

«Ja, Herr Oberst.»

«Haben wir noch die Akten von diesem Berg?»

«Natürlich, Herr Oberst.»

«Auf dem neuesten Stand?»

«Selbstverständlich, Herr Oberst.»

«Wir nehmen sie uns gleich heute nachmittag vor.»

«Jawohl.»

«Dieser Berg kommt mir nicht so einfach davon», murmelte der Oberst. «Und Sie, Greiner, nehmen ihn ins Visier ...»

Er aschte ab, legte die Zigarre auf den Rand des Aschenbechers, lehnte sich in seinem Sessel zurück und nickte augenblicklich ein.

Weder Mokka noch Haß waren stark genug, ihn wach zuhalten.

Leutnant Conradi nickte Greiner zu und bedeutete ihm aufzustehen. Auf Zehenspitzen schlichen der Spitzel und der Adjutant aus dem Zimmer.

Der Oberst begann zu schnarchen.

⌁ 9 ⌁ DER HAUCH

DES TODES  Immer wieder stand Pistoux staunend vor der mächtigen hydrostatischen Kaffeemaschine des Café Rebhuhn in der Goldschmiedgasse, wo er jetzt als Zuträger arbeitete.

Als er sich vor einigen Tagen dank der aufdringlichen Hilfe des Dichterfürsten Berg hier vorgestellt hatte, war der Wirt ganz begeistert gewesen, als er hörte, daß Pistoux Franzose war. Sofort hatte er ihn zu dem großen Tresen im hinteren Bereich des weitläufigen Kaffeehauses gezogen und stolz auf das technische Wunderwerk gedeutet.

«Was sagen Sie dazu, Herr Pistoux? Ist das nicht eine Pracht?»

«Aber was ist das?» fragte Pistoux verwirrt.

So schnell konnte er sich keinen Reim auf das eigenartige, industriell wirkende Gebilde machen. Es stand auf einem glänzenden Metallpodest und reichte bis unter die Decke des hohen Raums. Unter dem aus einer riesigen Metallkugel bestehenden bauchigen Unterteil loderte ein Feuer, das offenbar mittels einer Gaszufuhr geregelt werden konnte, worauf diverse Hebel hindeuteten. Mehrere dicke Rohre führten von der großen Kugel in die Höhe zu einer kleineren, von wo aus wiederum andere Rohre nach unten in ein zylindrisches Gefäß mündeten, das auf der dicken Kugel saß. Zahlreiche Hähne und Ventile vervollständigten das verwirrende Bild.

Zwei junge Frauen in blütenweißen Schürzen, die vor der blubbernden und zischenden Maschine standen, füllten die heiße schwarzbraune Flüssigkeit in Schalen, Gläser und Kannen und öffneten hier und da ein Ventil, um mittels heißem Dampf warme Milch aufzuschäumen.

«Der Perkolator von Loysel», sagte der Wirt und griff sich mit beiden Händen stolz ans Revers seines Fracks, unter dem sich ein Bauch wölbte, der eine gewisse Ähnlichkeit mit den Rundungen der Maschine hatte. «Natürlich in verbesserter Form», fügte er hinzu.

«Ah», sagte Pistoux, weil ihm sonst nicht viel dazu einfiel.

«Auf der Weltausstellung in Paris 1855 hat Ihr Landsmann

Loysel dieses wunderbare Beispiel technischen Fortschritts präsentiert. Die Welt lag ihm zu Füßen. Das dortige Gerät war allerdings wesentlich größer und konnte 2000 Tassen Mokka in der Stunde produzieren. Wir haben natürlich bescheidenere Anforderungen, die Maschine läuft nur auf halber Kraft. Aber mir geht es um die Idee, Monsieur, als Franzose werden Sie das verstehen. Das …» Er deutete auf den Perkolator. «… ist der Fortschritt, und der Fortschritt ist die Zukunft, und die Zukunft ist alles.»

«Zweifellos, Herr Hasek.»

«Natürlich! Was liegt näher, als die Kraft des heißen Wasserdampfes zu nutzen, um Kaffee in großen Mengen herzustellen?»

«Sie haben recht.»

«Und bedenken Sie, daß der Dampfdruck nur dazu dient, das Wasser aus dem unteren Behälter nach oben steigen zu lassen. Den Rest besorgt der hydrostatische Druck, der den Dampf durch den gemahlenen Kaffee drückt. Vom Filter ergießt sich das köstliche Getränk dann in den Auffangbehälter und kann mit großer Leichtigkeit in ständiger Abfolge frisch gezapft werden. Sogar von meinen Mädchen, die in technischen Dingen nicht sehr begabt sind.»

«Sehr interessant», sagte Pistoux, dem vor allem aufgefallen war, daß die eine der beiden Kaffeesiederinnen, die Zierliche mit den schwarzen Haaren, recht hübsch war und etwas Ätherisches ausstrahlte. Ihre brünette Kollegin machte einen eher derben Eindruck.

«Genial», verbesserte Herr Hasek.

«Ja, doch.»

«Sehen Sie! Sie können stolz sein auf Ihren Landsmann!»

Auch wenn ihn die technischen Einzelheiten des Loyselschen Perkolators nicht sonderlich interessierten, war Pistoux doch erfreut darüber, daß er auf einen Mann getroffen war, der sich für die Leistungen der französischen Nation begeistern konnte. Er vergaß seinen Ärger über den anmaßenden Friedrich Berg und seinen aufdringlichen Sekretär und entschloß sich, die Stellung im Café Rebhuhn anzunehmen.

«Ich werde Sie als Zuträger beschäftigen. Wir werden ja sehen, wie Sie sich bewähren. Seien Sie nett zu den Mädchen hinter der Theke, aber poussieren Sie nicht! Bringen Sie mir meine Kassiererin nicht durcheinander. Respektieren Sie mir den Herrn Franz, das tue ich auch, denn er ist der Oberkellner. Und scheuchen Sie den Pikkolo nicht zu sehr.»

Pistoux nickte.

«Wie war doch noch Ihr Vorname?»

«Jacques.»

«Na, der Jacques. Das paßt!»

Der Wirt hielt Pistoux die Hand hin. Er schlug ein, und Hasek sagte zufrieden: «Also abgemacht. Sie fangen gleich an. Das Sakko muß ich Ihnen leider in Rechnung stellen.»

Die Arbeit war anstrengend, aber sie gefiel ihm. Wenn man es schaffte, sich dem Rhythmus des Oberkellners anzupassen, verfiel man in einen gemächlichen Trott und kam gut durch den Tag. Das Café Rebhuhn schloß allerdings erst zu später Stunde. Danach schmerzten Beine und Füße.

Jeden Abend kehrte Pistoux todmüde in die winzige Dachkammer zu seinem Freund Eduard Busch zurück, bei dem er auf einem Strohsack schlief. Wenn er genug Geld gespart hatte, würde er umziehen. Aber einstweilen war daran noch nicht zu denken. Dem alten Sozialisten aus Deutschland schien es zu gefallen, daß er vor dem Einschlafen noch einen Gesprächspartner hatte, dem er Vorträge über seine politischen Ideale halten konnte. Pistoux nickte schon nach wenigen Sätzen ein. Busch redete weiter, während der Mond sich langsam von einer Ecke des Dachfensters in die andere bewegte.

Nur eines war unangenehm am Café Rebhuhn: Jeden Morgen um halb elf betrat Friedrich Berg das Lokal. Wie angewurzelt blieb er immer an der gleichen Stelle stehen, nachdem sich die Tür des Windfangs hinter ihm geschlossen hatte. Er wartete, bis der Pikkolo zu ihm geeilt war, um ihm den Mantel, den Zylinder und die Handschuhe abzunehmen. Dann schritt er zu seinem Stammplatz, von wo aus er die im hinteren Bereich stehenden Billardtische gut überblicken konnte. Er warf einen prüfenden Blick in den Spiegel, der oberhalb der Holztäfelung die ganze Wand einnahm, und rückte den Bugholzstuhl so zurecht, daß er von seinem Platz aus beide Flügel des Eckcafés überblicken und gleichzeitig aus dem hohen Fenster nach draußen auf die Goldschmiedgasse sehen konnte. Dann legte er den Spazierstock mit dem Alpengipfelgriff auf die marmorne Tischplatte und setzte sich. Anschließend warf er einen prüfenden Blick auf den geschwungenen Lüster mit den Gaslampen und entschied, ob er den Wirt zurechtweisen sollte, weil der mal wieder Gas sparte und es zu dämmrig zum Lesen war.

Kurz darauf trat der Pikkolo an seinen Tisch und legte ihm die Wiener Zeitung hin. Dann war Pistoux an der Reihe, ihm Einspänner und Kipferl zu servieren.

Als er dies am ersten Tag seiner neuen Anstellung tat, hatte Friedrich Berg kurz aufgeblickt und mit einem hinterhältigen Lächeln gefragt: «Und gefällt sie Ihnen, Ihre neue Anstellung?»

Pistoux hatte nicht darauf geantwortet, sondern den Kaffee serviert, und war davongegangen. Hinter sich hörte er das abschätzige Hüsteln des Dichters. Er war kurz davor gewesen, sich umzudrehen und dem anmaßenden Kerl an die Gurgel zu gehen, aber dann hatte er Herrn Hasek gesehen, der gemütlich an der Theke neben der Sitzkassiererin lehnte. Er wollte Hasek keinen Ärger machen, er war ihm dankbar, daß er ihn hier aufgenommen hatte.

An diesem Morgen aber war Pistoux kurz davor zu kündigen. Nicht wegen Friedrich Berg. Der Dichter zog es inzwischen vor, den französischen Zuträger namens Jacques einfach zu ignorieren. Meistens machte er ohnehin einen abwesenden Eindruck. Er schien die Welt um sich zu vergessen. Manchmal hatte Pistoux den Eindruck, daß er kurz davor war, über der Zeitungslektüre einzuschlafen. Um ihn herum wurde gemunkelt, der Dichter säße bis in die tiefe Nacht an einem neuen Drama. Ganz Wien fragte sich, wann es endlich fertig sein würde. Die Spannung wuchs von Tag zu Tag und war schon längst auf das Personal des Café Rebhuhn übergesprungen.

Immer wieder flüsterte Herr Hasek seinem Oberkellner, dem Herrn Franz, zu: «Ob's heut soweit ist? Was meinen Sie? Heut?»

Es war bekannt, daß Friedrich Berg den Abschluß einer Arbeit mit einer Kaisermelange und einem Stück *Apfelstrudel mit Schlag* zu feiern pflegte. Nun wartete ganz Wien auf den Tag, an dem aus dem Kaffeehaus des Herrn Hasek die gute Nachricht in die Stadt getragen werden würde. Herr Hasek war sich seiner bedeutenden Aufgabe bewußt und hatte das Personal angewiesen, ihm alle Veränderungen im Verhalten des Dichters unverzüglich mitzuteilen. Das einzige, was dabei herauskam, waren tägliche Meldungen, daß «der Herr Professor Berg schon wieder so schrecklich müde ist». Von allen wurde dies als gutes Zeichen für die baldige Vollendung des neuen Werkes gedeutet.

Aber, wie gesagt, war es nicht die Anwesenheit des Dichterfürsten, die Pistoux nahelegte, auf der Stelle zu kündigen. An

Berg hatte er sich im Laufe der Zeit – er war jetzt immerhin schon eine Woche hier – gewöhnt. An diesem Morgen jedoch tauchten wie aus heiterem Himmel Personen auf, deren Gesichter Pistoux nur noch ein- oder zweimal in einem Alptraum heimgesucht hatten: Noch bevor Friedrich Berg das Café Rebhuhn betrat, setzte sich der bucklige Zwerg, den Pistoux für seine Begriffe schon viel zu oft zu Gesicht bekommen hatte, an einen Tisch.

Kurz darauf betrat der eigenartige alte Mann, den Pistoux und Charlotte Sophie in dem Heurigenlokal in Baden kennengelernt hatten, das Kaffeehaus und setzte sich in eine dunkle Ecke. Kein Zweifel, es war der Mann, der sich als «Doktor Rudnik, Phrenologe» vorgestellt hatte. Wieder hatte er die Tasche bei sich, aus der er das letzte Mal den Totenschädel hervorgezogen hatte.

Der Zwerg bestellte einen Schwarzen, Rudnik eine Melange.

Kurz vor halb elf ging die Tür auf, und Joseph Schlick, der Sekretär von Friedrich Berg, trat ein. Er war noch blasser als sonst und machte einen aufgeregten Eindruck. Er setzte sich an den Tisch neben dem Stammplatz des Dichters und bestellte eine Tasse heiße Schokolade, die er aber nicht anrührte.

Das Kaffeehaus war zu diesem Zeitpunkt sehr gut besucht, weshalb es Pistoux nicht möglich war, genauer zu beobachten, was die drei Männer taten. Immerhin konnte Pistoux beobachten, daß Schlick sich kurz an den Tisch von Dr. Rudnik setzte. Sie unterhielten sich eine Weile. Währenddessen ruckte der Minutenzeiger der großen Kaffeehausuhr langsam weiter, an der sechs vorbei Richtung zwölf.

In dem Moment, als Minuten- und Sekundenzeiger sich auf der elf trafen, nahm Herr Hasek, der Wirt, Pistoux beiseite und sagte: «Passen Sie genau auf, heute ist es soweit. Er kommt mit dem Fiaker!»

Pistoux blickte nach draußen auf die Goldschmiedgasse, wo gerade eine Droschke vorfuhr. Darin saß Friedrich Berg in gerader Haltung, den Kopf stolz in die Höhe gereckt. Die Droschke hielt an, und Berg blieb regungslos sitzen. Das Personal des Kaffeehauses hielt den Atem an. Er würde ihnen doch hoffentlich nicht die Schmach antun, an diesem Tag weiterzufahren, dachten alle.

Es dauerte. Im Augenwinkel konnte Pistoux erkennen, wie Joseph Schlick aufstand.

Herr Hasek war zur Theke geeilt und gab vorsorglich schon mal eine Kaisermelange in Auftrag.

Endlich stieg der Dichter aus der Kutsche. Sehr langsam, mehr als gemächlich jedenfalls, bewegte er sich auf den Eingang des Café Rebhuhn zu. Es schien ihm große Mühe zu bereiten, die Tür zu öffnen. Dann trat er ein.

Der Pikkolo nahm ihm die Garderobe ab, der Dichter ging zu seinem Stammplatz, wo er erschöpft auf den Stuhl sank und sich zurücklehnte.

Schon stand Herr Hasek neben Pistoux und hielt ihm das Tablett hin, auf dem neben Wasserglas, Zeitung und Kipferl eine dampfende Schale Kaisermelange stand.

Pistoux nahm das Tablett und bemühte sich, würdevoll zum Platz des Dichters zu schreiten.

Friedrich Berg sah nicht auf, als Pistoux an den Tisch trat. Aber als er die dampfende Schale bemerkte, die Pistoux ihm hingestellt hatte, sagte er plötzlich: «Was soll das? Wo ist mein Einspänner?»

Pistoux spürte, wie ihm das Blut in den Kopf stieg. Alle Augen waren auf ihn gerichtet. In was für eine idiotische Situation war er da geraten! Was sollte er jetzt tun?

«Geben Sie mir doch endlich die Zeitung!» sagte der Dichter grantig.

Pistoux legte die Zeitung auf den Tisch.

«Und das Wasser! Ich habe Durst!»

Pistoux stellte das Glas auf den Tisch.

Dann nahm er die Kaisermelange wieder mit.

Herr Hasek rang die Hände: «Was ist passiert? Wie konnte das geschehen.»

«Einen Einspänner, schnell», rief Pistoux mit verhaltener Stimme der brünetten Kaffeeköchin hinter der Theke zu.

Der Perkolator zischte und blubberte. Pistoux merkte, daß er schwitzte. Die brünette Kaffeesiederin war so aufgeregt, daß ihr ein Glas zu Bruch ging. Die Schwarzhaarige wiederum schien überhaupt nicht zu wissen, was sie tun sollte. Sie starrte auf die Schüssel mit dem Obers.

«Das ist schon sauer», sagte sie plötzlich, «nimm dies hier», und hob eine zweite Schüssel auf den Tresen. Die Brünette sah die Schüssel mit dem sauren Obers erschrocken an und tauchte dann den Löffel in die frische Sahne.

Der Mokka wurde mit dem Obers bedeckt, Pistoux stellte das Glas vorsichtig aufs Tablett und ging los. Er stellte ihn auf den Tisch des Dichters, deutete eine Verbeugung an und wandte sich zum Gehen.

Als er den Raum durchquerte und routinemäßig nach neu-angekommenen Gästen Ausschau hielt und tief durchatmete, weil nun alles wieder in normalen Bahnen zu laufen schien, fiel ihm auf, daß auch der Zwerg und Dr. Rudnik verschwun-den waren. Auch Joseph Schlick war nicht wieder aufgetaucht.

Erst als er bemerkte, wie ein ungewohntes Raunen in dem großen Kaffeehausgewölbe anhob und immer lauter wurde, und sah, wie einige Gäste aufstanden und sich zusammen-scharten, merkte er, daß doch etwas passiert war.

Und plötzlich standen fast alle Gäste um den Platz des Dichters herum. Das Raunen verebbte, Schweigen brach aus.

Herr Hasek bahnte sich den Weg durch die Menge, gefolgt vom Oberkellner.

Pistoux trat näher. Er war groß genug, über die Menge hinwegblicken zu können. Endlich konnte er erkennen, was passiert war: Friedrich Berg, der Dichterfürst von Wien, lag in grotesker Stellung mit dem Oberkörper halb auf dem Tisch in einer Lache aus Kaffee und Sahne. Sein Mund war weit aufgerissen, seine Hände umkrampften den Tischrand, der Stuhl war umgekippt, sein Gesicht hatte eine dunkelviolette Färbung angenommen. Er war tot.

Pistoux griff nach dem Hangerl, das aus seinem Hosensack heraushing, und tupfte sich den eiskalten Schweiß von der Stirn. Er merkte, daß er zitterte.

∽ IO ≻ ANGEKLAGT Hauptmann Mattuschek hatte keine Eile. Das sah man ihm gleich an: Er neigte zur Trägheit, davon zeugte sein großer Bauch, der wie ein halbgefüllter Sack aus der Weste unter dem Sakko hervorquoll. Zuerst einmal ließ er sich Hut und Mantel abnehmen. Dann fuhr er sich mit der Hand über den kahlen Kopf und bestellte eine Melange. Nachdem das erledigt war, ließ er sich von einem Uniformierten berichten, was man vorgefunden hatte. Er schüttelte betrübt den Kopf, als er den Namen des Opfers hörte. Er nickte zustimmend, als man ihm mitteilte, alle Gäste und das Personal seien versammelt. Die Gendarmen hatten die Türen besetzt und jeden am Gehen gehindert.

«Gut, gut», sagte der Hauptmann. «Wo ist der Tote?»

Der Gendarm bahnte für seinen Vorgesetzten einen Weg durch die herumstehenden Zeugen und führte ihn zu dem Tisch, auf dem die sterblichen Überreste des Dichters Friedrich Berg lagen, noch immer in grotesker Stellung inmitten einer Lache aus kaltem Kaffee.

«Er hat ja einen scheußlichen Todeskrampf gehabt. Da wird der Bestatter aber viel tun müssen, um eine schöne Leich aus ihm zu machen.» Der Hauptmann trat näher und legte den Kopf zur Seite, um dem Toten ins Gesicht zu sehen. «Sieht nach Vergiftung aus, was meinen Sie?»

Der Gendarm zuckte mit den Schultern. Er war es nicht gewohnt, eine eigene Meinung zu haben.

«Ganz bestimmt eine Vergiftung. Schauderhaft», sagte der Hauptmann. «Schließen Sie ihm die Augen. Das ist ja ein entsetzlicher Anblick.»

Der Gendarm starrte den Hauptmann erschrocken an: «Wie ...?»

«Schließen Sie ihm die Augen. Oder wollen Sie, daß er uns weiter so anschaut?»

«Ich ... nein.» Der Gendarm zögerte. Dann trat er an den Tisch, streckte seine zitternde Hand aus und zog sie ängstlich zurück, als er mit den Fingerkuppen den Kopf berührt hatte.

«Na los, machen Sie schon», sagte Mattuschek.

Der Gendarm spreizte Daumen und Zeigefinger und schloß dem Toten die Augen. Dann trat er stöhnend zwei Schritte zurück und bemühte sich, wieder Haltung anzunehmen.

«Vielleicht bringt's Glück», sagte Mattuschek. «Immerhin haben Sie den berühmtesten Wiener Toten des Jahres berührt.»

Neben dem Hauptmann tauchte plötzlich der eifrige Herr Hasek auf. Er legte Wert darauf, seinem hochgestellten Gast persönlich die Melange zu servieren.

Mattuschek deutete zum Billardzimmer: «Lassen Sie uns dort hinübergehen.»

Herr Hasek stellte die Schale mit der Melange auf einen Marmortisch. Der Hauptmann nahm sich mit träger Armbewegung einen Billardstock und begann zu spielen. Hasek sah nervös zu, wie die Kugeln in alle Richtungen rollten. Der Gendarm, der seinem Vorgesetzten gefolgt war, blieb in Habachtstellung neben dem Billardtisch stehen.

«Holen Sie mir doch mal den Kellner, der den Einspänner serviert hat», sagte der Hauptmann.

«Das war der Zuträger, der Herr Jacques. Er steht da drüben.»

Der Gendarm setzte sich in Bewegung, um den Zeugen zu holen.

«Der Franzose?» fragte Mattuschek.

«Ja, der Franzose», sagte Hasek und fragte dann erschrocken: «Kennen Sie ihn etwa?»

«Nicht persönlich», sagte der Hauptmann und ließ die Kugeln klacken.

Hasek atmete erleichtert aus.

Der Gendarm brachte Pistoux. Mattuschek unterbrach sein Spiel und setzte sich an den kleinen Marmortisch. Pistoux mußte neben dem Gendarmen stehenbleiben. Hasek blickte interessiert vom einen zum anderen.

«Ach, Herr Hasek», sagte der Hauptmann. «Wären Sie so nett und brächten mir zwei *Germknödel*? Ich hab mein Frühstück verpaßt, und wer weiß, wie lange das hier dauern wird.»

«Zwei Germknödel, selbstverständlich», sagte Hasek enttäuscht und ging davon.

Hauptmann Mattuschek nahm einen Schluck von seiner Melange und musterte dann interessiert seinen Zeugen.

«Sie sind also der Franzose?» stellte er fest.

«Ich bin Franzose», sagte Pistoux. «Aber bestimmt nicht der einzige in Wien.»

«Sicher nicht. Ein paar mehr gibt's noch. Aber von Ihnen hat man schon gehört.»

«So?»

«Sie sind doch der Mann, der die Schwägerin von Oberst von Chudenitz zurückgebracht hat.»

«Das ist richtig», bestätigte Pistoux verwundert. «Woher wissen Sie ...?»

Mattuschek winkte ab. «Ihr Name?»

«Jacques Pistoux.»

«Sie wohnen?»

Pistoux nannte ihm die Adresse.

«In der Dachkammer, zusammen mit diesem Sozialisten. Wie war noch sein Name?»

«Eduard Busch.»

«Richtig, Busch.»

Warum fragt er mich, wenn er doch schon alles weiß, dachte Pistoux.

Mattuschek drehte ganz plötzlich den Kopf und starrte den Gendarmen an: «Was tun Sie denn da?»

«Ich?» stotterte der überraschte Mann. «Nichts.»

«Das sehe ich. Tun Sie was! Schreiben Sie mit! Wofür stehen Sie denn hier herum? Sind Sie eingeschlafen?»

Beschämt zog der Gendarm ein Heft und einen Stift hervor, um Notizen zu machen.

Mattuschek nahm einen weiteren Schluck Kaffee.

«Sie haben also dem Toten den Mokka serviert?» fragte er dann.

«Einen Einspänner, Herr Hauptmann.»

«Einen Einspänner», wiederholte Mattuschek. Er warf einen prüfenden Blick auf den Gendarmen und nickte zufrieden, als er sah, daß er mitschrieb.

«Haben Sie etwas an ihm bemerkt?»

«Ich hatte den Eindruck, daß ihm nicht ganz wohl war.»

«Vor oder nach dem Kaffee?»

«Auch schon vorher, würde ich sagen.»

«Würden Sie sagen», wiederholte der Hauptmann.

«Ja. Außerdem kam er später als sonst und ist mit einer Droschke vorgefahren. Das hat er sonst nie getan.»

«Aha. Sie kannten ihn also gut?»

«Ich? Nein.»

«Hat er Ihnen nicht die Stellung hier vermittelt?»

«Woher wissen Sie das?»

«Das lassen Sie mal meine Sorge sein. Also, er hat Ihnen diese Stellung vermittelt?» fragte Mattuschek mit einem prüfenden Blick auf den Gendarmen, der fleißig mitschrieb.

«Ja.»

«Warum hat er das getan?»

«Ich weiß es nicht.»

«Haben Sie jemals mit ihm gesprochen?»

«Nur kurz. Sein Sekretär hat die Angelegenheit geregelt.»

«Seit wann kannten Sie den ... Verstorbenen?»

«Seit dem Moment, als ich bei ihm war und er mir die Stellung verschaffte.»

Mattuschek wiegte das kahle Haupt zweifelnd hin und her: «Seltsam, finden Sie nicht? Ein wildfremder Mann, noch dazu eine prominente Persönlichkeit, vermittelt Ihnen, einem gerade zugereisten Ausländer, eine Stellung?»

«Seltsam, ja.»

«Hätte man nicht eher vermuten sollen, daß jemand aus dem Hause von Chudenitz Ihnen in dieser Hinsicht behilflich sein würde?»

Pistoux schwieg.

Mattuschek trank seine Melange aus und stellte die Schale zurück auf den Tisch.

«Hätte man das nicht vermuten sollen?» bohrte er nach.

«Nein.»

Der Hauptmann zuckte enttäuscht mit den Schultern.

«So», sagte er dann. «Da kann man nichts machen. Und das Gift haben Sie auch nicht in den Einspänner getan?»

Pistoux war wie vom Donner gerührt: «Wie bitte?»

«Das Gift.»

«Das ist doch absurd!»

«Mir scheint, hier kommen einige Absurditäten zusammen, Herr Pistoux. Ich muß Sie leider festnehmen lassen.»

«Aber wie sollte ich denn Gift in den Kaffee tun können, ohne daß es jemand bemerkt?»

«Vielleicht eine besondere Kunstfertigkeit», gab der Hauptmann zu bedenken.

Pistoux wurde wütend: «Das ist eine Unterstellung! Ich habe den Kaffee an der Theke entgegengenommen und sofort serviert. Dabei bin ich durch das Lokal gegangen, und jeder konnte mich sehen. Wie sollte ich da ein Gift hineinträufeln.»

«Träufeln?»

«Bitte?» fragte Pistoux verwirrt.

«Es hat sich also um Tropfen gehandelt.»

«Was ...?»

«Sie sagen geträufelt. Sie gehen also davon aus, daß es eine giftige Flüssigkeit war und nicht etwa ein Pulver.»

«Aber das habe ich doch nur so gesagt!»

«Wirklich?»

«Ja.»

Hauptmann Mattuschek beugte sich träge nach vorn, stützte die Ellbogen auf den Tisch, legte den breiten Kopf mit dem Doppelkinn in seine fleischigen Hände mit den kurzen Fingern und sah sein Gegenüber treuherzig an. Seine blauen Augen aber blickten kalt und forschend.

«So viele offene Fragen, Herr Pistoux. Sie werden mitkommen müssen.»

Pistoux entschied, daß es im Moment besser war zu schweigen. Er mußte sich ganz genau überlegen, wie er sich zu verteidigen hatte.

«Gendarm, verhaften Sie den Mann!» befahl Hauptmann Mattuschek.

Der Uniformierte trat zu Pistoux, faßte ihn am Oberarm und zog ihn mit sich.

Auf dem Weg zur Tür kam ihnen Herr Hasek entgegen, in der Hand einen Teller mit zwei dampfenden Germknödeln für den Hauptmann. Pistoux nickte seinem Arbeitgeber zu, aber der Wirt blickte beschämt zu Boden und eilte an ihm vorbei.

«Ah!» hörte Pistoux hinter sich die Stimme des Hauptmanns. «Meine Knödel!»

Und dann bemerkte er, daß zahlreiche Augenpaare auf ihn gerichtet waren. Es wurde geflüstert und gemurmelt. Er war der erste und womöglich einzige Verdächtige, der abgeführt wurde.

Nein, dachte Pistoux, als er durch die Tür geführt wurde, es muß eine Erklärung für alles geben. Drei Personen befanden sich nicht mehr unter den Gästen, die von der Polizei im Kaffeehaus festgehalten wurden: Joseph Schlick, der Sekretär des ermordeten Dichters; Greiner, der zwergenhafte Spitzel; und Dr. Rudnik, der merkwürdige Phrenologe. Wenn man eine Verbindung zwischen diesen drei Personen herstellen könnte, hätte man womöglich den Mord aufgeklärt. Aber wie sollte ihm das jetzt noch gelingen?

᠅ II ᠅ FAMILIENZWIST Mizi von Chudenitz rang die Hände. In ihrem Schoß lag eine halbfertige Stickerei. Sie trug ein schwarzes Kleid und wirkte heute sehr blaß. Die Freude über die Rückkehr ihrer jüngeren Schwester war großer Sorge gewichen. Charlotte Sophie entzog sich ihrem Einfluß, war ihr fremd geworden. Darüber hinaus war etwas Undenkbares geschehen: Der berühmte, ja unsterbliche Dichter Friedrich Berg war noch vor Vollendung seines neuesten Dramas unter mysteriösen Umständen zu Tode gekommen. Nein, schlimmer, er war kaltblütig ermordet worden.

«Aber das ist unmöglich!» sagte Mizi.

«Du mußt nur einmal über deinen Schatten springen», verlangte Charlotte Sophie, die in ihrem hellblauen Kleid und mit den dazu passenden Bändern im Haar frisch und energisch aussah. Gerötete Wangen, leuchtende Augen, ihr blondes Haar glänzte im Licht der Nachmittagssonne, die durch das hohe Fenster hereinstrahlte.

«Das ist unmöglich!»

«Warum schlägst du mir diesen kleinen Gefallen ab?»

«Ha!» stieß Mizi empört hervor. «Ein kleiner Gefallen soll das sein?»

«Schließlich ist er dein Mann. Er wird dir zuhören.»

«Zuhören!» wiederholte Mizi abfällig.

«Oder tut er das nicht?»

«Was soll das heißen, Lotte?»

«Mit Jakob habe ich viele Gespräche geführt.»

«Ich möchte nicht, daß du seinen Namen erwähnst. Außerdem heißt er Jacques und ist Franzose.»

«Du wirst Otto also nicht bitten, daß ich ihn besuchen kann?»

«Aber Liebes, das ist doch vollkommen aussichtslos. Otto wird dich niemals zu diesem Hochstapler lassen.»

«Er ist kein Hochstapler.»

«Er hat sich als Baron vorgestellt.»

«Das ist nicht wahr. Ich habe ihn so vorgestellt.»

«Um so schlimmer, dann hat er dich belogen.»

«Aber ich habe doch schon gesagt, daß ich mir diesen Namen ausgedacht habe! Es war ein Fehler und ganz allein mein Fehler.»

Charlotte Sophie schlug die Augen nieder. Sie errötete. Nicht wegen ihrer Schwester, sondern beim Gedanken an Pistoux und wie sie ihn in einer plötzlichen Anwandlung von Scham zum Adligen gemacht hatte.

«Es ist wirklich rührend, daß du ihn in Schutz nehmen willst, Lotte. Aber wie du es auch wendest, fest steht, daß er dich dazu gebracht hat zu lügen.»

«Ich habe mich dazu gebracht!»

«Die ganze Liaison ist eine einzige Katastrophe. Wie konnte das nur geschehen?»

«Es ist geschehen, und ich bin sehr glücklich darüber.»

«Du mußt darüber hinwegkommen.» Mizi schaute ihre Schwester jetzt mit diesem mütterlich-sorgenvollen Blick an, den Charlotte Sophie schon immer an ihr gehaßt hatte.

«Das will ich nicht», sagte sie störrisch.

«Man wird dich verstoßen. Willst du denn das?»

«Ich will Jakob retten.»

«Er ist es nicht wert.»

«Er ist genausoviel wert wie wir alle.»

«Unsinn.» Mizi schüttelte den Kopf und griff wieder nach ihrer Stickerei.

«Alle Menschen sind gleich!»

«Wo hast du denn diese Parole aufgeschnappt, Liebes?» fragte Mizi ohne aufzusehen.

«Es ist keine Parole, es ist die Wahrheit. Adelstitel, Reichtum, Macht sind nur Schall und Rauch. Der Mensch wird nicht wertvoller dadurch. Daß er ein Mensch ist, macht ihn wertvoll.»

Mizi seufzte: «Hat er dir das eingeredet?»

«Er hat mir nichts eingeredet, er hat mit mir geredet. So wie du es offenbar nicht kennst. Hast du überhaupt jemals mit Otto über so etwas Wichtiges gesprochen?»

Mizi blickte von ihrer Stickerei auf: «Du bist überspannt, Liebes. Das ist ja auch kein Wunder, nach alledem, was du mitgemacht hast. Du mußt erst mal zur Ruhe kommen. Dann wirst du einsehen, daß ohnehin alles immer so bleiben wird, wie es ist.»

Charlotte Sophie stöhnte: «Der Kaiser wird's schon richten, soll das wohl heißen.»

Mizi zuckte gleichgültig mit den Schultern.

«Auch der Kaiser wird nicht ewig leben», sagte Charlotte Sophie.

«Er ist noch jung.»

Charlotte Sophie wandte sich unwillig ab. «Ach, lassen wir das! Es hat doch keinen Sinn.»

«Da stimme ich dir zu. Es ist jetzt wirklich nicht die Zeit, über solche Dinge zu sprechen. Wir sind in Trauer.»

Tatsächlich glaubte Charlotte Sophie selbst nicht sehr an den Wahrheitsgehalt ihrer Worte. Sie hatte geredet wie Pistoux, um ihre Schwester zu ärgern.

Sie atmete einmal tief durch und sagte: «Sprechen wir über etwas anderes. Ich brauche Geld.»

Mizi stickte aufmerksam weiter: «Geld? Wofür denn, Liebes.»

«Ein schwarzes Kleid und einige andere Dinge. Ich habe kaum etwas anzuziehen.»

«Natürlich», nickte Mizi. «Für die Begräbnisfeierlichkeiten

brauchst du ein Kleid. Aber du wirst es nicht bar bezahlen müssen. Wir haben überall Kredit.»

«Mir wäre es lieb, wenn ich über mein eigenes Geld verfügen könnte.»

«Wirklich? Ich habe nie über mein eigenes Geld verfügt.»

«Ich bitte dich. Ich möchte unabhängig sein. Du weißt doch, daß es mir Freude macht.»

Mizi hob den Kopf: «Wenn du mir versprichst, wieder vernünftig zu werden und keine unbedachten Dinge zu tun ...»

«Aber natürlich.»

«Gut.»

Mizi legte die Stickerei beiseite, stand auf und ging zu ihrem kleinen Sekretär. Sie schloß eine Schublade auf und holte eine Kassette hervor, aus der sie einige Geldscheine nahm. Dann stellte sie die Kassette wieder in die Schublade und reichte das Geld ihrer Schwester.

«Du weißt, daß es nicht nötig wäre ...» sagte Mizi.

«Nur bis ich wieder über eigenes Vermögen verfüge. Das kann ja nicht mehr lange dauern.»

«So habe ich es nicht gemeint.»

«Ich weiß, wie du es gemeint hast.»

Charlotte Sophie stand auf und gab ihrer Schwester einen Kuß auf die Wange: «Bis später.»

«Aber möchtest du nicht zum Kaffee bleiben?»

«Morgen wieder.»

Damit verließ Charlotte Sophie den Raum.

Als sie auf die Straße trat, bemerkte sie den Zwerg in einem Hauseingang auf der anderen Straßenseite. Sie sah nur kurz zu ihm hinüber, spannte ihren Sonnenschirm auf und ging nach links.

An der nächsten Ecke hatte Greiner sie eingeholt. Nun hinkte er neben ihr her.

«Was soll das?» fragte sie. «Was wollen Sie?»

«Ich halte mich zur Verfügung des gnädigen Fräuleins.»

«Ich brauche Ihre Hilfe nicht.»

«Sagen Sie das nicht. Jetzt, wo der Berg hinüber ist ...»

«Was soll denn das heißen?» unterbrach sie ihn heftig.

Der Zwerg gluckste: «Jetzt, wo der Professor Berg verstorben ist, brauchen Sie doch einen neuen Freund.»

«Friedrich Berg war nicht mein Freund.»

«Nein?» fragte Greiner mit einem listigen Grinsen.

«Nein», sagte Charlotte Sophie bestimmt.

«So, so ...»

Charlotte Sophie blieb abrupt stehen, sah, daß ihnen zwei Offiziere entgegenkamen, und sagte laut und bestimmt: «Belästigen Sie mich nicht! Ich habe nichts mit Ihnen zu schaffen!»

Greiner warf einen Blick auf die herannahenden Männer und erwiderte hastig: «Sie werden mich noch brauchen, gnädiges Fräulein. Aber seien Sie unbesorgt, ich bin immer in Ihrer Nähe.»

Damit hinkte er hastig über die Straße und verschwand um eine Straßenecke.

Charlotte Sophie ging erhobenen Hauptes weiter und grüßte stolz die beiden jungen Leutnants, die an ihr vorbeigingen und ihr beeindruckt hinterherschauten.

Wenig später stieg sie die Treppenstufen zum Amtszimmer ihres Schwagers Otto von Chudenitz hinauf und klopfte an die Tür des Vorzimmers.

Leutnant Conradi öffnete die Tür einen Spaltbreit und sah sie erstaunt an: «Fräulein von Rentlow?»

«Guten Tag, Leutnant. Ich möchte den Oberst sprechen.»

«Oh», sagte Conradi und strich sich über den dünnen Schnurrbart.

«Es wird nicht lange dauern. Bitte, Leutnant.»

Conradi schlug leicht die Hacken zusammen und zog die Tür auf.

«Bitte sehr, gnädiges Fräulein.»

«Danke.»

«Wenn Sie hier bitte warten möchten, ich werde sehen, ob der Oberst Zeit hat.»

«Er schläft sicherlich», sagte Charlotte Sophie.

Conradi sah sie verwirrt an: «Bitte?»

«Ich habe nur einen Scherz gemacht.»

Conradi schüttelte leicht den Kopf und klopfte leise an die Tür zum Arbeitszimmer des Obersts.

Er wartete, klopfte noch mal.

«Sehen Sie», sagte Charlotte Sophie, die sich selbst über ihren plötzlichen Anflug von Selbstbewußtsein wunderte. «Er ist bestimmt über seiner Arbeit eingenickt.»

Leutnant Conradi klopfte noch einmal und öffnete die Tür. Charlotte Sophie sah sich im Vorzimmer um.

«Was wünschst du?» fragte hinter ihr die dröhnende Stimme des Obersts.

Sie drehte sich um und lächelte: «Guten Tag, Otto.»

«Du weißt, daß ich es nicht für adäquat halte, wenn du mich hier aufsuchst.»

«Natürlich», antwortete sie, «aber es ist doch dienstlich.»

Oberst von Chudenitz brummte unzufrieden, dann deutete er auf die Tür zu seinem Amtszimmer.

«Komm halt herein. Aber ich habe nicht viel Zeit.»

Sie trat ins Zimmer. Der Oberst schloß die Tür und ging gemessenen Schrittes hinter seinen mächtigen Schreibtisch. Charlotte Sophie blieb zwei Meter davor stehen und sagte, nachdem von Chudenitz sich gesetzt hatte: «Ich möchte dich um einen Gefallen bitten.»

Der Oberst machte eine einladende Handbewegung: «Nur zu.»

«Ich möchte ins Gefängnis.»

«Wie bitte?»

«Zu Jakob.»

«Er heißt nicht Jakob, sondern Jacques. Er ist nicht Baron von Mühlhausen, sondern heißt mit bürgerlichem Namen Pistoux.»

«Aber das weiß ich doch, Otto. Ich habe ihn doch Jakob genannt.»

«Das ist mir egal. Er ist ein Hochstapler. Du kennst den echten Jakob von Mühlhausen.»

Charlotte Sophie sah ihren Schwager erstaunt an: «Woher weißt du das?»

«Es ist mein Beruf.»

«Das mit dem Namen ist mir doch nur aus einer Laune heraus passiert. Nur ich allein bin daran schuld.»

«Aber der Tod von Friedrich Berg ist doch wohl keiner deiner Launen entsprungen?» entgegnete der Oberst.

Charlotte Sophie wurde blaß und sah zu Boden: «Natürlich nicht.»

Oberst von Chudenitz pochte mit den Knöcheln auf die Tischplatte: «Dieser Franzose ist ein Staatsfeind und wird als solcher behandelt.»

«Staatsfeind? Aber das ist doch lächerlich.»

«Er hat den Lieblingsdichter des Kaisers ermordet.»

«Ja aber ...»

«Er unterhält Kontakte zu revolutionären Subjekten aus dem Ausland.»

«Aber das ist doch alles ...»

«Womöglich ist er ein Verschwörer, womöglich steckt noch viel mehr dahinter.»

«Das ist mir einerlei», sagte Charlotte Sophie. «Ich möchte ihn sehen.»

«Das ist unmöglich.»

«Nur du kannst es möglich machen, Otto.»

«Nein!»

«Bitte.»

«Das ist mein letztes Wort.»

«Otto, du willst doch nicht, daß es zu einem schrecklichen Zerwürfnis zwischen uns kommt.»

«Das ist in diesem Fall auch nicht nötig.»

«Seit wann liegt dir so viel am Schicksal von Friedrich Berg?»

«Es geht nicht um Personen, es geht um Prinzipien.»

«Du hast ihn gehaßt.»

«Schluß damit! Geh jetzt!» rief der Oberst, und dann schrie er laut: «Conradi!»

Der Leutnant trat blitzschnell ein.

Charlotte Sophie stand auf. «Du willst mir also nicht helfen?»

«Nein», sagte der Oberst. «Leutnant, begleiten Sie die Gräfin nach draußen.»

«Sehr wohl, Herr Oberst.»

«Du wirst es bereuen», sagte Charlotte Sophie. «Ich bin nicht mehr das kleine Mädchen ...»

«Kommen Sie, gnädiges Fräulein», sagte Leutnant Conradi.

«Ja, ich komme.»

Ohne ein weiteres Wort ging Charlotte Sophie nach draußen. Im Vorzimmer blieb sie gedankenverloren stehen. Der Leutnant schlug die Hacken zusammen und verbeugte sich.

«Ich gehe ja schon», sagte Charlotte Sophie. «Grüß Gott, Herr Leutnant.»

Sie trat aus dem Gebäude, blieb stehen und wartete einen Moment. Dann entdeckte sie den Zwerg in einem Hauseingang zu ihrer Rechten. Sie winkte ihn zu sich.

Er humpelte dienstfrig zu ihr und grinste wissend.

«Gnädiges Fräulein brauchen doch meine Hilfe.»

«Ich will mit Jacques Pistoux sprechen.»

«Im Gefängnis? Das wird Sie Geld kosten. Der Oberst hat strikt untersagt, Ihnen Zutritt zu gewähren.»

Charlotte Sophie kramte in ihrer kleinen Handtasche herum: «Hier. Das ist alles, was ich habe.»

Der Zwerg verbeugte sich: «Ich werde tun, was ich kann.»

«Aber schnell», sagte Charlotte Sophie. «Es eilt.»

«Sehr wohl, gnädiges Fräulein. Vertrauen Sie mir.»

Nun werde ich mir mein Trauerkleid für Friedrich Berg auf Kredit kaufen müssen, dachte Charlotte Sophie und machte sich auf den Weg zum Graben.


⌁ 12 ⌁  TAFELSPITZ HINTER GITTERN    Pistoux blickte den Wärter erstaunt an.

«Sie haben Glück, daß Hauptmann Mattuschek Sie mag», hatte der Uniformierte mit dem großen Schlüsselbund gesagt. «Er hat Ihnen unsere beste Zelle zuweisen lassen. Sie ist ein bißchen größer als die anderen. Zwar nicht so komfortabel wie das Sacher, aber Sie befinden sich in guter Gesellschaft.»

«Ist das nicht vollkommen gleichgültig?» entgegnete Pistoux.

Sie gingen durch einen niedrigen, engen Gang, von dem rechts und links rohgezimmerte, schwere Holztüren mit schweren Schlössern in die Zellen führten.

«O nein!» entgegnete der Wärter und schüttelte heftig den

Kopf. «Wollen Sie etwa mit fünf oder gar zehn Schwerverbrechern ein schmutziges Verlies teilen?»

«Nicht unbedingt.»

«Sehen Sie.»

Der Gang wurde schwach vom Licht einiger dicker Kerzen erleuchtet, die auf uralten eisernen Halterungen saßen und deren Wachs seit unendlich langer Zeit zu Boden zu tropfen schien. Jedenfalls vermittelten die großen, bizarr aussehenden Wachsberge unter den Lichtquellen diesen Eindruck.

Der Wärter hielt vor einer Tür an, klopfte, öffnete das Guckloch und blickte kurz hinein. Dann nahm er Pistoux die eisernen Handfesseln ab, schloß das große Vorhängeschloß auf und schob den quietschenden Türriegel zur Seite.

Langsam zog er die Tür auf und sagte: «Entschuldigen Sie bitte die Störung, Herr Baron.»

«Steh doch bequem, Janusch. Du störst mich lediglich bei der Lektüre.» Die Stimme des Gefangenen hatte einen angenehmen Klang. Der Mann scheint nicht sehr unter seinem Schicksal zu leiden, dachte Pistoux.

«Das tut mir leid, Herr Baron.»

«Jede Abwechslung ist mir angenehm, Janusch. Hast du Zeit für ein Spielchen?»

«Sie haben mir doch das letzte Mal alles Geld abgenommen, Herr Baron.»

«Ich geb's dir wieder zurück.»

«Das wäre nicht korrekt, Herr Baron.»

«Und nenn mich nicht immer Herr Baron.»

«Das wäre auch nicht korrekt, Herr Baron.»

«Ich befehle es dir.»

«Das ist unmöglich, Herr Baron.»

Der Mann in der Zelle seufzte und rief theatralisch aus: «Ach, ihr Untertanen! Werdet ihr denn nie erwachsen?»

«Ich bringe Ihnen Gesellschaft, Herr Baron.» Wachtmeister Janusch faßte Pistoux am Arm und schob ihn in die Zelle.

«Sieh da, ein Mensch!» rief der Gefangene aus. «Willkommen auf meiner einsamen Insel.»

Pistoux stolperte eine Treppenstufe hinunter und war überrascht, daß er plötzlich auf einem Teppich stand. Verwirrt blickte er zu Boden, dann auf sein Gegenüber.

Der Mann war ungefähr in seinem Alter und großgewachsen. Er trug einen Bratenrock sowie Vatermörder und Fliege, als wolle er im nächsten Moment an einem bedeutenden gesellschaftlichen Ereignis teilnehmen. Er nahm einen Zylinder von einem Haken an der Wand, setzte ihn mit spöttischem Lächeln auf, zwirbelte die weit nach oben zeigenden spitzen Enden seines Schnurrbarts, nahm den Zylinder wieder ab, verbeugte sich und sagte: «Gestatten Sie, Jakob Baron von Mühlhausen.»

Pistoux prallte einen Schritt zurück und wurde bleich.

«Was … soll das heißen?» stotterte er und spürte hinter sich die kräftigen Hände des Wärters, der ihn wieder in die Zelle schob. Pistoux stolperte und konnte nur mühsam das Gleichgewicht halten.

«Hoppla», sagte der Gefangene und fuhr sich mit der einen Hand über das korrekt gescheitelte, lockige schwarze Haar, das sich nach Künstlermanier über seinen Ohren und in seinem Nacken kräuselte.

Pistoux starrte den Mann an. Er hatte ihn noch nie zuvor gesehen.

Ziellos schossen die Gedanken durch Pistoux' Kopf, während sein verwirrter Blick durch die geräumige Zelle streifte und kaum wahrnahm, daß sie für Gefängnisverhältnisse recht luxuriös eingerichtet war: Teppiche, zwei Holzsessel an einem Tisch, auf dem Dominosteine und ein Kartenspiel lagen, ein

Schreibpult mit einem Hocker, darauf ein Buch sowie Papier, ein Tintenfaß und ein Federhalter, auf dem Boden ein Koffer, vollgepackt mit Büchern. Sogar ein Bett mit Federdecke, Waschgeschirr und ein kleiner Schrank waren vorhanden. Auf dem Bett an der gegenüberliegenden Seite des Raums lag allerdings nur ein Strohsack. Daneben stand ein Eimer, den Wachtmeister Janusch jetzt hoch hob und nach draußen trug. Hinter ihm fiel die Tür zu, der Riegel wurde vorgeschoben, der Schlüsselbund schepperte, und dann entfernten sich die trägen Schritte des Wachtmeisters.

Die beiden Männer starrten sich an.

«Stellen Sie sich bitte vor», sagte der Mann, den Pistoux jetzt unverhohlen musterte, auf der Suche nach einem Anzeichen von Tücke in seinem Gesicht.

Er konnte nichts dergleichen entdecken. Der Gefangene sah ihn aus einem offenen, ehrlichen Gesicht, dem man ansah, daß es oft lachte, neugierig an.

«Mein ... Name ist ... Jacques Pistoux.»

«Na bitte! Damit sind wir doch schon einen Schritt weiter. Jakob Baron von Mühlhausen. Ich habe mich ja schon eingeführt.»

«Hören Sie», sagte Pistoux. «Es fehlt mir in dieser Situation an Ironie. Ich möchte Sie deshalb bitten, sich nicht über mich lustig zu machen.»

Der junge Mann breitete die Arme aus: «Aber nichts liegt mir ferner. In diesen Gemäuern ... warum sollte ich mich über einen Schicksalsgenossen, der meine Einsamkeit und Langeweile zerstreuen kann, lustig machen? Niemals käme mir das in den Sinn.»

«Der Name, den Sie benutzt haben, mein Herr», beharrte Pistoux.

Der junge Mann war jetzt ehrlich verblüfft: «Mein Name?

Was ist mit meinem Namen, das Ihnen Anlaß zu bitterer Ironie geben könnte.»

Pistoux zögerte. Was sollte er jetzt sagen? Er war kurz davor, sich lächerlich zu machen.

«So reden Sie doch!» forderte der Gefangene ihn auf. «Ihr Name ist Jacques Pistoux, mein Name ist Jakob von Mühlhausen.»

«Heißen Sie wirklich so?»

«Aber ja. Fragen Sie den Wärter. Ich habe ihn nicht bestochen. Hat er etwa widersprochen, als er diesen Namen vernahm?»

«Nein.»

«Sehen Sie. Ich bin zwar nicht übermäßig stolz auf meinen Namen, aber ich bin doch sehr erstaunt, um nicht zu sagen ein wenig entrüstet, daß sie meine Herkunft anzweifeln. Nicht daß ich am Titel hänge. Lieber würde ich ihn heute als morgen ablegen. Aber immerhin habe ich eine persönliche Geschichte, und die wollen Sie mir offenbar nehmen.»

«Entschuldigen Sie», sagte Pistoux mit matter Stimme. «Darf ich mich setzen?»

«Selbstverständlich. Dort ist ein Stuhl.»

Pistoux nahm Platz. «Danke.» Er beugte sich nach vorn und verschränkte die Hände ineinander.

Einen Moment lang dachte er nach, dann sagte er langsam: «Wenn dies wirklich Ihr Name ist, Jakob Baron von Mühlhausen ...»

«Aber ja!»

«... dann muß ich Ihnen eine Frage stellen.»

«Nur zu! Schaffen wir das Problem aus der Welt.»

Pistoux sah zu Boden: «Kennen Sie Charlotte Sophie, die Gräfin von Rentlow?»

«Lotte? Aber ja, Lotte. Ich habe sie immer Sophie genannt.»

Pistoux schämte sich, aber gleichzeitig ärgerte er sich darüber. Dennoch blickte er nicht auf.

«Welcher Art ist Ihre Beziehung zu Charlotte Sophie?» fragte er.

Der Baron lachte amüsiert: «Oh, ich darf wohl behaupten, ihre erste große Liebe gewesen zu sein.»

Pistoux sprang empört auf, der Stuhl kippte nach hinten.

«Sie machen sich über mich lustig!» rief er mit bebender Stimme.

Jakob von Mühlhausen trat einen Schritt zurück.

«Aber halt! Hören Sie. Ich bitte um Vergebung, aber es ist doch unendlich lange her. Wir waren Kinder ... kleine Kinder ...» fügte er hinzu. «Sie spielte noch mit Puppen, ich mit Zinnsoldaten. Wir waren einander zugetan, wie es Kinder sind. Sie war zu Gast auf unserer Burg. Wir haben miteinander im Garten gespielt, versteckten uns vor den Erwachsenen, spielten Mann und Frau. Es war ein Sommer der Unschuld und des Glücks.»

Pistoux starrte den Baron ungläubig an.

Dann stieß er hervor: «Schwören Sie, daß Sie eben die Wahrheit gesagt haben!»

«Aber ja. Ich weiß zwar nicht, warum ich schwören soll, aber bitte, ich schwöre, daß es so war, wie ich eben erzählte.»

Pistoux schüttelte den Kopf. Charlotte Sophie hatte ihm den Namen ihres Spielkameraden aus glücklichen Kindertagen gegeben. Er war gerührt, und gleichzeitig mißfiel es ihm. Es mußte eine plötzliche Eingebung gewesen sein.

Pistoux blieb auf der Hut: «Kennen Sie Oberst von Chudenitz?» fragte er.

«Oberst von Chudenitz? Nein.»

«Das ist eigenartig, denn der Oberst ist mit Mizi, ihrer Schwester, verheiratet.»

«Ihre Schwester hat uns damals nicht besucht. Der Oberst lebt hier in Wien?»

«Ja.»

«Mit Mizi?»

«Ja.»

«Und Lotte?»

«Lebt jetzt auch wieder bei ihnen.»

«Auch wieder?»

«Seit sie mit mir aus Italien zurückgekommen ist.»

«Aus Italien ... jetzt müssen Sie mir einiges erklären. Ich bin erst ein paar Tage in Wien und ganz offensichtlich nicht informiert. Sie waren mit Lotte in Italien?»

«Ja. Ich habe sie unter abenteuerlichen Umständen in Sizilien kennengelernt.»

«Erzählen Sie. Setzen Sie sich.» Jakob von Mühlhausen deutete auf den Holzsessel, der noch am Tisch stand, und hob den umgefallenen Stuhl auf.

Sie setzten sich, und Pistoux erzählte seine Geschichte.

Als er geendet hatte, sagte der Baron: «Meinen Glückwunsch zu Ihren Heldentaten. Und meine Hochachtung, daß Sie die Gunst von Lotte errungen haben. Sie war ein hübsches kleines Ding. Ich nehme an, sie ist zu wahrer Schönheit gereift.»

«Das stimmt.»

«Aber den berühmten Friedrich Berg haben Sie nicht auf dem Gewissen?»

«Nein.»

«Ich habe seine Werke nie gemocht. Er gibt vor, dem Volk aufs Maul zu schauen, und schreibt den Herrschenden nach dem Mund.»

«Ich hatte nichts mit diesem Mann zu schaffen.»

«Nun ja, der Kerl, den ich im Duell erledigte, hatte auch

wenig mit mir zu schaffen. Außer, daß ihm meine freigeistigen Ansichten mißfielen. Er fühlte sich verhöhnt.» Jakob von Mühlhausen zuckte mit den Schultern: «Schon lag der Handschuh auf dem Tisch, und schon steckte das Florett in seiner Brust. Ein dummer Brauch, sich so abzuschlachten. Nun warte ich hier auf meine Begnadigung. Immerhin ist es ein fairer Kampf gewesen.»

«Ein seltsamer Zufall hat uns hier zusammengeführt», murmelte Pistoux.

Der Baron hielt ihm die Hand hin: «Lassen Sie uns Freundschaft schließen.»

Pistoux sah die Hand an.

«Sind wir nicht Schicksalsgenossen in doppelter Weise?» sagte Jakob von Mühlhausen.

«Sie haben recht.»

Sie reichten sich die Hand.

«Jakob.»

«Jacques.»

«Wie nahe diese Namen beieinanderliegen», stellte der Baron fest.

«Und wie weit wir doch voneinander entfernt sind», sagte Pistoux.

«Stände und Klassen zählen für mich nicht», sagte Jakob von Mühlhausen. «Die alte Ordnung gehört auf den Misthaufen der Geschichte.»

«Da sind wir einer Meinung», sagte Pistoux.

«Der Fortschritt wird uns eine neue, gerechtere Ordnung bescheren.»

«Darauf hoffe auch ich.»

Jakob von Mühlhausen nickte zufrieden: «Ich sehe, wir werden noch viel diskutieren können. Aber sprechen wir von etwas anderem: Du bist also Koch?»

«Das ist richtig.»

«Als Koch und Franzose wirst du an diesem trostlosen Ort leiden müssen. Genau wie ich.»

«Das Essen?»

«Ja. Es kommt aus einem Beisl in der Nähe. Ehrlich gesagt, es schmeckt schauderhaft.»

«Wahrscheinlich werde ich nicht mal das bezahlen können.»

«Um so schlimmer. Dann wirst du mit dünner Brühe und verkochtem Gemüse abgespeist.»

Pistoux zuckte mit den Schultern.

Jakobs Augen blitzten listig auf, ein Anflug von Ironie flog über sein Gesicht: «Und wenn wir unser Schicksal selbst in die Hand nähmen?»

«Was meinst du damit?»

«Du kannst kochen. Ich könnte dir zur Hand gehen ...»

«Aber ...»

«Warum nicht? Keine Angst, ich werde mich unter dein Kuratel stellen.»

«Du? In deiner Stellung?»

«Haben wir uns nicht geeinigt, daß wir gleich sind?»

«Ja.»

«Also?»

«Aber das ist doch unmöglich.» Pistoux sah sich um. «Wie sollen wir hier in dieser Zelle Speisen zubereiten? Es ist doch gar kein Ofen da.»

Jakob von Mühlhausen sprang auf: «Wir werden einen setzen lassen!»

«Einen Ofen? Hier?»

«Ja.»

«Man wird doch niemals ...»

«Du unterschätzt meinen Einfluß, mein lieber Jacques.»

«Aber was für ein Aufwand!»

«Pah! Für einen Baron müssen sie schon etwas Aufwand treiben.»

«Ich kann mir nicht vorstellen ...»

Pistoux beobachtete beunruhigt, wie sein neuer Freund gedankenverloren in der Zelle hin und her lief.

Jakob von Mühlhausen deutete auf die Außenmauer: «Hier ist genug Platz für einen Ofen! Wir brauchen ein Ofenrohr für den Rauch. Sie werden uns Holz bringen müssen. Und Gerätschaften.»

Pistoux sah ihn kopfschüttelnd an.

«Beherrschst du die Wienerische Küche?» fragte der Baron.

«Nein.»

«Das ist schlecht. Hier in Wien bestehe ich darauf, wienerisch zu speisen. Es ist die beste Küche der Welt!»

Pistoux zuckte mit den Schultern. «Was ist das Besondere an der Wienerischen Küche?»

Jakob von Mühlhausen legte Zeigefinger, Mittelfinger und Daumen zusammen und führte sie zum Mund. Er schnalzte mit der Zunge.

«Zum Beispiel der *Tafelspitz*», sagte er.

«Was ist das?»

«Jeder echte Wiener Feinschmecker weiß ganz genau, was das ist. Da du es noch nicht wissen kannst, will ich dich aufklären: Der Tafelspitz ist ein Gustostück aus dem Hinterviertel vom Knöpfel. Er schließt an das schwarze Scherzel an und ist ein spitz zulaufender Muskel mit feinfaserigem, vorzüglichen Fleisch. Er hat eine schöne, regelmäßige Form mit einem schmalen, schmackhaften Fettrand auf der oberen Rundung, eignet sich hervorragend zum Dünsten und Sieden.»

Pistoux hatte gerade mal die Hälfte dieser Ausführungen verstanden: «Dünsten und Sieden?» fragte er nach.

«Ganz recht.» Jakob von Mühlhausen setzte sich wieder an den Tisch und sprach begeistert weiter: «Das Fleisch wird in einer *Rindsbrühe* von bester Qualität vorsichtig gegart, bis es butterzart ist. Es ist besser, die Brühe nicht vom Tafelspitz zu machen. Denn das Fleisch verliert Saft und Kraft, wenn es im Wasser liegt. Das wußte schon dein hochverehrter Landsmann Brillat-Savarin, der sich dafür aussprach, das Rindfleisch grundsätzlich in der Brühe zu garen, zumal dann, wenn man die Suppe essen möchte, wie es beim Tafelspitz Tradition ist.»

«Aber», unterbrach Pistoux die Ausführungen des begeisterten Gourmets, «das ist doch nur ein Pot au feu.»

Jakob von Mühlhausen hob die Hand: «Vorsicht!» rief er. «Bringen wir hier nichts durcheinander. Wie wird ein Pot au feu serviert, mein lieber Jacques?»

«Ein Teil der Brühe wird verwendet, um das dazugehörige Gemüse zu schmoren, Karotten, weiße Rüben, Lauch, Sellerie. Das Gemüse wird zum Fleisch gereicht.»

«Na bitte, da haben wir den ersten Unterschied: Der Tafelspitz wird vor allem und zuallererst mit Spinat serviert. Etwas Gemüse darf dabeisein, dient aber vor allem dekorativen Zwecken. *Spinat à la crème*!»

«Das ist doch alles kein Problem», sagte Pistoux. «Jedenfalls, wenn man eine Küche hat ...»

«Ja, ja! Aber das Wichtigste kommt noch: Wie wird die Sauce zubereitet?»

«Zum Pot au feu gibt es keine Sauce. Es gibt die Suppe.»

Jakob von Mühlhausen lachte triumphierend: «Aber genau da liegt der Unterschied! Zum Tafelspitz werden zwei Saucen serviert und außerdem *Bratkartoffeln*.»

«Zwei Saucen und außerdem Bratkartoffeln?» Für Pistoux' Verständnis war das maßlos übertrieben.

«*Apfelkren* und *Schnittlauchsauce*! Ohne die geht es nicht.»

«Apfelkren?»

«Meerrettich und Apfel gerieben und mit Zitrone und Salz gewürzt.»

«Ach so. Und die Schnittlauchsauce?»

«Gekochte und rohe Eidotter, Öl, Zitronensaft, Schnittlauch ...»

«Eine Mayonnaise also. Ich finde lauter bekannte Rezepturen in neuen Kombinationen bei diesem Gericht.»

«Und würdest dir zutrauen, es zu kochen?»

«Sicher.»

Jakob von Mühlhausen klatschte begeistert in die Hände: «Wir tun es! Mir läuft schon jetzt das Wasser im Mund zusammen.»

«Was ist mit den Bratkartoffeln?»

«Kleine Kartoffeln im ganzen in Butter gebraten, mit sehr viel Feingefühl natürlich.»

«Bei uns nennt man sie Pommes parisiennes.»

«Du schaffst es also?»

«Ich würde es schaffen.»

«Großartig!» Jakob von Mühlhausen sprang auf. «Wo ist Janusch?» Er eilte zur Zellentür und begann heftig mit den Fäusten dagegenzuschlagen: «Janusch! Janusch! Ein Ofen muß her!»

Es dauerte nicht lange, da hörte Pistoux das Klingeln des Schlüsselbunds des Wärters. Das Schloß klickte, der Riegel wurde zurückgeschoben, und die Tür ging auf.

«Herr Baron wünschen?»

«Einen Ofen.»

Der Wachtmeister sah seinen Gefangenen erstaunt an: «Ist Ihnen kalt?»

«Einen Herd! Wir werden kochen», sagte Jakob von Mühlhausen.

«Kochen?»

«Mein Freund hier ist Koch. Ich bin Feinschmecker. Das Essen, das du uns bringst, ist miserabel. Wir haben den ganzen Tag nichts zu tun. Das alles muß sich ändern! Schaff uns sofort einen Ofensetzer herbei!»

«Aber Herr Baron ...»

«Einen Herd zum Kochen!»

«... der Rauch ...»

«Ofenrohr!» kommandierte Jakob von Mühlhausen. «Dort zum Fenster hinaus. Und sieh zu, daß du gutes, trockenes Brennholz bekommst.»

«Holz ...?» Januschs Mundwinkel zuckten, als wollten sie den besorgten und verwirrten Blick durch ein breites Grinsen ablösen. Aber das Grinsen wollte sich nicht einstellen. Nur ein Zucken.

Wachtmeister Janusch warf Pistoux einen fragenden Blick zu. Der zuckte mit den Schultern.

«Und dann gehst du für uns auf den Naschmarkt und kaufst ein», sagte Jakob von Mühlhausen, «oder besser: Schick deine Frau. Es soll Tafelspitz geben. Mit allem Drum und Dran. Sie weiß dann schon. Verstanden, mein Lieber?»

«J-ja ... jawohl, Herr Baron. Ofen, Holz und Tafelspitz.»

Jakob von Mühlhausen beugte sich zum Wärter hin: «Es soll dein Schaden nicht sein, Janusch!»

Der Wachtmeister salutierte: «Jawohl, Herr Baron!»

«Also los.»

Der Wärter verschwand und schloß die Zelle wieder ab.

Jakob von Mühlhausen seufzte: «Es ist doch wirklich traurig, daß diese Burschen nur auf Kommando in Bewegung zu setzen sind. Wenn ich kein Baron wäre ...»

«... säßen wir hier bei dünner Brühe und trockenem Brot.»

∼ **13** ∼ *IN DER GRUFT*  Seit vier Jahren gab es nun den Zentralfriedhof. Friedrich Berg würde dort ein Ehrengrab erhalten, das eines Dichterfürsten würdig war, das hatte der Stadtrat beschlossen, und der Kaiser hatte seinen Segen dazu gegeben. Obwohl Franz Joseph so gut wie nie zu einem Buch griff, war er sich doch der wohltuenden Wirkung bewußt, die Friedrich Bergs Dramen auf den Bestand der Monarchie hatten. Deshalb hatte er seinem Volk bereits schriftlich mitteilen lassen, daß er genau wie seine Untertanen um den Verstorbenen trauerte.

Man hatte den gemeuchelten Dichter zunächst für einige Tage im Stephansdom aufgebahrt, um den Bürgern die Möglichkeit zu geben, am Sarg vorbeizudefilieren. Diese Gelegenheit war von Bürgern aller Schichten ausgiebig genutzt worden. Die Wiener schluchzten gern ein bißchen über einen Dahingeschiedenen und freuten sich, daß es mit ihnen persönlich noch nicht ganz soweit gekommen war. Und dann schluchzten sie noch etwas heftiger, weil ihnen plötzlich ihre eigene Vergänglichkeit bewußt wurde. Anschließend gingen die meisten ins Beisl, um sich von der anstrengenden Trauerarbeit zu erholen.

Für die Überführung des Leichnams war eine große Parade vom Stephansplatz zum Zentralfriedhof anberaumt worden. Ganz Wien würde Spalier stehen. Vor allem auch würden jene schweigend und in echter Trauer am Straßenrand stehen, die noch nie eine Zeile von Berg gelesen und erst recht noch nie ein Drama von ihm gesehen hatten. Die Wiener liebten ihre Künstler, ob sie sie verstanden oder nicht, jedenfalls solange es sich nicht um Nestbeschmutzer handelte. Und immer gab es selbst für die ärmste Wäscherin oder den schlechtbezahltesten Dienstboten die tröstliche Gewißheit, daß ein Bruder oder Schwager eines Bekannten einen Freund hatte, dessen Frau eine Kollegin kannte, die einmal für kurze Zeit mit dem Staubwedel in das allerheiligste Arbeitszimmer des Dichters vorgedrungen war. Solche Beziehungen verbinden das Volk mit den Herrschaften, die plötzlich gar nicht mehr so unerreichbar weit oben zu leben scheinen. Oder aber zu sterben.

Höhepunkt des Trauerzugs würde die Überquerung des Heldenplatzes sein. Zweifellos würde der Zug dort ins Stocken geraten, denn die meisten Menschen versammelten sich traditionell dort, um mitzuerleben, wie der Kaiser kurz auf den Balkon tritt und dem Verstorbenen einen letzten Gruß mit auf den Weg gibt. Möglicherweise würde der Radetzkymarsch von einer der drei anwesenden und miteinander konkurrierenden Kapellen gespielt, denn es war bekannt, daß der Dichterfürst dieses Musikstück sehr geliebt hatte.

Am Abend vor dem großen Ereignis wurden die sterblichen Überreste aus dem Hauptschiff des Stephansdoms in die Kreuzkapelle überführt, die sich im linken hinteren Trakt des Doms zwischen dem großen Eingangsportal und dem Bischofstor befand. Dort, hinter dem schweren schmiedeeisernen Gitter, vor dem Wandfresko «Golgatha» und neben dem Kruzifix, an dem ein Jesus mit echtem Menschenhaar hing, wartete der Leichnam von Friedrich Berg auf seine letzte Reise zum Krematorium. Er lag hier in guter Gesellschaft, denn das Grabmal des berühmten Feldherrn Prinz Eugen befand sich ebenfalls hier. Ein Marmorobelisk und Bronzeskulpturen priesen den noblen Fürsten, der viel für die Förderung der Künste getan hatte, ein Relief erinnerte an seinen ruhmreichen Feldzug gegen die Türken.

Der Dom wurde verschlossen, die Nacht brach herein, niemand außer Gott Vater, Gott Sohn und Heiliger Geist waren mehr anwesend. Der Küster hatte seinen Kontrollgang beendet, es herrschte im wahrsten Sinne des Wortes Totenstille.

Die Einbrecher hatten sich zunächst überlegt, ob sie ganz einfach das Bischofstor aufbrechen sollten, waren dann aber davon abgekommen, denn das Tor war massiv und das Schloß groß und gut geschmiedet. Dann wollten sie ein Fenster einschlagen und unter Zuhilfenahme einer Leiter in den Dom klettern, um anschließend von innen eine Seitentür zu öffnen. Aber bisher hatte keiner von ihnen jemals versucht, ein Kirchenfenster einzuschlagen. Alle Verbrecher, selbst die gottlosesten, sind abergläubisch und fürchten sich vor der Entfesselung geheimnisvoller, übernatürlicher Kräfte.

Der Zwerg zog Erkundigungen in Nachtcafés und anderen zweifelhaften Etablissements ein und fand heraus, daß es von einem versteckten Hof hinter einigen sehr alten Häusern in der Blutgasse einen geheimen Zugang zum Dom gab. Es war ein unterirdischer Gang, der in der Zeit des Baus der zweiten Kirche im 13. Jahrhundert angelegt worden war. Angehörige des Templerordens hatten den Zugang zur Gruft des Doms eingerichtet, um dort ihren geheimen Riten nachgehen zu können. Gefolgsleute von Papst Clemens V. hatten diesem Spuk nach dem Verbot des Ordens im Jahr 1312 ein blutiges Ende bereitet und die Männer in den weißen Mänteln mit den aufgestickten roten Kreuzen kurzerhand erschlagen. Dies war in eben diesem Hinterhof geschehen. Man hatte den geheimen Gang mit einem Eisengitter verschlossen und seine Existenz vergessen. Nur Diebe, Bettler und anderes Gesindel wußten, wie man das Gitter beseitigen konnte, wenn man ein Versteck vor Polizei oder widrigem Wetter suchte.

Der Zwerg hatte sich erklären lassen, wie das Gitter aus den Mauern zu heben war. Außerdem hatte er zwei schwarze Mäntel mit Kapuzen besorgt und mitten in der Nacht seinen störrischen Komplizen aus dem Bett geholt.

Joseph Schlick, den Sekretär des verstorbenen Dichters,

plagten ohnehin schon Alpträume, in denen Friedrich Berg aus seinem Sarg aufstand und statt seiner den lebenden Schlick hineinlegte. Dieser Alptraum suchte ihn jede Nacht aufs neue heim. Und nun sollte er auch noch mitten in der Nacht in den Dom einbrechen und sich an dem Leichnam seines ehemaligen Herrn vergehen.

Er hatte nach Ausreden gesucht, einen Ersatzmann angeboten, aber Ludwig Greiner, der grausame Zwerg, hatte darauf bestanden, daß Schlick ihm half.

So war es dann auch gekommen. Schlick hatte sich den schwarzen Kapuzenmantel übergeworfen, und sie waren in einem rumpeligen Planwagen durch die nächtlichen Straßen gefahren.

Die Kutsche hatten sie vor dem alten Haus in der Blutgasse stehengelassen und waren dann durch einen schmalen Zugang geschlichen und über offene Stiegen und Balkone, die zu den uralten Wohnungen führten, in den Hof gelangt.

Dort hatte der Zwerg unter seinem Umhang eine Blendlaterne hervorgeholt und war in den unterirdischen Gang geklettert. Schlick folgte, auf dem Hosenboden rutschend.

Sie liefen geduckt einen steinernen, sehr schmalen Gang entlang und traten nach wenigen Minuten durch eine kleine Tür in die Gruft. Joseph Schlick blickte erstaunt um sich, als der Zwerg die Lampe hoch hielt. Das Gewölbe schien sich unter dem gesamten Stephansdom zu erstrecken. Der Zwerg holte eine zweite Lampe hervor und reichte sie ihm. Im dämmrigen Licht sahen sie, daß hier Grab an Grab lag. Es gab Reliefbilder mit schauerlichen Sterbeszenen, morbide Gemälde, die zum Teil von modrigen Spinnweben verdeckt wurden, es gab offene Särge, in denen menschliche Knochen lagen, und marmorne Grabstätten, die man aus unerfindlichen Gründen geöffnet und nicht wieder verschlossen hatte.

Der Zwerg drängte zur Eile und ging voran. Joseph Schlick stolperte hinter ihm her durch den dicken Staub, der sich in der Gruft angesammelt hatte. Immer wieder stieß er mit dem Fuß gegen etwas, das klappernd durch den Raum flog.

Endlich erreichten sie die Treppe, die nach oben führte. Dann eilten sie vorbei am Orgelfuß, ohne einen Blick auf den Peter-und-Paul-Altar zu werfen, und weiter durch das Langhaus, sahen nicht das Relief mit der «Krönung Mariens», an dem sie vorbeischlichen, und auch nicht den Altar des Franz von Assisi. Nur ganz kurz warf Joseph Schlick dem gepeinigten Heiland unter dem Baldachin des Herz-Jesu-Altars einen Blick zu, dann trat er hinter dem Zwerg in die Kreuzkapelle und blieb so weit wie möglich vom Sarg entfernt stehen.

Der Zwerg stellte seine Lampe auf das Grabmal von Prinz Eugen und machte sich ächzend und stöhnend daran, den Sargdeckel zu verschieben. Als Schlick keine Anstalten machte, ihm zur Hand zu gehen, drehte er sich um und zischte einen undefinierbaren Befehl.

Schlick stellte seine flackernde Lampe vor das Wandfresko «Golgatha» und lief schweren Herzens zum Sarg. Gemeinsam hoben sie den Deckel ab und legten ihn auf den Boden.

«Los schon!» zischte der Zwerg.

Joseph Schlick spürte eine Ohnmacht nahen, hoffte, daß sie ihn gleich und für möglichst lange Zeit übermannen würde, wurde aber enttäuscht und mußte zupacken. Zu seiner großen Erleichterung durfte er den Toten an den Füßen fassen. Das ersparte ihm den Blick ins wächserne Antlitz des Ermordeten. Im Traum hatte ihn Friedrich Berg immer aus toten Augen angesehen und dann mit jammernder Stimme geklagt: «Joseph, du hast mich bestohlen!»

Der Tote riß nicht die Augen auf und sprach auch nicht mit jammernder Stimme. Er fiel zu Boden wie ein nasser Sack.

«Vorsicht mit dem Kopf!» zischte der Zwerg wütend, als hätte jemand anderer den saft- und kraftlosen Oberkörper des Dichters hinfallen lassen und nicht er selbst.

Sie wickelten die Leiche in das Tuch, das über den Sarg drapiert worden war, und trugen sie dann durch das Kirchenschiff, vorbei an den Altären, unter den gleichgültigen Augen der Heiligen.

Den Toten durch den engen, schmalen und niedrigen Gang der Gruft zu schleppen war eine Tortur. Schlick mußte sich nach vorn beugen, um nicht an die Decke zu stoßen, und bekam Rückenschmerzen. Vollends außer Atem gerieten die beiden, als sie die Leiche durch den schmalen Schacht am Ende des Gangs nach oben schaffen mußten. Der Zwerg war vorausgeklettert und zog mit Leibeskräften, unten im Loch schob und stieß Schlick den verhaßten Körper nach oben und fluchte laut, wenn er wieder zurückfiel, weil der Zwerg keinen Halt fand oder ausrutschte.

Schließlich schleppten sie den eingepackten Dichter über die Stiegen und Balkone aus dem Hinterhof und durch das Tor nach draußen in die Blutgasse. Dort stemmten sie mit letzter Kraft ihre widerspenstige Last nach oben, ließen sie in die Kutsche poltern und zogen die Plane darüber.

Dann kletterten sie auf den Kutschbock, der Zwerg griff nach den Zügeln, schnalzte mit der Zunge, und die Pferde zogen an.


˜ 14 ˜  *Auf Bewährung*  «Großartig!» rief Jakob von Mühlhausen aus. «Ausgezeichnet.»

Er hatte ein Messer genommen und die Klinge zwischen Panade und flachgeklopftem Fleisch geschoben.

«Genau so muß ein *Wiener Schnitzel* sein! Du bist ein Künstler, mein lieber Jacques.»

«Diese Schnitzel ähneln sehr den Scaloppine Milanese, die ich in Italien kennengelernt habe. Nur daß die Italiener die Panade mit Parmesankäse würzen.»

Der Baron schnitt sich ein Stück vom Schnitzel ab und probierte: «Was für eine Übertreibung», sagte er mit vollem Mund. «Aber so ist das mit den Italienern. Sie tun immer dem Guten etwas zuviel. Es ist absolut falsch, die Panade mit Parmesan zu würzen! Der kräftige Geschmack des Käses überdeckt das feine Aroma des Kalbfleischs. Das muß doch jedem sofort einleuchten.»

«Man kann sehr jungen, cremigen Parmesan nehmen», warf Pistoux ein.

«Papperlapapp!»

Mit der tatkräftigen Hilfe von Wachtmeister Janusch und seiner Frau Grete hatten die beiden Gefangenen ihre Zelle in eine Küche verwandelt, in der es an nichts fehlte. Sie hatten einen Herd, zahlreiche Töpfe, Pfannen, Schüsseln und sämtliche Gerätschaften, vom Messerset bis zum Vorlegebesteck, die man zum Bereiten, Servieren und Verspeisen der Gerichte benötigte.

Pistoux kochte nach den Anweisungen des Barons. Da Jakob von Mühlhausen einen sehr präzisen Geschmackssinn und ein ausgezeichnetes Gedächtnis hatte, war es für Pistoux, den erfahrenen Koch, kein Problem, die unsterblichen Gerichte der Wiener Küche kongenial nachzuempfinden. Der Baron war so begeistert von ihrer Idee, daß er sich sogar dazu hinreißen ließ, den Kellner zu spielen, wenn das Essen auf den Tisch kam. Da er ein Freigeist war, bereitete es ihm keine Schwierigkeiten, seinem Koch das Essen vorzulegen. Nur Wachtmeister Janusch war etwas verwirrt, wenn er gelegentlich – vom Duft, der aus der Zelle strömte, angezogen – durch das Guckloch blickte und sah, wie der Adelige den Mann aus dem Volk bediente.

Wenn der Baron bemerkte, daß der Wachtmeister hereinlugte, lud er ihn mit einer fröhlichen Armbewegung zum Mitessen ein. Janusch war sowieso schon die ganze Zeit das Wasser im Mund zusammengelaufen, und er nahm die Einladung gern an, wenn er Zeit hatte. Dann wurde ihm eine Schürze umgebunden, und er mußte servieren. Dafür bekam er ein Trinkgeld und ein mehrgängiges Menü, das ihm, wie er gestand, besser schmeckte «als bei meiner Grete zu Hause, und meine Grete kann kochen»!

Heute saßen sie jedoch ohne den Wärter bei Tisch, denn der war unglücklicherweise gerade in dem Moment, als sein Magen zu grummeln begonnen hatte, zu Hauptmann Mattuschek gerufen worden.

«Erstaunlich», sagte Jakob von Mühlhausen mit vollem Mund, «dieser *Erdäpfelsalat* ...»

«Zunächst kommt es einmal auf die Art der Kartoffeln an», erklärte Pistoux. «Diese hier hat mir Januschs Grete empfohlen: Sie nennen sich Kipfelerdäpfel und erinnern mich an jene, die wir in Frankreich ‹la ratte› nennen. Sie dürfen nicht zu dick geschnitten werden. Messerrücken ist ideal. Noch wenn sie warm sind, streut man Salz über die Kartoffelscheiben, dann werden sie mit Rinderbrühe übergossen, besser gesagt benetzt, denn zuviel wäre fatal.»

«Eine ausgezeichnete Bouillon übrigens, die auch als Vorspeise nicht zu verachten war. Du hast sie mit Muskat gewürzt.»

«Nur ein Hauch ...»

«Aber bleiben wir beim Erdäpfelsalat. Weiter!»

«Die Kartoffeln saugen die Brühe auf, so daß der nach

einiger Zeit hinzugefügte Essig nicht so leicht eindringen kann, denn zu sauer dürfen die Kartoffeln nicht werden. Das würde alles verderben. Wenn ich am Schluß Zwiebeln hinzufüge, schneide ich sie sehr klein, achte aber darauf, sie keinesfalls zu hacken, denn gehackte Zwiebeln verlieren Saft und bekommen einen bitteren Geschmack.»

«Bravo, Jacques, ich bin begeistert.»

Pistoux zuckte mit den Schultern: «Man muß die Geschmacksnuancen fein ausbalancieren, das ist alles.»

«Das ist alles, und das ist höchste Kunst.»

«Ein Handwerk wie jedes andere», beharrte Pistoux.

«Nenn es, wie du willst. Aber meiner Ansicht nach ist es einerlei, ob jemand mit Tönen, Farben, Worten oder Speisen umgehen kann. Wenn er sein Handwerk in höchster Vollendung beherrscht, ist er ein Künstler, ganz gleich, ob er die Intention hatte, nach Höherem zu streben oder nicht.»

«Die Kochkunst ist eine sehr vergängliche Kunst.»

«Die Schauspielkunst ebenso. Und wenn der letzte Ton einer Symphonie verklungen ist, dann ist der Musikgenuß ebenfalls beendet.»

«Die Erinnerung bleibt.»

«Aber auch beim Essen», stellte der Baron fest.

«Ein Theaterbesuch, ein Konzertereignis ist einzigartiger.»

«Aber ist es nicht wundervoll, daß wir Feinschmecker jeden Tag aufs neue eine Symphonie des Geschmacks erleben dürfen, wo die eigene Zunge dirigiert und die Geschmacksnerven das Orchester bilden ...»

«Ein Buch überdauert Jahrhunderte.»

«Ein gutes Rezept ebenso. Und wer weiß, ob in hundert Jahren noch jemand ein Buch von Friedrich Berg lesen möchte. Es ist dann zweifellos weniger wert als das Papier, auf dem es geschrieben steht.»

«Friedrich Berg …» Pistoux legte Messer und Gabel beiseite. «Wegen ihm bin ich hier.»

«Fast bin ich versucht, auf den Verstorbenen einen Toast auszusprechen, wie es die Engländer tun. Ich verdanke ihm mein Leben. Ohne dich wäre ich elend zugrunde gegangen in dieser Zelle.» Jakob von Mühlhausen lachte fröhlich und hob das Glas. Pistoux blickte betrübt drein.

«Verzeih mir, lieber Freund», sagte der Baron. «Das war taktlos.»

«Ich würde ein Vermögen dafür geben, wenn ich den wahren Mörder finden könnte», sagte Pistoux.

«Ein Vermögen kann ich dir geben, aber rauslassen werden sie dich so schnell wohl nicht.»

«Das fürchte ich auch. Aber warum sollte ich ein Interesse am Tod dieses Dichters haben.»

«Warst du nicht in seinem Arbeitszimmer?»

«Ja, aber das war nur eine kurze, nichtssagende Begegnung.»

«Nur wenige Menschen werden in Bergs Arbeitszimmer empfangen.»

«Er hat nicht einmal mit mir geredet. Er wollte mich bloß … sehen.»

Pistoux zuckte mit den Schultern. Sein Empfang bei Friedrich Berg hatte etwas mit Charlotte Sophie zu tun, das war ihm klar. Aber was verband den Ermordeten mit der jungen Gräfin? Er wollte nicht darüber nachdenken, schon gar nicht darüber reden. Er hatte seine Geliebte unter entwürdigenden Umständen verloren.

«Wenn ich erst einmal wieder in Freiheit bin», sagte Jakob von Mühlhausen, «werde ich alles tun, um dir zu helfen.»

«Ich danke dir.»

«Das geschieht selbstverständlich wie alles, was ich und alle anderen Menschen tun, lediglich aus eigennützigen Motiven.»

«Das ist doch gleich», sagte Pistoux deprimiert.

«Ein weiterer Beweis für die Richtigkeit der interessanten sozialphilosophischen Ideen dieses Engländers John Stuart Mill. Hab ich dir schon davon erzählt? Der Utilitarismus geht davon aus, daß der Mensch grundsätzlich nur tut, was ihm nützt, also das, was ihn glücklich macht. Die Frage, die sich folglich stellt, ist … was nützt mir wirklich … was verschafft mir nicht nur kurzfristige Freude, sondern wahres, anhaltendes Glücksempfinden. Und was wiederum ist Glück? Eine vertrackte Angelegenheit … ich bemühe mich, diese Ideen mit den gastrosophischen Gedankengängen von Brillat-Savarin in Einklang zu bringen … besser gesagt, ich versuche es … jedoch …»

«Still!» Pistoux hob die Hand.

Sie hörten das Klimpern des Schlüsselbunds des Wärters, seine Schritte, die sich näherten.

«Er hat Glück», stellte der Baron fest, «es sind noch Schnitzel da.»

Die Tür wurde aufgestoßen, und Wachtmeister Janusch erschien in der Tür.

«Wünsche, wohl gespeist zu haben», sagte er mit leidendem Gesichtsausdruck, denn er hatte noch keine Gelegenheit gehabt, zu Mittag zu essen.

«Setz dich zu uns, Janusch», lud Jakob von Mühlhausen ihn ein.

«Bedaure», schüttelte der Wärter traurig den Kopf, «aber ich muß Herrn Pistoux mitnehmen.»

«Aber doch nicht sofort», sagte Jakob von Mühlhausen.

«Ich fürchte schon. Der Herr Hauptmann …»

Pistoux stand auf: «Ich komme.»

«Aber Janusch, wie kannst du so herzlos sein? Setz dich. Nimm ein Schnitzel.»

Der Wachtmeister trat einige Schritte näher und vergaß vor lauter Appetit, die Zellentür zu schließen.

«Na ja», sagte er und schluckte den Speichel herunter, der sich beim Anblick der Platte mit den knusprigen Schnitzeln in seinem Mund gesammelt hatte.

Jakob von Mühlhausen rückte einen Stuhl zurecht.

«Nun gut, ein Schnitzel, schnell!» gab sich Janusch geschlagen.

«Und etwas Erdäpfelsalat und hier ... *Gurkensalat*. Mein lieber Jacques, setz dich wieder. Janusch muß sich noch kurz stärken. Sieh nur, wie fröhlich er zulangt. Währenddessen hast du Zeit, mir kurz das Geheimnis deines Gurkensalats zu enthüllen.»

Pistoux setzte sich seufzend.

«Kein Geheimnis», sagte er. «Ich habe sie gesalzen und mit saurem Rahm angemacht.»

«Ein paar Tropfen Essig dazu?»

«Ja, ganz wenig.»

«Aber dennoch ... da ist noch etwas.»

Pistoux zuckte mit den Schultern.

Wachtmeister Janusch schaufelte das Essen in sich hinein, als hätte er tagelang nichts gegessen.

«Ich sehe keine Kräuter in der Sauce ... ein Hauch Trüffel?» fragte der Baron.

«Aber nein, niemals», sagte Pistoux.

«Knoblauch? Du hast zerdrückten Knoblauch hineingegeben?»

«Nein, ich habe keinen zerdrückten Knoblauch hineingegeben.»

«Ich bin verblüfft.»

Der Wachtmeister rülpste und stand ruckartig auf: «Schetzkojedno, wir müssen los!»

Er hatte das mächtige Schnitzel in Windeseile vertilgt und dabei noch einige große Löffel Salat verschlungen.

Pistoux folgte ihm zur Tür.

«Jacques!» rief Jakob von Mühlhausen ihm hinterher.

«Ja?»

Der Baron kniff die Augen zusammen: «Wirklich kein Knoblauch?»

«Ich sagte, kein zerdrückter Knoblauch.»

«Ja aber ...»

«Ich habe die Salatschüssel mit einer aufgeschnittenen Knoblauchzehe eingerieben. Das war alles.»

«Donnerwetter», sagte der Baron verblüfft. «Genial ...»

«Einfach.»

«Was ist mit dem Dessert, mein Lieber?»

«Nimm es dir, ich werde wohl länger fortbleiben.»

«Was für ein Trauerspiel, dein Dessert allein genießen zu müssen», lamentierte Jakob von Mühlhausen.

«Das Soufflé ist im Ofen. Es müßte gleich fertig sein.»

«Na! Das Soufflé! Was heißt hier Soufflé? Ich denke, es gibt *Salzburger Nockerln*.»

«Was du mir beschrieben hast, ist ein Soufflé.»

«Weiß Gott, manchmal glaube ich, du willst mich belehren, Schackl.»

Die Tür fiel dröhnend zu, der Riegel wurde vorgeschoben.

«Wenn Sie versprechen, mir keine Schwierigkeiten zu machen, verzichte ich auf die Fesseln», sagte der Wachtmeister.

«Versprochen.»

Im Verhörzimmer gab es nur einen Tisch und zwei Stühle, darüber eine Gaslampe.

«Setzen Sie sich, Herr Pistoux», sagte Hauptmann Mattuschek.

Pistoux nahm Platz, und der Hauptmann setzte sich ihm

gegenüber hin und hatte Mühe, seinen Bauch in eine bequeme Position zwischen Stuhl und Tisch zu bringen.

Der Wachtmeister verließ das Zimmer.

«Es ist nicht gemütlich hier», sagte der Hauptmann und deutete dabei in den kahlen Raum. «Aber das soll so sein.»

«Zweifellos», sagte Pistoux.

«Ich habe mir den Kopf darüber zerbrochen, wie Sie es geschafft haben könnten, den Einspänner von Friedrich Berg zu vergiften.»

«Ich habe ihn nicht vergiftet.»

Der Hauptmann hob träge die Hand: «Echauffieren Sie sich nicht. Es geht lediglich um die Fakten. Sie haben das Glas mit dem Kaffee von einem der Mädchen entgegengenommen. Ist Ihnen etwas aufgefallen?»

«Ich habe gesehen, wie das Mädchen, Elfriede, den Mokka gezapft hat. Dann hat sie das Glas abgestellt und die Schüssel mit dem Schlagobers geholt. Es war nicht mehr viel drin in der Schüssel …» Pistoux zögerte.

«Und dann?» drängte der Hauptmann.

«Und dann sagte die andere Kaffeesiederin, Antonie: ‹Das ist schon sauer, nimm dies hier›.»

«‹Das ist schon sauer, nimm dies hier›? Genau so?»

«Ja, genau so.»

«Hm.» Der Hauptmann schürzte seine wulstigen Lippen und lächelte ungläubig. «Und das fällt Ihnen erst jetzt ein?»

«Ja.»

«Hm.» Der Hauptmann wiegte den kahlen Kopf hin und her.

«Sie haben mich nicht gefragt. Ich habe nicht darüber nachgedacht. Warum sollte eines der Mädchen hinter der Theke Friedrich Berg ermorden?»

«Diese Frage stelle ich mir auch gerade.»

«Ich finde den Gedanken eher abwegig.»

«Ist das ein Trick?» Mattuschek grinste breit und entblößte seine schiefen Zähne.

«Ein Trick?» fragte Pistoux verblüfft.

«Vielleicht sogar zwei Tricks», sagte Mattuschek. «Sie führen mich auf eine falsche Fährte. Das ist der erste Trick. Der zweite: Sie zweifeln Ihre Aussage an, um Ihre eigene Glaubwürdigkeit zu erhöhen.»

«Unsinn! Ich denke nach.»

«Das ist schön, daß Sie das tun», entgegnete der Hauptmann süffisant.

«Wollen Sie mich beleidigen?»

«Das liegt nicht in meiner Absicht.»

Pistoux schwieg.

«Also gut.» Der Hauptmann lehnte sich nach vorn und legte seine schweren Arme auf den Tisch. «Nun müssen wir also herausfinden, was für eine Verbindung zwischen diesem Mädchen und dem Dichter bestand. Falls es da überhaupt eine Verbindung gab.»

«Das ist doch leicht herauszufinden.»

«Glauben Sie?»

«Aber ja. Sie lassen das Mädchen holen und befragen es. Außerdem werden die Kolleginnen vielleicht etwas wissen.»

Der Hauptmann schüttelte den Kopf und strich sich mit dem Daumen über den breiten Schnurrbart: «Nein, sie wissen nichts.»

«Nein? Haben Sie schon gefragt? Aber wie, Sie wußten doch gar nicht ...»

«Doch. Die Sache mit dem Obers ist mir schon bekannt. Die andere hat's erzählt.»

«Die den Einspänner zubereitet hat?»

«Ja.»

«Aber dann ...»

Der Hauptmann grinste.

«... haben Sie mich eben auf das gemeinste aufs Glatteis geführt.»

«Das ist mein Beruf.»

Pistoux riß sich zusammen: «Meinetwegen. Haben Sie auch herausgefunden, ob die Dunkelhaarige ...»

«Sie heißt Antonie Erlenbach.»

«... ob diese Antonie Erlenbach das Obers vergiftet hat?»

«Ob sie das Gift hineingetan hat?»

«Aber darüber reden wir doch die ganze Zeit.»

«Vielleicht ...» sagte der Hauptmann.

«Hat sie?»

«Stelle ich hier nicht die Fragen?»

«Sie wollen mich provozieren.»

«Ich lege Wert auf Ordnung», sagte der Hauptmann und lehnte sich zurück.

Pistoux schluckte seine Wut hinunter: «Bitte.»

«Sie haben nicht gesehen, daß Fräulein Erlenbach Gift in das Obers mischte?» fragte Mattuschek.

«Nein.»

«Sonst hat es auch niemand bemerkt.»

«Sie wird es wohl kaum in aller Öffentlichkeit getan haben.»

«Sehr spitzfindig, Herr Pistoux.»

«Also?»

«Also ist dies nur eine vage Idee, die weder uns noch Ihnen wesentlich weiterhilft.»

«Haben Sie das Mädchen befragt?»

«Hätten wir gern.»

«Wo ist sie denn? Holen Sie sie her! Ich möchte mit ihr sprechen.»

«Sie ist verschwunden.»

«Verschwunden?» wiederholte Pistoux ungläubig.

«Ja, sehen Sie. Sie ist einfach fort. Ihr Zimmer ist leer. Sie ist ausgezogen, weggegangen, vielleicht verreist.»

«Geflüchtet.»

Der Hauptmann zuckte mit den Schultern: «Wer weiß?»

«Sie müssen sie finden.»

«Wir suchen ja schon», sagte Mattuschek behäbig.

«Ihr Eifer beeindruckt mich wirklich.»

«Nun fangen Sie nicht an zu granteln. Einstweilen muß ich mich auch noch mit Ihnen befassen.»

«Was ist denn noch?»

«Der Brief.»

«Der Brief?»

«Sie hatten einen Brief in Ihrer Rocktasche. Rosafarbener Umschlag und ein Kärtchen mit der Botschaft: ‹Verzeih mir, Liebster. Ich konnte nicht anders. Rettung naht! Folge diesem Mann, er wird Dich zu einem Freund bringen. In Liebe, Charlotte Sophie.›»

Pistoux schwieg.

«Welcher Mann sollte Sie zu welchem Freund bringen und warum?»

Pistoux seufzte: «Ich habe Ihnen doch gesagt, daß, kurz bevor der Mord geschah, drei Männer im Café Rebhuhn waren. Drei Männer, die mir verdächtig vorkamen.»

«Es waren viele Personen im Kaffeehaus anwesend.»

«Aber diese drei Männer und der Brief ... zwei von ihnen haben unmittelbar damit zu tun: Der eine war dieser Zwerg. Er tauchte in diesem Kaffeehaus in der Josefstadt auf und gab mir den Brief. Ich folgte ihm, und er brachte mich zu Friedrich Bergs Wohnung. Dort führte mich der zweite Mann in Bergs Arbeitszimmer. Berg begutachtete mich, stellte ein paar

Fragen, behandelte mich wie einen niederen Menschen, und dann führte mich sein Sekretär ins Café Rebhuhn, wo ich meine Stellung als Kellner antrat.»

«Berg hat Sie also nicht ins Herz geschlossen. Dennoch hat er Ihnen eine Stellung besorgt?»

«Ja.»

«Aus Gefälligkeit, weil das Fräulein Gräfin ihn gebeten hatte?»

«Das vermute ich.»

«In welcher Beziehung stand das Fräulein Gräfin zu Berg?»

«Das weiß ich nicht.»

«Sie schweigt sich darüber aus. Sie sagt, Friedrich Berg sei ein alter Freund der Familie.»

«Was sollte daran falsch sein?»

«Friedrich Berg war mit Oberst von Chudenitz verfeindet.»

«Das wußte ich nicht.»

«Wäre Berg ein Militär gewesen, hätten sich die beiden sicherlich duelliert. Es war eine tiefe Feindschaft.»

«Aus welchem Grund?»

«Das will mir keiner sagen. Aber es ist bekannt, daß Friedrich Berg vom Oberst gezwungen wurde, das Kaffeehaus zu wechseln. Dennoch sind sie vor einigen Monaten in eben diesem Café aneinandergeraten. Es war eine groteske Situation, glaubt man den Schilderungen. Der Dichter ist zu Boden gegangen, ohne daß der Oberst ihn angerührt hätte, und hat sich übergeben.»

«War er nicht krank?»

«Wer? Berg?»

«Ja, er wirkte sehr krank auf mich. Abwesend. In Trance vielleicht sogar, trotz seines Versuchs, herrisch aufzutreten.»

«Hm, man erzählt sich so allerlei seit dem Tod ...»

«In seinem Büro roch es modrig.»

«So, so, modrig. Das wird ja immer eigenartiger ...»

Der Hauptmann blickte zur Decke und schwieg.

«Wenn ich nur könnte», murmelte Pistoux. «Dann würde ich auf eigene Faust Nachforschungen anstellen.»

Mattuschek beugte sich ächzend zur Seite und holte eine kleine Kiste unter dem Tisch hervor.

«Sie können», sagte er.

«Wie bitte?»

«Sie können gehen. Hier sind die Sachen, die wir konfisziert haben. Sehen Sie nach, ob alles noch da ist, und nehmen Sie es an sich. Dann dürfen Sie sich entfernen. Dort ist die Tür.»

«Aber ... warum plötzlich?»

«Für mich kommt es ja nicht plötzlich», sagte Mattuschek.

«Aber ...»

«Sehen Sie», sagte der Hauptmann. «Gestern hätte die Beerdigung sein sollen.»

«Von Berg?»

«Ja. Ganz Wien sprach davon. Der Kaiser wollte sich zeigen. Nur ist nichts draus geworden.»

«Warum?»

«Man hat die Leiche gestohlen. Ich vermute, daß das mit dem Mord zusammenhängt. Dann ist da noch das Mädchen aus dem Café verschwunden. Und ich habe keine Beweise, daß Sie der Giftmörder sind.»

«Danke.»

«Keine Beweise. Das heißt nicht, daß ich Sie für unschuldig halte. Sie dürfen Wien nicht verlassen.»

«Ich verstehe.»

«Halten Sie sich daran.» Der Hauptmann quälte sich schnaufend aus dem Stuhl hoch und umfaßte seinen Bauch, als wollte er ihn davor bewahren, noch weiter nach unten zu sacken.

«Sie können mir einen Gefallen tun, Herr Pistoux.»

«Welchen?»

«Finden Sie heraus, was es mit dieser Verbindung zwischen dem Fräulein Gräfin und dem Toten auf sich hatte. Und warum der Oberst so schlecht auf Berg zu sprechen war.»

«Das interessiert mich selbst sehr.»

«Sie schweigt sich aus. Ich habe gerade mit ihr gesprochen und sie gebeten zu warten. Sie werden sie draußen im Flur antreffen.»

Mattuschek zog einen dicken Umschlag aus der Innentasche seines Rocks: «Geben Sie ihr doch bitte diesen Brief zurück.»

Pistoux nahm den Umschlag in Empfang.

«Wie Sie wünschen.»

«Na schön. Dann gehen Sie jetzt.»

Mattuschek deutete auf die Tür.

∿ 15 ∾ MISSTRAUEN  Sie trafen sich im tristen, kahlen Korridor des Gefängnisgebäudes und wußten nicht, wie sie einander begegnen sollten. Beide fühlten sich schuldig. Charlotte Sophie hatte Pistoux verraten, als sie ihn aus Angst vor ihrer Familie zum Adeligen machte. Pistoux war dabei, sie zu hintergehen, weil er eingewilligt hatte, Mattuschek zu berichten, was er über ihre Beziehung zu Friedrich Berg herausfand.

Nur kurz trafen sich ihre Augen. Sie reichten sich zögernd die Hand.

«Laß uns hier fortgehen», sagte Charlotte Sophie, die in ihrem dunkelgrünen Kleid mit dem schwarzen Umhang wie eine trauernde Witwe wirkte.

Sie hängte sich bei ihm ein. Schweigend liefen sie die häßlichen Flure entlang, stiegen ein schmales Treppenhaus hinunter und traten durch ein schweres Eisentor aus dem Gebäude auf die Straße.

Es regnete. Charlotte Sophie zog sich die Kapuze ihres Umhangs über den Kopf. Pistoux stellte den Mantelkragen hoch. Er hatte keinen Hut dabei. Er fröstelte.

«Ich habe den Fiaker warten lassen», sagte Charlotte Sophie. «Ich nehme dich ein Stück mit.»

«Gut.»

Sie kletterten in die Kutsche und saßen unter dem aufgestellten Verdeck im Trockenen. Charlotte Sophie griff nach der bereitliegenden Wolldecke und legte sie sich über die Beine.

«Fahren Sie ...» rief sie dem Kutscher zu und zögerte dann.

«In die Goldschmiedgasse.»

«... in die ... Goldschmiedgasse.»

Der Fiaker fuhr los.

Sie drehte sich zu Pistoux um und fragte erstaunt: «Was willst du dort?»

«Herausfinden, wer Friedrich Berg ermordet hat.»

«Aber das ist doch nicht deine Aufgabe.»

«Nein, ich arbeite als Kellner.»

«Mußt du denn unbedingt diese schreckliche Mordsache weiter verfolgen?»

«Um nicht vor mir selbst das Gesicht zu verlieren, allein schon deshalb.»

«Du bist es doch nicht gewesen. Ist es da nicht einerlei, wer es war?»

«Natürlich nicht. Man verdächtigt mich immer noch. Ich darf die Stadt nicht verlassen.»

«Ach so.»

«Es wundert mich ohnehin, daß Hauptmann Mattuschek mich laufenläßt.»

«Vielleicht vertraut er dir.»

«Auf jeden Fall liegt es nicht daran, daß du ihm diesen Umschlag hier gegeben hast.»

Pistoux zog den Brief hervor, den Mattuschek ihm gegeben hatte.

Charlotte Sophie sah den Umschlag regungslos an.

«Willst du ihn nicht nehmen?»

Sie sah zur anderen Seite der Kutsche hinaus auf die Straße.

«Mir scheint, da ist Geld drin.»

Er bekam keine Antwort.

«Hast du ihm diesen Umschlag selbst gegeben?»

«Ein Freund hat mir diesen Dienst erwiesen.»

«Schöner Dienst. Aber der Hauptmann ist nicht käuflich.»

«Offenbar nicht.»

«Er hat mich trotzdem freigelassen.»

«Bist du nun stolz darauf, ohne meine Hilfe auszukommen?»

Sie blickte weiter zur anderen Seite auf die regennasse Straße. Die Hufe der Pferde klapperten monoton, gelegentlich rollte eine andere Kutsche auf der Gegenseite vorbei. Auf den Gehsteigen hastete hier und da ein Passant durch den Regen und suchte Schutz in einem Hauseingang oder einem Laden.

«Ich bin nicht stolz darauf, ohne deine Hilfe auszukommen. Warum sollte ich?»

Sie ruckte unwirsch die Schulter.

«Welcher Freund war das?»

«Was?»

«Wer hat dem Hauptmann den Umschlag gebracht.»

«Das tut doch nichts zur Sache.»

«War es dieser Zwerg?»

«Welcher Zwerg?»

«Der mich in deinem Auftrag zu Berg brachte.»

Sie schwieg wieder.

«Du kennst eigenartige Leute», sagte Pistoux.

«Willst du mir Vorwürfe über meinen Umgang machen. Das steht dir nicht zu, Jakob.»

«Nenn mich lieber Jacques, Charlotte.»

«Bitte, wenn es dir lieber ist, Jacques.»

«Danke.»

«Nichts zu danken. Wir stehen uns ja ohnehin nicht mehr sehr nahe.»

«Du übertreibst. Aber findest du es denn wirklich so ungewöhnlich, daß ich mich wundere, daß du einen solchen zwielichtigen Menschen kennst?» fragte Pistoux.

«Ich lasse mich nicht gern in die Enge treiben.»

«Ich bin in einen Mordfall verwickelt. Da kann ich keine Rücksichten auf solche luxuriösen Gefühle nehmen.»

«Luxuriös?»

Ruckartig drehte sich Charlotte Sophie um und sah ihm ins Gesicht. Ihre Nasenflügel bebten: «Ist es etwa meine Schuld, daß du kein Baron bist?» Sie blickte ihn trotzig an.

«Meine etwa?»

«Ja!»

«Bald wird es keine Barone mehr geben. Dann spielt es keine Rolle mehr, welchen Titel jemand trägt …»

«Hör bitte auf!» unterbrach sie ihn. «Ich will nichts mehr davon hören.»

Pistoux spürte, wie eine Wut in ihm aufstieg. Er kämpfte dagegen an. Anstatt sie anzuschreien, wie sie es womöglich gehofft hatte, fragte er ganz ruhig: «Woher kennst du diesen Zwerg?»

«Das geht dich nichts an.»

«Er arbeitet für deinen Schwager, für den Oberst.»

«Ach? Na gut, wenn du es ohnehin schon weißt ...»

«Er hat uns beschattet, seit wir in die Nähe von Wien kamen. Vielleicht sogar schon in Italien.»

«Du stellst mir Fragen, und dann beantwortest du sie selbst.»

«Der Oberst war sehr gut über uns unterrichtet. Ich habe den Zwerg übrigens schon in Baden bemerkt.»

«Greiner steht im Dienst meines Schwagers. Er ist ein Staatsbeamter.»

«Ein Spitzel ist er.»

«Du weißt immer alles besser!»

«Greiner heißt er also.»

«Ludwig Greiner. Ja und? Was hast du jetzt gewonnen, da du es weißt?»

«Er ist greifbarer geworden. Ihm hast du Geld gegeben, damit er den Hauptmann dazu bringt, mich freizulassen.»

«Ich bin nicht gekommen, um mich von dir belehren zu lassen. Ich wollte dir helfen.»

«Greiner war es, der mich in deinem Auftrag zu Berg brachte.»

«In meinem Auftrag ... wie das klingt. Es war doch nur eine Gefälligkeit. Friedrich hat angeboten, dir zu helfen, als er davon hörte, daß mein Schwager dich so schlecht behandelt hat.»

«Also ist Berg ein Freund?»

«Ein alter Freund der Familie.»

«Ein alter Freund der Familie? Wie ich hörte, war er mit dem Oberst verfeindet.»

«Sie haben sich ab und zu gestritten.»

«Gestritten? Bis aufs Blut haben sie sich gehaßt!»

Sie sah an ihm vorbei in den Regen: «Woher willst du das denn wissen?»

«Es ist doch wahr.»

«Und wenn schon. Was tut es zur Sache?»

«Hat der Oberst gewußt, daß du die Freundschaft zu Berg aufrechterhalten hast?»

«Nein, hat er nicht», sagte sie unwirsch.

«Hätte er dir erlaubt, Berg zu treffen, wenn er es gewußt hätte?»

«Du weißt doch selbst die Antwort.»

«Hätte er nicht.»

Sie schwieg.

«Aus welchem Grund haben Friedrich Berg und der Oberst sich zerstritten?»

«Das weiß ich nicht.»

«Ich glaube dir nicht.»

Sie wurde blaß, hielt sich die Hand vor den Mund und unterdrückte ein Schluchzen. Die Kutsche hielt an.

«Wir sind da», sagte Charlotte Sophie. «Du mußt aussteigen.»

Einen Moment lang saß Pistoux unschlüssig da. Er haßte sich für das, was er eben getan hatte. Alles war zerstört. Eine Liebe in Mißtrauen ertränkt, eine Freundschaft durch rücksichtslose Neugier erstickt. Wie hatte es nur soweit kommen können?

«So geh doch!» sagte sie mit erstickter Stimme.

«Du hast recht.»

Er stieg aus. Ohne einen Abschiedsgruß abzuwarten, rief Charlotte Sophie dem Kutscher zu: «Weiter.»

Pistoux sah der Kutsche nach und verfluchte diese Stadt, in der das Leben so entsetzlich kompliziert war.

∻ **16** ↝ Die Verschwundene   Der Inhaber
vom Café Rebhuhn stand neben seiner Sitzkassiererin, genau
in der Mitte zwischen den beiden Flügeln des Ecklokals, und
plauderte angeregt. Als die Kassiererin zur Tür deutete, verzog
Herr Hasek das Gesicht zu einem Lächeln, das Erschrecken
und Zweifel wie auch Erleichterung und Freude ausdrückte.
Er blickte sich kurz und nervös in seinem Lokal um und eilte
dann auf Pistoux zu, der gerade durch den Windfang herein-
gekommen war.

«Jacques! Was für eine Überraschung! Man hat Sie gehen-
lassen.»

Sie schüttelten sich die Hand.

«Ich kann es selbst kaum glauben», sagte Pistoux.

«Sie sind unschuldig.»

War das eine Frage oder eine Feststellung, dachte Pistoux.

«Zumindest kann man mir nichts beweisen. Aber ich muß
mich zur Verfügung halten, darf die Stadt nicht verlassen.»

«Nun, nun, immerhin ...» sagte Herr Hasek.

Herr Franz, der Oberkellner, kam vorbei und sagte: «Grüß
Gott», der Pikkolo starrte neugierig von seinem Platz an der
Theke herüber und tuschelte mit der Kassiererin. Nur der
neue Zuträger ließ sich nicht stören. Man hatte also schon Er-
satz für ihn gefunden. Pistoux warf einen Blick nach hinten,
wo der Loyselsche Perkolator leise zischte. War die Schwarzhaarige wirklich nicht mehr da?

«Ich möchte gerne ...» begann er.

«Kommen Sie erst einmal mit», sagte Hasek und deutete in
den Billardraum.

Sie gingen hinüber und setzten sich an einen kleinen Tisch
neben dem Billardtisch, der gerade nicht benutzt wurde.

«Ich möchte gerne mit allen darüber sprechen, was am Tag
des Todes von Friedrich Berg passiert ist.»

«Warum denn das?»

«Ich möchte nicht weiter verdächtigt werden. Ich will wieder ein freier Mann sein. Momentan bin ich gefangen in dieser Stadt.»

«Ja, natürlich, das verstehe ich ... aber ... Sie werden doch nicht etwa am hellichten Tag anfangen wollen, unbequeme Fragen zu stellen?»

«Soll ich etwa warten, bis es dunkel ist?» fragte Pistoux.

Hasek rutschte unruhig auf seinem Stuhl herum. «So habe ich das nicht gemeint. Es ist nur so, daß uns diese Angelegenheit ohnehin schon kein Glück gebracht hat. Nicht wenige Gäste sind fortgeblieben. Sie vertrauen uns nicht. Denn immerhin ist in unserem Café das Gift in den Einspänner geraten.»

«Wäre es da nicht gut, wenn die Sache aufgeklärt würde?»

Hasek rieb sich unglücklich die Hände. «Mit der Aufklärung ist das so eine Sache. Manchmal sieht man dann Dinge, die man gar nicht sehen wollte.»

«Aber es ist doch notwendig, die Wahrheit herauszufinden», beharrte Pistoux.

«Na, das mögt ihr im Ausland so sehen. Wir hier in Wien möchten lieber, daß die Ordnung erhalten bleibt.»

«Aber ein Mörder läuft frei herum! Das ist doch nicht in Ordnung!»

«Manche Dinge soll man mit Vorsicht handhaben.»

«Gut», sagte Pistoux, der sich über diese phlegmatische Weltsicht wunderte. «Ich werde diskret vorgehen. Ich werde nur während der Arbeit mit allen sprechen.»

«Während der Arbeit?» fragte Hasek.

«Ja, es wird nicht weiter auffallen.»

«Das geht nicht.»

«Warum?»

«Sie können nicht mehr hier arbeiten.»

«Wie soll ich das verstehen?»

«Wie ich es gesagt habe. Wir haben bereits einen neuen Zuträger. Alle Posten sind besetzt. Es tut mir leid, Jacques. Aber es würde unserem Geschäft nur noch mehr schaden, wenn der Kellner, der Professor Berg den vergifteten Einspänner gebracht hat, hier weiter arbeitet. Zumal er ein Ausländer ist. Sie waren noch nicht lange bei uns, da ist es passiert ...»

«Aber deshalb bin ich doch nicht schuld!»

«Das habe ich nicht gesagt.»

«Angedeutet ...»

Hasek hob abwehrend die Hände: «Das lag nicht in meiner Absicht.»

«Ich bin also entlassen?» fragte Pistoux niedergeschlagen.

«Ich kann nicht anders, Jacques. Ich muß ans Geschäft denken.»

«Natürlich.» Pistoux verzog grimmig das Gesicht.

Hasek blickte zu Boden.

«Natürlich bekommen Sie den ausstehenden Lohn.»

«Danke», lehnte Pistoux stolz ab. «Es steht nichts mehr aus.»

Hasek zuckte mit den Schultern.

Pistoux stand auf. «Nun gut, dann werde ich eben als Privatmann meine Fragen stellen.»

Hasek schnellte von seinem Stuhl empor: «Nicht!»

«Ich werde es hinten tun. Die Gäste werden nichts bemerken.»

«Nein!» sagte Hasek laut.

«Wie bitte?»

«Unmöglich! Ich verbitte mir das! Ohnehin wird niemand mit Ihnen sprechen wollen.»

Pistoux blickte seinen ehemaligen Arbeitgeber traurig an: «Sie haben es untersagt.»

«Ja, ich habe es untersagt», sagte Hasek unwirsch.

«Nun gut. Ich gehe. Ich habe nur eine letzte Bitte.»

«Ja, was . . .?» fragte Hasek ungeduldig.

Pistoux deutete auf die brünette Kaffeesiederin: «Ich werde draußen an der Straßenecke warten. Ich möchte mit ihr sprechen. Nur mit ihr. Dann werde ich niemanden hier mehr belästigen.»

«Mit Elfriede? Nun gut, ich werde es ihr sagen. Es ist ihre Entscheidung.»

«Danke. Auf Wiedersehen.»

Hasek sah seinem ehemaligen Kellner nach. Dann wischte er sich mit dem Handrücken über die Stirn und betrachtete sorgenvoll den dünnen Schweißfilm auf seinem Handrücken. Er stand auf, ging zur Theke und rief Elfriede zu sich.

Pistoux mußte nicht lange warten.

Der Regen hatte nachgelassen, nur noch vereinzelte Tropfen fielen. Elfriede hatte sich einen Mantel übergeworfen und eine Haube auf den Kopf gesetzt, die Dienstmädchen trugen, wenn sie aus dem Haus gingen.

Sie war eine schwerfällige junge Frau vom Lande, die eifrig arbeitete und niemandem auffiel. Pistoux hatte sie während seiner Zeit als Kellner kaum wahrgenommen. Die andere, Antonie Erlenbach mit den schwarzen Locken, der zierlichen Figur und dem hübschen Gesicht, war ihm eher aufgefallen.

«Ich danke dir, daß du gekommen bist», sagte Pistoux. «Wollen wir ein Stück zusammen gehen?»

Elfriede nickte: «Aber ich habe nicht viel Zeit.»

Sie hielt sich den Mantel mit den Händen zu und ging leicht nach vorn gebeugt.

Sie bogen um die Ecke in eine schmale Gasse zwischen hohen Häusern.

Vor ihnen lief ein herrenloser Hund hin und her.

«Antonie Erlenbach», begann Pistoux.

«Ja, was …?» fragte Elfriede erschrocken.

«Sie ist seit jenem tragischen Vorfall nicht mehr zur Arbeit gekommen?»

«Nein.»

«Wart ihr befreundet?»

«Wir haben im selben Haus gewohnt. Sie hatte ein Zimmer neben meinem. Wir gingen zusammen nach Hause, wenn wir mit der Arbeit fertig waren.»

«Über was habt ihr dann gesprochen?»

«Ach, über nicht viel. Über unsere Familien. Die leben ja nicht hier in Wien, sondern in Kärnten. Darüber, was die Zukunft bringen mag. Sie wollte noch was werden, sagte sie immer wieder.»

«Etwas werden?»

«Na ja, mehr, als sie jetzt war. Unsereins kann ja nur einen Kellner heiraten, und dann bleibt man zu Hause und sieht seinen Mann nicht mehr, weil der immer im Kaffeehaus sein muß.»

«Das wollte sie nicht? Hatte sie einen Freund?»

«Nein. Ihr war ja keiner gut genug. Sie wollte was Besonderes.»

«Und jetzt ist sie verschwunden?»

«Ausgezogen. Und zur Arbeit ist sie auch nicht mehr gekommen. Einfach gegangen. Jetzt denken natürlich alle, sie hat den Professor Berg vergiftet.»

«Das denken alle?»

«Der Hauptmann hat doch solche Fragen gestellt. Ob das Obers vielleicht vergiftet gewesen sein könnte. Und sie hat mir doch das Obers gegeben, nachdem ich den Kaffee gezapft hatte.»

«Es war ganz normaler Kaffee?»

«Aber ja, der Mokka eben.»

«Aus dem gleichen Zapfhahn wie alle anderen?»

«Natürlich.»

«Und niemand hätte den Mokka vergiften können?»

«Ja wie denn? Ich hatte das Glas doch in der Hand.»

«Und du hast es natürlich nicht getan.»

Elfriede blieb stehen und rief entrüstet: «Aber nein! Das könnte ich niemals! Und warum?»

«Schon gut, schon gut.» Pistoux faßte die junge Frau unterm Arm. Sie drehten um und gingen den Weg durch die Gasse zurück. Der herrenlose Hund schloß sich ihnen an.

«Also kann es nur das Obers gewesen sein?»

«Aber Herr Jacques, woher soll ich das denn wissen?»

«Antonie hat dir das Obers zugeschoben. Du hast es mit dem Löffel auf den Mokka gegeben. Dann hast du mir das Glas aufs Tablett gestellt, und ich bin gleich losgegangen.»

«Ja, so war's.»

«Dann fällt aller Verdacht auf Antonie. Und sie ist verschwunden. Ein weiterer Hinweis, daß etwas mit ihr nicht stimmt.»

«Vielleicht hat sie sich wegen alledem so sehr erschrocken, daß sie nach Hause gefahren ist.»

«Aber sie hat keine Nachricht hinterlassen?»

«Nein.»

«Und ihr Zimmer ist ausgeräumt?»

«Ja. Sie besaß nicht viel. Es war ja ein möbliertes Zimmer. Sie sagte immer, ihr ganzer Besitz ginge in zwei Koffer.»

«Es ist also möglich, daß sie abgereist ist.»

«Möglich schon.»

«Vielleicht ist sie auch zu Bekannten gezogen.»

«Aber sie kannte doch niemanden, nur die Leute im Café. Sie war noch nicht lange in Wien.»

Sie erreichten das Ende der Gasse. Der Hund rannte zurück und bellte, weil er eine Katze entdeckt hatte.

«Am Tag, als der Dichter ermordet wurde, waren drei Männer im Café, die dann plötzlich verschwunden sind.» Pistoux beschrieb Greiner, den Zwerg, Rudnik, den merkwürdigen Alten, und den jungen Joseph Schlick.

Elfriede schüttelte den Kopf: «Die hab ich vorher noch nie bei uns im Rebhuhn gesehen.»

«Sie saßen an verschiedenen Plätzen», überlegte Pistoux laut. «Könnten sie nicht doch etwas miteinander zu tun gehabt haben?»

«Wie soll ich das wissen? Ich stehe doch hinten und bereite den Kaffee. Ich kümmere mich nicht um die Gäste.»

«Tja», sagte Pistoux grübelnd. «Aber ist das nicht seltsam, daß ich zweien von ihnen schon einmal begegnet bin, gleich nach meiner Ankunft in Wien, nein, sogar schon zuvor. Und den dritten lernte ich dann als Sekretär des kurz darauf Ermordeten kennen.»

«Kann ich jetzt gehen. Herr Hasek sagte, ich solle sofort wiederkommen.»

«Ja, sicher», sagte Pistoux gedankenverloren. «Geh nur.»

«Grüß Gott, Herr Jacques.»

«Auf Wiedersehen.»

Elfriede ging einen Schritt weit, blieb plötzlich stehen, drehte sich um und sagte: «Herr Jacques?»

Pistoux sah auf: «Ist dir noch etwas eingefallen?»

«Die drei Männer ...»

«Du hast sie doch schon einmal gesehen?»

«Nein. Aber der eine von ihnen, der war sehr klein, haben Sie gesagt?»

«Fast ein Zwerg mit einem kleinen Buckel.»

«Mit einem Buckel.»

Pistoux lief zu ihr hin: «Was ist?»

«Antonie hat mich mal gefragt, ob ich das Märchen vom Rumpelstilzchen kenne.»

«Rumpelstilzchen?»

«Dieser gierige Zwerg, der die Tochter der Königin entführt, und sie soll aus Stroh Gold spinnen ...»

«Was ist damit?»

«Sie hat erzählt, sie habe auch so einen Zwerg kennengelernt. Einer, der versprochen hat, sie reich zu machen. Aber sie hat ihm nicht geglaubt. Sie hat ihn in einem Nachtcafé kennengelernt.»

Elfriede hielt sich die Hand vor den Mund, als hätte sie etwas Verbotenes gesagt.

«In einem Nachtcafé? Wieso sagst du mir das erst jetzt?»

«Es ist mir eben wieder eingefallen.»

«Was für ein Nachtcafé?»

«Ich weiß nicht. So ein Lokal, wo man als Mädchen besser nicht hingeht.»

«Wie heißt es?»

«Ich weiß nicht. Sie hat es doch nur einmal kurz erwähnt, als wir die Treppe zu unseren Zimmern hochgegangen sind. Da waren wir ganz außer Atem, als wir oben angekommen sind, und müde sowieso. Da redet man nicht weiter, da geht man ins Bett. Und ich hab sie doch gar nicht so gut gekannt, daß sie mir alles sagen würde.»

«Ich verstehe. Fällt dir noch etwas ein?»

«Nein, wirklich nicht.»

«Vielen Dank, Elfriede.»

«Bittschön, Herr Jacques.»

Er sah ihr nach, wie sie den Gehsteig entlangeilte und wieder im Café Rebhuhn verschwand.

Die Regentropfen fielen jetzt wieder dichter.

∿ **17** ∾ *D*ER *L*USTGREIS   «Ich will die Bilder»,
sagte Greiner.

«Das Geld, wo zum Teufel ist das Geld?» murmelte Schlick
immer wieder und raufte sich die Haare.

«Gebt mir seinen Schädel!» forderte Rudnik.

Sie standen im hintersten Zimmer der Wohnung des verstorbenen Dichters Friedrich Berg. Alle anderen Räume hatten sie durchkämmt, auf der Suche nach dem Vermögen des
Dichters, das sie untereinander aufteilen wollten.

Daß Joseph Schlick der Alleinerbe des Bergschen Vermö-
gens war, hatte sich mittlerweile in Wien herumgesprochen.
Man gab sich erstaunt, fragte sich, wer dieser Schlick denn
eigentlich sei, vermutete, daß er es nicht verdient hätte. Manche erinnerten sich an den blassen, unscheinbaren jungen
Mann, der bei jeder Premiere neben Berg gesessen hatte und
mitunter nervöser gewirkt hatte als der Autor selbst. In weniger feinen Kreisen wurden Anspielungen auf das Verhältnis
von Dichter und Sekretär gemacht. Andere mißgünstige
Menschen sprachen hinter vorgehaltener Hand von mög-
lichen Manipulationen, die gerade ein Sekretär in den Papieren
eines vielbeschäftigten und der Welt schon entrückten Dichterfürsten hätte vornehmen können. Doch der Notar hatte
der interessierten Öffentlichkeit mitgeteilt, daß das Testament
von Friedrich Berg unter den Augen von Zeugen (eben jenem
Notar und seinem Kompagnon) und im Beisein des Sekretärs
abgefaßt worden war, und zwar drei Tage vor dem plötzlichen
und unerwarteten Tod Friedrich Bergs.

Doch wo war das Erbe? Auf den diversen Bankkonten, von
denen Joseph Schlick als Sekretär natürlich wußte, befanden
sich nur bescheidene Beträge. Vor einigen Wochen waren hier
und da sehr große Summen abgehoben worden, die aber un-
auffindbar blieben. Hatte der Dichter sein Vermögen in den

letzten Wochen gänzlich ausgegeben? Ohne daß Schlick es gemerkt hatte? Das war geradezu unmöglich. Hatte er es an einer sicheren Stelle deponieren wollen? Aber was war sicherer als eine Wiener Bank? Vielleicht, so vermutete Schlick, hatte «der Alte» alles mit nach Hause genommen und dort irgendwo versteckt.

«Natürlich!» hatte Greiner auf eine diesbezügliche Bemerkung von Schlick ausgerufen. «Er ist wirr geworden, hat Angst bekommen und sein Geld zu Hause versteckt.»

«Seiner Schädelform nach zu urteilen, war er ein geiziger Mensch, einer, der nur an sich dachte, einer, der der Welt mißtraute», sagte Rudnik. «Ich stimme zu. Das Geld kann sich nur in seiner Wohnung befinden. Er wollte es bei sich haben, als er spürte, wie seine Kräfte schwanden. Es sollte ihm die Energie zurückgeben, die er so nötig gebraucht hätte.»

Und so trafen sie sich in Bergs Wohnung. Zunächst hatten sie das Arbeitszimmer durchsucht, dann durchwühlt, dann auseinandergenommen, bis nichts mehr da stand und lag, wo es vorher gewesen war. Doch weder in den Schreibtischschubladen, in den Bücherschränken, auf den Regalen noch hinter den Gemälden, unter dem Teppich oder in dem geöffneten leeren Wandsafe konnten sie etwas finden.

Im Schlafzimmer nahmen sie das Bett auseinander, den kleinen Sekretär daneben, die Wäschetruhe, die Kommode und den großen Schrank, in dem sich die Premierenanzüge von Berg befanden – alle nagelneu, denn einen Premierenanzug trug er immer nur zur Premiere eines neuen Stücks, dreiundzwanzig waren es an der Zahl.

Im Vorzimmer, im Salon, im Rauchzimmer, im Gästezimmer, im Speisezimmer und in der Küche sowie in diversen Kammern wüteten sie wie die Berserker. Aber sie fanden nichts.

Das letzte Zimmer war verschlossen. Die Tür hing schwer und unbezwingbar in den Angeln. Greiner und Rudnik rannten so lange dagegen an, bis Schlick aufgeregt mit einem Schlüssel herbeieilte, den er im Nachtschränkchen des Dichters entdeckt hatte.

Er paßte. Sie traten ein.

Schlick war überrascht. Sie standen im hellsten Zimmer der Wohnung. Es war ein ihm bislang unbekanntes Eckzimmer mit Fenstern, die zu beiden Seiten Licht einließen. In der Mitte des Zimmers stand nur eine gepolsterte Bank, die Wände, die man von der Bank aus betrachten konnte, waren mit einem weißen Vorhang verhängt. Greiner riß den Vorhang zur Seite und rief: «Da sind sie also!»

Schlick starrte erstaunt auf die Ölgemälde, die dort in schweren, reichverzierten und vergoldeten Holzrahmen an den Wänden einander gegenüberhingen. Es waren drei Bilder mit ähnlichen Motiven: Ein Faun machte sich über ein lachendes Nymphchen her. Die Gemälde waren mit viel Liebe fürs biologische Detail angefertigt worden. Technisch nicht gerade brillant, aber mit Leidenschaft gemalt.

«Aber ... das ... ist ... ja ...» stotterte Schlick.

«Die Schädelform des Fauns kommt mir bekannt vor», sagte Rudnik und trat etwas näher.

«Endlich», murmelte Greiner und strich mit der Hand über den alabasterweißen Körper des Nymphchens.

«Dieser häßliche alte Bock», rief Schlick aus, «das ist ja ...»

«Friedrich Berg», ergänzte Rudnik. «Sehen Sie nur die gewölbte Stirn und die tiefliegenden Augen.»

«Und diese Nymphe da ...»

«Tut nichts zur Sache», sagte Greiner und zog den Vorhang wieder zu.

Schlick hatte sich umgedreht und machte sich am gegenüberhängenden Vorhang zu schaffen und enthüllte drei weitere Gemälde, auf denen das Nymphchen nicht mehr so fröhlich aussah, sondern weinte, während der Faun es zornbebend bedrängte.

Schlick betrachtete die Bilder mit offenem Mund.

«Aber ...» sagte er.

Greiner zog den Vorhang wieder zu. «Diese Bilder werden beschlagnahmt.»

«Wie?» frage Schlick. «Nein, nein ...»

«Es ist der Schädel von Berg!» rief Rudnik. «Man hat ihn gut getroffen. Wer hat das gemalt?»

«Das einzige, was uns bleibt, sind diese Bilder?» fragte Schlick enttäuscht.

Greiner ging in eine Ecke unter einem der Fenster, wo eine niedrige, roh gezimmerte Kommode stand. Er zog eine Schublade auf und holte einen Stapel Papier hervor. Er sah die Blätter durch und nickte zufrieden. Es waren Skizzen und halbfertige Zeichnungen, die als Ausgangsmaterial für die Gemälde gedient hatten. Schlick trat neben ihn.

«Ist das alles?» fragte er.

Greiner schob die Zeichnungen zusammen und entzog sie Schlicks Blick.

«Moment mal», protestierte Schlick.

«Die sind nichts wert.»

«Vielleicht doch.»

«Nein.»

«Hände weg!»

«Lassen Sie mich sehen!»

Greiner stieß den Sekretär beiseite.

«Das gehört alles mir! Alles!» Schlick kramte das Testament aus seiner Rocktasche und hielt es hoch. Dann sank er kraftlos auf die gepolsterte Bank.

«Ich will die Bilder», sagte Greiner.

«Das Geld, wo zum Teufel ist das Geld?» murmelte Schlick immer wieder und raufte sich dabei die Haare.

«Gebt mir seinen Schädel!» forderte Rudnik.


∿ **18** ∿ KOPFLOS  Beim Blick in den Gastraum entdeckte Pistoux von der Küche aus den Hauptmann unter den Gästen des Beisl «Restauration Nagler». Mattuschek hatte sich eine Serviette umgebunden und sie sorgfältig in seinem wulstigen Nacken verknotet. Woher wußte er von Pistoux' neuer Arbeitsstelle? Er war doch kaum zufällig hier hereingeschneit? Durch die Tür kam gerade ein anderer Gast, den Pistoux gut kannte: Eduard Busch. Der deutsche Exilant hatte seinen mittellosen Freund in dieses Beisl vermittelt, das sich, zwei Straßen vom Café Eberhard entfernt, in der Josefstadt befand.

«Das Nagler», wie die Stammgäste es nannten, war ein einfaches Souterrain-Lokal, in dem Busch des öfteren zu Abend speiste. Das Essen war gut, die Portionen reichlich, die Preise günstig. Auf die Einrichtung wurde kein besonderer Wert gelegt. Mehr als rohe Tische mit harten Stühlen und Bänken ohne Lehne sowie funzelige Öllampen unter den niedrigen Deckenbalken hatte das Beisl nicht zu bieten. Aufs Essen kam es an und darauf, daß der Wein billig und gut war.

Busch kannte den Wirt, einen ehemaligen Arbeiter und überzeugten Sozialisten, der sich dank einer kleinen Erbschaft in das Lokal hatte einkaufen können. Johann Nagler, ein drahtiger Mann, der immerzu in Bewegung war, entweder in der Küche oder im Gastraum, hatte seinen einstigen Kompagnon ebenso überlebt wie auch seine Frau, die früher hier gekocht hatte. Nun war er darauf angewiesen, billige Fachkräfte anzuheuern, weil seine Kundschaft mittlerweile zu einem großen Teil aus Genossen aus dem Ausland bestand, die nicht sehr viel für eine warme Mahlzeit bezahlen konnten.

Pistoux hatte dank seiner kurzen Lehrzeit bei Jakob von Mühlhausen genügend Vorkenntnisse über die Wiener Küche, daß er den strengen Anforderungen der einheimischen Gäste genügen konnte. Johann Nagler war zunächst sehr skeptisch gewesen. Als er jedoch sah, wie gut Pistoux mit Magerem Meisl, Schulterscherzl und Tafelspitz umgehen konnte, war er erleichtert gewesen.

Schon heute, am zweiten Abend, hatte Nagler seinen Schwerpunkt in den Gastraum verlegt. Gelegentlich sah er in der Küche nach dem Rechten, und ab und zu fragte Pistoux ihn nach Details bei der Zubereitung bestimmter Speisen. Es klappte hervorragend. Die Gäste merkten nicht, daß in der Küche neuerdings ein Franzose aus Nizza kochte und kein Koch aus Böhmen oder eine Mehlspeisköchin aus Mähren.

Pistoux hatte schnell herausgefunden, daß die Wiener unendlich viele verschiedene Arten von Fleisch, besonders Rindfleisch, auf gar nicht so unendlich verschiedene Weisen zubereiteten. In wenigen Stunden hatte er erstaunlich viele neue Vokabeln gelernt: Rindsbraten, Lungenbraten, Ochsenschlepp, Fledermaus, Rostbraten und Gulasch; außerdem Schweinsbraten, Spanferkel, Selchfleisch, Krautfleisch, Wurzelfleisch, Pörkölt; von Schöpsernem, Beuschl, Bruckfleisch und Kutteln gar nicht erst zu reden. Auch zahllose Zubereitungsarten bei Strudeln, Knödeln und Nockerln konnte er bereits am zweiten Abend problemlos auseinanderhalten.

«Er ist ein Professioneller», hatte Nagler zufrieden zu Eduard Busch gesagt, als er heute das Lokal betreten hatte. Dabei hatte Nagler mit dem Daumen über die Schulter Richtung

Küche gezeigt. Dort, jenseits der Durchreiche hinter dem wuchtigen, etwas zu hohen Holztresen, werkelte der Franzose, unterstützt von einer Tochter des Wirts.

«Bestell das Backhendl», flüsterte Nagler seinem Genossen zu. «Er kann das ganz vorzüglich. Wo hat er das nur gelernt?»

«Dort, wo wir alle am meisten gelernt haben, mein Lieber», sagte Busch. «Im Gefängnis.»

«Seit wann ist es erlaubt, dort zu kochen?»

«Man muß nur einen Zellengenossen haben, dem der Gefängnisdirektor nichts abschlagen kann.» Busch erzählte von Jakob von Mühlhausens Leidenschaft für die Wiener Küche.

«Unsereinen haben sie bei Wasser und Brot gehalten», klagte Nagler, der während der Unruhen um das Jahr 1848 mehr als einmal inhaftiert gewesen war.

Busch setzte sich und bestellte eine *Frittatensuppe* als Vorspeise und als Hauptgericht *Backhendl mit Röstkartoffeln und Vogerlsalat*, dazu einen Heurigen.

Hauptmann Mattuschek blickte kurz von seinem *Esterházy-Rindsbraten* mit einer Extraportion Sauce und *Kartoffelknödeln* auf, den er nach der *Karfiolsuppe* serviert bekommen hatte, und nickte Eduard Busch zu, dessen Personenbeschreibung er von einem Blatt aus der Kartei für zugereiste subversive Elemente kannte.

Busch grüßte höflich und erinnerte sich, daß er dem Hauptmann einmal in irgendeinem tristen Korridor begegnet war, als man ihn aufs Paßamt zitiert hatte.

Nagler rief Buschs Bestellung in die Küche, und Pistoux griff nach der großen Kelle, die neben zahlreichen anderen Gerätschaften an einer Leiste über dem mächtigen, mit dicken Holzscheiten befeuerten Herd hing. Mit der anderen Hand nahm er einen der Teller, die sich auf dem links neben dem Herd stehenden Tisch stapelten, nachdem er vorher in die

Schüssel mit den Pfannkuchenstreifen gegriffen und eine Handvoll auf den Suppenteller geworfen hatte. Eine Kellenfüllung reichte exakt für eine Portion. Schnell noch feingehackte Petersilie darübergestreut, und dann den Teller schwungvoll, aber ohne einen Tropfen zu verschütten, in die Durchreiche plaziert.

Eigentlich wäre es die Aufgabe der Küchenhilfe gewesen, sich um die Suppe zu kümmern, aber Naglers Tochter war mit dem Abwasch beschäftigt. So war Pistoux ständig in Bewegung. Er merkte, daß ihm dieses Arbeiten im kleinen Rahmen, wo er alles unter Kontrolle hatte, besser gefiel als die hektische Fließbandarbeit, die er aus den Großküchen der luxuriösen Hotels kannte. Sein Freund Auguste Escoffier, mit dem er einst in Paris und im Krieg von 1870/71 in der Feldküche zusammengearbeitet hatte, würde zweifellos laut lachen, wenn er dies hörte. Auguste hatte immer von großen Küchenbrigaden, großen Restaurantsälen und gigantischen Buffets geträumt, von der mondänen Welt, die die Köche nie zu Gesicht bekamen, weil sie ihren Arbeitsplatz nicht verlassen durften. Hier in diesem kleinen Speiselokal in einer unbekannten Gasse irgendwo in Wiens Josefstadt, wo er genau mit verfolgen konnte, wie den Gästen sein Essen schmeckte, bemerkte Pistoux wieder einmal, daß er den Ehrgeiz eines Handwerkers hatte, nicht den eines Karrieristen.

Der Suppenteller verschwand aus der Durchreiche, und Pistoux machte sich an die Zubereitung des Backhendls. Dieses Gericht, so hatte ihm Jakob von Mühlhausen erklärt, sei, mehr noch als das Schnitzel, das Lieblingsgericht der Wiener Bürger. War ihm das Schnitzel zu klein, zu fettig oder zu trocken, fing der Wiener an zu nörgeln und zu granteln. Wenn er aber ein mißratenes Backhuhn serviert bekam, dann protestierte er lautstark.

Flambiert, ausgenommen, gewaschen und tranchiert liegen die Hühnchenteile schon bereit. Nachdem Pistoux eine Pfanne mit Schweineschmalz auf den Herd geschoben hat, greift er sich ein Bruststück und einen Schenkel, salzt die beiden Teile und taucht sie in eine bereitstehende Schüssel mit Mehl, dann wendet er sie in Ei und paniert sie mit Semmelbröseln. Anschließend legt er die Teile in das dreifingerhohe heiße Fett, zuerst den Schenkel, fünf Minuten später das Bruststück. Ab und zu rüttelt er die Pfanne, damit heißes Fett über die Fleischstücke geschwemmt wird. Nur einmal wenden! Zwischendurch schnell noch Magen und Leber des Huhns panieren und am Schluß ebenfalls in die Pfanne geben (das waren Zugaben für besondere Gäste). Während die herausgenommenen knusprigen, goldbraunen Teile abtropfen, wird Petersiliengrün ins heiße Fett gegeben und kurz geröstet. Mit geübtem Griff nimmt Pistoux einen vorgewärmten Teller aus dem unteren Teil des Herds, faßt nach der Bratpfanne mit den Röstkartoffeln, gibt eine Portion auf den Teller, legt das Backhendl dazu, garniert es mit der fritierten Petersilie, arrangiert den Vogerlsalat auf einem separaten Teller, vermischt ihn mit der vorbereiteten Haselnußvinaigrette und stellt beide Teller genau in dem Moment in die Durchreiche, als Eduard Busch seine Suppe zu Ende gegessen hat.

Der deutsche Sozialist schob den Suppenteller von sich, sah auf und zwinkerte ihm zu.

Zwei Tische vor ihm hob Hauptmann Mattuschek die Hand und winkte. Pistoux sollte zu ihm kommen.

Er wischte sich die Hände an der Schürze ab, rückte die Kochmütze zurecht und trat durch die schmale Tür, die sich neben dem Tresen befand, in den Gastraum.

«Mein Kompliment, Herr Pistoux», sagte Hauptmann Mattuschek und strich sich mit der Hand über den wulstigen

Bauch. «Sie verstehen Ihr Handwerk. Der Rindsbraten war saftig.»

«Das muß er auch sein, Herr Hauptmann.»

Als sie das Wort Hauptmann hörten, blickten einige der Gäste beunruhigt auf. Als sie sahen, daß Eduard Busch sein Brathendl weiter aß, ohne zu reagieren, wandten sie sich auch wieder ihren Speisen oder ihren Gesprächen zu.

«Nur ist er's nicht immer, der Braten.»

«Es ist nur eine Frage der Schmortemperatur.»

«Ich soll Ihnen schöne Grüße von Ihrem ehemaligen Zellengenossen bestellen.»

«Jakob? Wie geht es ihm?»

«Der Baron ist untröstlich. Er will Sie zurückhaben. Ich soll Sie wieder einsperren.» Mattuschek grinste süffisant.

«Haben Sie denn einen Grund dazu?»

«Momentan nicht. Hab ich auch dem Baron gesagt. Er meinte, ich solle mir was ausdenken. Es käme ja nicht so darauf an, ob Sie's wirklich getan haben …» Der Hauptmann fing tonlos an zu lachen. Es war vor allem sein Bauch, der lachte. Er wabbelte hin und her. Mattuschek ächzte noch ein bißchen vor Begeisterung. Nach einer Weile liefen zwei Tränen aus seinen kleinen Augen über die Wangen. Er wischte sie fort: «Ich hab nicht die Absicht, dem Baron diesen Gefallen zu tun. Schließlich will ich auch mal gut essen, verstehen Sie?»

Pistoux deutete eine Verbeugung an.

«Sehen Sie zu, daß Sie in Freiheit bleiben. Wenn man Sie wegsperrt, wäre es doch ein zu großer Verlust für die Menschheit.»

«Danke.»

Mattuschek schob den leergeputzten Teller und die Schüsseln mit den Extraportionen zur Seite, löste den Knoten in seinem Nacken und warf die Serviette auf den Tisch.

«Was haben Sie denn als Nachtisch anzubieten?»

«*Powidltascherln, Mohr im Hemd* und ein *Nußkoch.*»

«Ein Koch? Sie machen ein Koch?»

«Ja, warum nicht.»

«Na, oft bekommt man ein Koch nicht.»

«Hier bekommen Sie es jeden Tag.»

«Wollen Sie denn, daß ich jeden Tag herkomme?»

Pistoux zuckte mit den Schultern und schwieg.

Der Hauptmann lachte wieder tonlos: «Gehen Sie, bringen Sie mir ein Koch. Am liebsten hätte ich es mit *Weinchaudeau.* Haben Sie das auch?»

«Selbstverständlich.»

Mattuschek schlug begeistert die Hände zusammen: «Er hat sogar ein Weinchaudeau!»

Pistoux ging in die Küche zurück, vorbei an Nagler, der gerade damit beschäftigt war, einige Schnapsgläser mit Sliwowitz zu füllen. Pistoux hatte keine Ahnung, was ein Weinchaudeau war. Er fragte Naglers Tochter, die ihm erklärte, es sei eine Schaumsauce aus Eigelb, Wein und Zucker.

«Ein Sabayon», stellte Pistoux befriedigt fest.

«Wenn Sie's lieber so nennen möchten», sagte sie.

Pistoux bereitete in Windeseile eine Weinschaumsauce und holte das schon vorbereitete Nußkoch aus dem Wasserbad. Nachdem er die Probe mit einem Holzstäbchen gemacht hatte, hob er eine Portion auf den Dessertteller und napierte sie mit dem Sabayon.

Er servierte persönlich.

«Großartig!» rief Mattuschek und rieb sich die Hände. «Setzen Sie sich doch einen Augenblick zu mir.»

Beunruhigt nahm Pistoux am Tisch des Hauptmanns Platz und sah ihm zu, wie er gierig zum Löffel griff.

«Ausgezeichnet, wundervoll!» rief Mattuschek strahlend.

Und ohne den Gesichtsausdruck zu ändern, sagte er mit gesenkter Stimme: «Wir haben den Berg gefunden.»

«Den Berg?»

«Den Dichter.»

«Ja.»

Mattuschek nahm einen weiteren Löffel vom Koch und ließ ihn durch den Weinschaum gleiten. Dann führte er ihn zum Mund und sagte anschließend: «Meine Mutter konnte ein Koch bereiten ... das war gut ... aber dieses hier ... Donnerwetter!»

«Sie haben die Leiche gefunden? Wo denn?»

«Unten an der Donau. Wo sonst kein Mensch hinkommt. Wen interessiert schon der Fluß? Im Gras hat er gelegen. Und sicher hätte er die vorbeiziehenden Wolken angestarrt, wenn ihm nicht ...»

Er machte eine Pause und nahm noch einen Löffel von der Süßspeise.

«... wenn ihm nicht der Kopf fehlen würde.»

Pistoux sah ihn entgeistert an: «Der Kopf ...?»

«Abgeschnitten.»

Mattuschek sah auf.

«Aber ... was ...?»

«Der Kopf wurde ihm nicht dort auf der Wiese am Flußufer abgeschnitten, sondern woanders. Wir haben ihn nirgends finden können. Es wurde nur die kopflose Leiche dorthin gebracht.»

«Warum sollte denn jemand ...?»

«Sie sind schockiert? Ich war es auch, trösten Sie sich.»

Pistoux lehnte sich zurück und dachte nach.

«Sauberes Handwerk», sagte Mattuschek. «Falls es Fachleute fürs Kopfabschneiden gibt, ist hier einer tätig gewesen.»

«Ich habe damit nichts zu tun, falls Sie das meinen.»

Der Hauptmann hatte sein Dessert vertilgt und tupfte sich mit der Serviette die Lippen ab.

«Aber nein, wo denken Sie hin.»

«Warum sind Sie dann hergekommen?»

«Ich wollte Sie unterrichten. Außerdem hatte ich Hunger. Ich wollte Ihre neue Umgebung kennenlernen.»

«Danke. Darf ich jetzt ...?» Pistoux machte Anstalten aufzustehen.

«Bitte sehr.»

Pistoux erhob sich.

«Nur eins noch», sagte Mattuschek.

«Ja?»

«Können Sie sich vielleicht vorstellen, warum jemand das gleiche mit dem Sekretär macht?»

«Das gleiche?»

«Er lag daneben. Ihm fehlte ebenfalls der Kopf. Es war gar nicht einfach, ihn zu identifizieren.»

«Der Sekretär ist auch tot?» Pistoux dachte daran, wie er Berg und seinem Sekretär in Bergs Wohnung gegenüberstanden hatte. Er dachte daran, daß Charlotte Sophie ihm diesen Greiner geschickt hatte. Wie hing das alles zusammen? Welche Rolle spielte Charlotte Sophie?

«Der Schlick hatte wirklich Pech», sagte Mattuschek. «In der Wohnung von Berg haben wir ein Testament gefunden. Darin hat der Dichter seinem Sekretär sein gesamtes Vermögen vermacht. Nun hat er rein gar nichts davon. Die Wohnung von Berg war ziemlich verwüstet. Wir vermuten, daß einiges gestohlen wurde, haben aber noch keine genaue Aufstellung.»

Pistoux starrte den Hauptmann wortlos an. Er war so verwirrt, daß ihm beinahe schwindelig wurde.

«Ich wollt's Ihnen nur sagen», erklärte Mattuschek mit unschuldigem Gesichtsausdruck. Dann senkte er die Stimme: «Sie sind einer der Betroffenen. Denken Sie mal genau darüber nach, was Sie in den letzten beiden Tagen so gemacht haben. Stunde für Stunde. Sie sind ja schon mal in Bergs Wohnung gewesen. Sie kannten auch seinen Sekretär. Es könnte sein, daß irgend jemand auf die Idee kommt, Sie mit den Morden in Verbindung zu bringen. Ein Koch weiß, wie man tranchiert ... Sie wissen ja, wie die Menschen sind, immer ziehen sie nur das Naheliegendste in Betracht.»

«Und warum tun Sie das nicht?»

«Für mich ist es nicht das Naheliegendste. Sie sind mir sympathisch. Wer so gut kochen kann, ist kein schlechter Mensch.»

Pistoux starrte den Hauptmann an.

«Nun gehen Sie!» sagte Mattuschek. «Es sind noch andere Gäste da.»

Pistoux ging zurück in die Küche. Er setzte sich auf einen Schemel in einer Ecke und senkte den Kopf. Regungslos vor sich hingrübelnd saß er da.

Irgendwann spürte er, daß jemand neben ihn trat, und sah auf. Es war Eduard Busch.

«Der Nagler meint, du sollst jetzt erst mal Feierabend machen, Jacques.»

Pistoux nickte müde.


◊ **19** ◊ IM NACHTCAFÉ Das Lokal, wo man als Mädchen besser nicht hinging, wie Elfriede sich ausgedrückt hatte, lag in einer schmalen Gasse im Bezirk Favoriten. In den düsteren Häusern mit den schäbigen Eingängen und den schmutzigen Hinterhöfen, so hatte Eduard Busch Pistoux erklärt, lebten vor allem Tschechen. Arbeiter, Tagelöhner, Hausangestellte und kleine Händler hausten in engen Wohnungen, vor deren Fenstern verblichene Wäsche hing. Busch kannte viele Aktivisten der Arbeiterbewegung aller Nationalitäten, die sich in ihren Bezirken bestens auskannten. Er hatte versprochen, seinem französischen Freund bei der Suche nach dem Nachtcafé zu helfen, und war schon nach zwei Tagen fündig geworden.

«Das Lokal», hatte Busch ihm mitgeteilt, nachdem er sein Abendessen im Beisl verzehrt hatte und wie üblich auf einen kurzen Gruß in die Küche gekommen war, «hat keinen Namen. Aber alle, die dort ein und aus gehen, nennen es Café Haberer, aus gutem Grund. Es wird erst abends geöffnet. Bürger steigen im Schutz der Nacht aus ihren Droschken und treten ein, um sich zu vergnügen. Offiziere, die sich ein Séparée im Sacher oder ähnlichen Etablissements nicht leisten können, treffen hier ihre Mädchen oder suchen sich welche. Es ist ein Hort der Dekadenz, der in nicht allzu ferner Zukunft verschwunden sein wird. Jedenfalls hoffe ich das.»

Busch gab seinem Freund einen Zettel mit der aufgekritzelten Adresse und fügte hinzu: «Ich kann dich nur warnen hinzugehen. Helfen wird dir dort niemand. Ich selbst bin zu alt für solche Abenteuer, und die Freunde, die ich hier habe, stekken bis zum Hals in ihren eigenen Problemen.»

«Du warst mir eine große Hilfe. Ich werde schon zurechtkommen.»

Busch gab Pistoux einen Klaps auf die Schulter: «Paß auf dich auf. Es wäre schade um das gute Essen.»

Das Nagler schloß spätestens um zehn Uhr abends. Um diese Zeit war das Lokal meist schon leer, denn die Wiener gingen früh zu Bett.

Pistoux hatte seinem Chef erzählt, daß er zu später Stunde

noch nach Favoriten fahren müsse. Der Beisl-Wirt hatte sich umgehört und ihm einen Mann empfohlen, der mit seinem leeren Leiterwagen stadtauswärts fuhr. Er hatte nichts dagegen, Pistoux bis in den Zehnten Bezirk mitzunehmen. Für ein kostspieligeres Transportmittel besaß Pistoux kein Geld, denn er hatte sich von seinem wenigen Geld, das er bisher verdient hatte, einen Bratenrock mit passender Hose, Weste, Hemd, Krawatte, Handschuhe, Schuhe und Zylinder besorgt. Der Kutscher hatte sich gewundert, aber keine Fragen gestellt.

Am Anfang der Gasse stand noch eine Gaslaterne, und irgendwo weit hinten, wahrscheinlich am Ende der engen kleinen Straße, konnte Pistoux eine weitere Lampe schimmern sehen. Ansonsten war es dunkel. Er stieg vom Kutschbock, bedankte sich fürs Mitnehmen, verließ den hellen Kreis der Straßenlaterne und betrat die dunkle Gasse, die nur von einigen schwachen Lichtern hinter zugezogenen Gardinen beleuchtet wurde.

Seine Schritte knirschten auf dem unregelmäßigen Pflaster, ab und zu stolperte er über einen losen Stein oder trat in ein Schlagloch. Wie sollte er hier ein Lokal finden, das keinen Wert darauf legte, von Fremden entdeckt zu werden?

Nur selten konnte er eine Hausnummer erkennen. Dann bemerkte er den schwachen Schein einer Öllampe, die im Fenster eines hohen Hauses stand. Vor das Fenster war ein roter Vorhang gezogen worden. Ein schwacher Schimmer aus einem Fenster von gegenüber fiel auf die Tür neben dem Fenster. Vor dem Haus befand sich ein Geländer, dahinter führten einige Steinstufen hinunter zur Tür. Eine Klappe in Augenhöhe deutete darauf hin, daß die Gäste vor dem Eintreten gemustert wurden.

Pistoux zögerte.

Vom Ende der Gasse her hörte er Hufgetrappel näher kommen. Er trat beiseite in den Schatten und wartete ab. Ein geschlossener Wagen, gezogen von zwei Pferden, näherte sich. Er hielt genau vor der Treppe, der Verschlag öffnete sich, und ein Mann in Mantel und breitem Hut stieg aus. Er lief die Treppe hinunter und klopfte an die Tür. Die Klappe wurde geöffnet.

«Makart», sagte der Mann.

«Grüß Gott, Herr Rittmeister», hörte Pistoux, dann wurde die Klappe geschlossen, und die Tür ging auf.

Der Rittmeister trat ein, die Kutsche setzte sich wieder in Bewegung und verschwand mit allmählich verhallendem Hufgetrappel in der Ferne.

Nach einer Weile näherte sich eine quietschende Kalesche. Zwei gutgelaunte junge Leutnants in Uniform kletterten herunter, bezahlten den Kutscher und stiefelten fröhlich die Treppen hinunter.

«Sperl und Ziehrer. Wir wollen zu Makart», sagte der eine, als sich das Guckloch geöffnet hatte.

Die Tür ging auf.

Pistoux wartete einen weiteren Wagen ab, einen Einspänner, aus dem ein gebeugter älterer Mann stieg. Er nannte keinen Namen, er wurde aber sofort erkannt.

Nachdem er verschwunden war, ging Pistoux zum Eingang des Nachtcafés und klopfte. Als das Guckloch aufging, sagte er: «Ich möchte zu Rittmeister Makart.»

Der Türsteher mit dem breiten Gesicht, von dem Pistoux nur Augen und Nase sah, zog die Brauen zusammen.

«Meine Freunde müßten auch schon anwesend sein. Leutnant Sperl und Leutnant Ziehrer.»

Weiteres kurzes Zögern, dann ging die Tür auf. Pistoux mußte sich an dem bulligen Kerl, der aussah wie ein Gewichtheber aus dem Zirkus, vorbeidrängen.

Geradeaus gelangte er in einen Vorraum, wo ihm eine Frau in Rot entgegenkam. Sie trug das lockige, blonde Haar ungewöhnlich offen und mit vielen Bändern verziert. In der Hand hielt sie einen Fächer, mit dem sie sich nachlässig Luft zufächelte. Sie war recht groß, schon deutlich über vierzig, aber noch immer eine attraktive Erscheinung.

«Guten Abend», sagte sie, und Pistoux fand es ganz passend, daß sie ihn nicht mit «Grüß Gott» begrüßte.

«Mein Name ist Granville. Rittmeister Makart hat mir ...»

«Ah! Der Rittmeister ist schon da.» Sie schnippte mit den Fingern. «Legen Sie doch ab.»

Aus einer Garderobennische trat ein junges Mädchen und nahm Pistoux' Handschuhe und Zylinder entgegen.

«Treten Sie durch diese Tür und fühlen Sie sich wie zu Hause. Der Rittmeister wird Ihnen sicher erläutert haben, wie es bei uns zugeht.»

Pistoux verbeugte sich. «Ganz recht, Madame.»

Hinter der Flügeltür am Ende des Flurs hörte man Stimmengewirr, Gelächter, Gläserklirren und Akkordeonmusik.

Er schob die Tür auf und trat ein. Hitze, Rauch und Schweißgeruch quoll ihm entgegen. Es dauerte einen Moment, bis er sich orientiert hatte. Es war ein großer Raum. Pistoux wunderte sich. Er hatte ein Bordell erwartet, aber dieses Lokal hier ähnelte eher einem Kaffeehaus. Nur daß es keine Fenster mit Blick nach draußen gab und auch keine Uhr, keine Zeitungen. Tatsächlich war das Nachtcafé kein Ort der Kontemplation. Die Gäste hier saßen nicht allein an ihren Tischen, sondern in Gruppen. Mädchen saßen bei ihnen, manche auch auf den Schößen der Männer oder auf den Tischplatten, und ließen die Beine baumeln.

Die Männer sprachen laut, manche spielten Karten oder Domino, andere hatten sich um einen Billardtisch in einer

Ecke versammelt. Es gab eine Bühne, auf der die Instrumente einer Tanzkapelle standen, daneben sogar ein großer Konzertflügel. Momentan saß auf der Bühne jedoch nur eine nicht mehr ganz junge Frau in Unterwäsche, spielte Akkordeon und sang dazu ein Lied, das lustig sein sollte, aber schwermütig klang. Vielleicht lag es am fremdartigen Tonfall der Sprache, die Pistoux nicht verstand.

Er hatte befürchtet, in diesem Lokal sofort als Fremder aufzufallen. Aber es waren so viele Gäste anwesend, daß niemand ihn beachtete. Er konnte von einem Tisch zum nächsten gehen, zusehen und zuhören, und unter dem Vorwand, die anwesenden Frauen zu begutachten, war es ihm sogar möglich, mit neugierig forschender Miene umherzustreifen.

Ab und zu sprach ihn eine Dame an, plauderte mit ihm, wedelte aufreizend mit dem Fächer und versprach, später noch mal nachzufragen, «ob der Herr vielleicht doch eine Unterhaltung wünscht». Pistoux versprach allen, sich später um sie zu kümmern. Er bemerkte, daß die käuflichen Frauen korrekt gekleidet waren, während die Bedienung zur kleinen weißen Schürze nur Unterwäsche trug.

Er bestellte einen Cognac und setzte sich an einen kleinen Tisch in der Nähe der Bühne, wo die Akkordeonspielerin jetzt zu spielen aufhörte und unbeachtet abtrat. Eine junge Dame setzte sich zu ihm, und Pistoux mußte zweimal hinsehen, bevor er sie erkannte.

Sie sah ihn über den Fächer hinweg stirnrunzelnd an. «Ich weiß nicht», sagte sie, «ob ich Sie nicht kenne?»

Das Mädchen war sehr blaß, ihm kam es so vor, als hätten ihre Wangen einen bläulichen Ton angenommen. Lag es am Licht, oder war sie womöglich krank? Ihre Haut wirkte wie durchsichtig, das Fleisch darunter blutleer. Im Café Rebhuhn hatte er sie nie weiter beachtet. Sie war eine von mehreren gewesen, die sich um die Zubereitung des Kaffees gekümmert hatten. Wegen ihrer dunklen Haare, dem blassen Teint und den feinen Gesichtszügen hatte sie ihre Kolleginnen an Schönheit übertroffen. Aber er hatte als Kellner nie die Zeit gehabt, sich länger mit den Mädchen zu unterhalten. Außerdem hatte er andere Probleme gehabt.

Jetzt war sie sein Problem. Antonie Erlenbach, ehemals im Café Rebhuhn, jetzt unter zweifelhaften Umständen in diesem illegalen Etablissement beschäftigt. Krank, wortkarg, eher mechanisch ihre weiblichen Reize zur Geltung bringend, sogar, das merkte Pistoux jetzt, apathisch wirkend, nicht verträumt, sondern abwesend. Als würde ihr jetzt die Kraft fehlen, ihn überhaupt richtig zu fixieren, starrte sie durch ihn hindurch und schwieg. Saß steif da und hörte nicht zu, als er fragte: «Antonie, wie kommen Sie denn hierher?»

Drei Musiker, Kontrabaß, Gitarre und Geige, betraten die Bühne und begannen ungarische Tänze zu spielen.

«Antonie, wie kommen Sie denn hierher?» fragte Pistoux zum drittenmal.

«Ich bin gar nicht hier, Herr Jacques. Das sehen Sie doch. Und Sie sind auch nicht hier, denn so wie Sie da sitzen, sind Sie gar nicht. Wo ist Ihr Hangerl?» Sie lachte kraftlos und ohne ihre Bemerkung wirklich amüsant zu finden.

«Ich würde gern mit Ihnen sprechen.»

«Sie sprechen doch ...»

«Wegen des Obers, das Sie Elfriede gegeben haben für den Einspänner von Friedrich Berg.»

«Der Ober hat Obers für den Oberst, der Berg ist ein Zwerg ...» sagte Antonie.

«Ich bin auf der Suche nach drei Männern, die an jenem Morgen auch im Café Rebhuhn waren. Nein», fügte er dann verwirrt hinzu: «Nur zwei Männer, einer ist ja schon tot.»

«Drei Männer sind zwei Männer, sind ein Mann, ist kein Mann. So viele hab ich gehabt, nur drei.»

Pistoux seufzte.

«Du hörst mir gar nicht zu!»

Plötzlich beugte sich die Dame in Rot von hinten über Pistoux' Schulter und flüsterte ihm ins Ohr: «Seien Sie ihr nicht böse, Herr Granville. Antonie spricht nicht viel. Aber sie hat andere Qualitäten. Glauben Sie mir. Bald ist Mitternacht!»

Und schon war die Dame wieder verschwunden. Antonie schien sie gar nicht bemerkt zu haben.

Pistoux sah, wie sie sich hier und da genauso über die Schultern verschiedener Gäste beugte und ihnen etwas zuflüsterte.

«Was passiert denn um Mitternacht?» fragte Pistoux.

Antonie verzog den Mund und blickte zu Boden: «Mitternacht ...»

Pistoux sah noch mal hinter der Frau in Rot her, die jetzt am anderen Ende des Lokals angelangt war. Dort setzte sie sich in einer Nische zu einem Mann, der sich ihr zuwandte, nachdem er sein Weinglas abgestellt hatte. Es durchzuckte Pistoux wie ein Blitz. Greiner! Im Sitzen sah er gar nicht so zwergenhaft aus. Greiner starrte an seiner Gesprächspartnerin vorbei in seine Richtung. Pistoux ruckte mit dem Stuhl nach hinten, um aus seinem Blickfeld zu gelangen.

«Es war einmal eine Königin, die wünschte sich nichts sehnsüchtiger als ein Kind ...» murmelte Antonie.

Pistoux spähte durch den Rauch. War der andere Mann, den er suchte, vielleicht auch hier anwesend, und er hatte ihn bis jetzt übersehen?

Ausgerechnet in diesem Moment wurde das Gaslicht heruntergedreht. Es war nicht mehr möglich, weiter entfernt sitzende Personen voneinander zu unterscheiden.

«... aber der liebe Gott wollte sie nicht erhören ...» fuhr Antonie mit monotoner Stimme fort.

Die Musik der drei ungarischen Musikanten verstummte, und die Frau in Rot trat auf die Bühne. Einige klatschten.

«Meine Herren! Die *Buchteln* sind fertig. Achten Sie auf die Füllung!»

Und schon stieg sie wieder von der Bühne herab.

Die leichtbekleideten Mädchen, die bisher nur Getränke serviert hatten, gingen nun mit Körben umher und verkauften Buchteln.

«... eines Tages begegnete ihr ein kleines buckliges Männlein und sagte ...»

Pistoux bemerkte, daß die Herren ein großes Aufheben um die Buchteln machten. Dann fiel ihm auf, daß sie hohe Summen für die kleinen Gebäckstücke bezahlten.

Plötzlich stand Greiner ganz in der Nähe, lehnte sich gegen die Wand, verschränkte die Arme und sah ihn grinsend an. Ein paar Schritte von ihm entfernt entdeckte Pistoux den alten Mann, der in Baden mit ihm gesprochen hatte. Der Phrenologe. Er sah herüber, tat aber so, als hätte er Pistoux nicht gesehen.

«... nimm eine von den Buchteln, sagte der Zwerg ...»

Pistoux blickte erstaunt zu Antonie hin. Sie starrte immer noch abwesend vor sich hin und wiederholte: «... nimm eine von den Buchteln, sagte der Zwerg ...»

Eines der leichtbekleideten Mädchen hielt ihm den Korb mit den Gebäckstücken hin.

«Bitte sehr!»

«... dann werden alle deine Wünsche in Erfüllung gehen ...»

Antonie sah Pistoux jetzt an. Ihre Augenlider flatterten. Sollte das ein verführerischer Blick sein?

«Bitte sehr!» wiederholte das Mädchen. «Ein Geschenk von dem Herrn dort drüben.» Sie deutete da hin, wo eben noch der Zwerg gestanden hatte. Er war verschwunden. Auch der Alte war plötzlich fort.

Pistoux griff nach der Buchtel, auf die das Mädchen deutete. Dann suchte er den Raum nach den beiden Männern ab. Er konnte sie nirgends mehr finden.

«... ach wie gut, daß niemand weiß, daß Antonie ein böses Mädchen ist ...» hörte Pistoux das Mädchen murmeln. Er sah zu ihr hin. Sie lächelte und klappte den Fächer auf und zu.

Die Dame in Rot stieg wieder auf die Bühne.

«Haben die Herren ihre Buchteln verspeist?» Vereinzelt rief jemand ja.

«Oh, ich hoffe, doch nicht ganz?» sagte die Dame in Rot mit gespieltem Entsetzen. Allgemeines Gelächter.

«Wir kommen zur Preisverleihung.»

«Sie haben Ihre Buchtel nicht gegessen», sagte Antonie, die plötzlich ihre Umwelt wieder wahrzunehmen schien.

Pistoux blickte auf sein Gebäck.

Die Frau in Rot rief eine Nummer, deutete auf eins der Mädchen, ein Mann meldete sich, und das Mädchen ging zu ihm hin und setzte sich auf seinen Schoß.

Pistoux brach die Buchtel auseinander.

«Was für ein Glück», sagte Antonie. «Marillenmarmelade als Füllung.»

Sie deutete auf die Buchtel.

«Und da!» sagte sie. «Ein Zettel!»

In die Buchtel war nicht nur Marmelade, sondern auch ein Zettel eingebacken worden. Pistoux nahm den Zettel heraus und legte die beiden Buchtelhälften auf den Tisch.

«Aber Sie müssen sie doch auch essen», sagte Antonie.

Auf dem Zettel stand eine Nummer.

Pistoux las «Fünf», und im gleichen Moment sagte die Frau auf der Bühne: «Die Nummer Fünf! Antonie! Eine Perle des Okzidents! Schlank und schön wie eine Lilie!»

Antonie stand auf, lächelte ihr einstudiertes Lächeln, ging um den Tisch herum und setzte sich auf Pistoux' Schoß.

Die näher Sitzenden lachten zufrieden. Ein Unbekannter gab Pistoux von hinten einen freundschaftlichen Klaps auf die Schulter.

Antonie schmiegte sich an ihn. Pistoux wußte nicht, wie er reagieren sollte. Die Frau in Rot blickte ihn von der Bühne her an und lächelte aufmunternd.

«Ich will nicht zu Rumpelstilzchen», sagte Antonie. «Ich will bei dir bleiben.»

Sie legte ihren Kopf auf seine Schulter.

Die Verlosung der Mädchen ging weiter.

Als sie abgeschlossen war, verschwanden die Männer, die sich die Buchteln für teures Geld gekauft hatten, mit ihren Mädchen hinter einer Tür.

Antonie glitt von Pistoux' Schoß, faßte ihn an der Hand und zog ihn mit sich. Auch sie gingen durch die Tür, traten in ein Treppenhaus und gelangten über eine knarrende Stiege ein Stockwerk höher. Dort traten sie in ein winziges Zimmer, das zum größten Teil von einem Bett ausgefüllt wurde.

Ohne ein weiteres Wort begann Antonie, sich auszuziehen.

«Hör auf!» sagte Pistoux. «Das ist nicht nötig.»

Sie hörte nicht. Das Kleid fiel zu Boden, und sie machte sich daran, ihren Reifrock und das Korsett aufzubinden.

Pistoux faßte sie an beiden Armen, drehte sie zu sich um und sagte: «Dieser Zwerg, der Mann, den du Rumpelstilzchen nennst, gehört er dazu?»

«Gehört er dazu?» Sie sah ihn apathisch an. Ihre Hände fanden wieder zu den Bändern zurück. Sie zog sich weiter aus.

«Zu diesem Lokal.» Er schüttelte sie an den Schultern. «Ob er zu diesem Lokal gehört.»

«Aber er wohnt doch hier!»

«Er wohnt hier?»

«Ja, ja.»

«Wo?»

Sie deutete mit dem Finger nach oben: «Dort oben stampft er immer mit dem Fuß auf und flucht und schimpft und tut böse Dinge.»

«Direkt über uns?»

«Ja, ja.»

«Hör zu. Leg dich ins Bett. Warte auf mich. Ich bin gleich wieder zurück.»

Pistoux verließ eilig das Zimmer und ging die Stiege ins nächste Stockwerk hinauf. Es knarrte leise unter seinen Sohlen. Er merkte gar nicht, daß er vor Wut zitterte. Er war sich gar nicht bewußt geworden, daß ihn der Zustand des Mädchens so angerührt hatte.

Vor der Zimmertür blieb er stehen. Er hörte ein Geräusch von drinnen und wußte, daß er einen Fehler machte: Ohne zu überlegen, ohne die Folgen zu bedenken, faßte er nach der Klinke und schob die Tür auf.

Der Zwerg drehte sich erstaunt um. Als er Pistoux erkannte, grinste er und sagte: «Zu Ihnen wollte ich gerade.»

In der Hand hielt er eine Pistole.

Pistoux trat ins Zimmer und schloß die Tür hinter sich.

«Bleiben Sie da stehen!» sagte Greiner und richtete die Waffe auf ihn.

Doch Pistoux' Wut war durch den Anblick des grinsenden Zwergs noch gesteigert worden. Er sprang auf ihn zu, faßte mit der Linken nach dem Arm, der die Waffe hielt, schlug ihm die Pistole aus der Hand und versetzte ihm einen Kinnhaken.

Der Zwerg fiel nach hinten, knallte mit dem Kopf gegen einen eisernen Ofen und blieb bewußtlos liegen.

Pistoux sah sich im Zimmer um. Es war niemand sonst da. An der Wand hing ein Bild. Er beugte sich zu Boden und hob die Pistole auf. Dann sah er wieder auf. Was war das für ein Bild? Pistoux starrte das Bild an. Sein Kiefer zitterte. Dann hob er die Pistole und zielte auf den Bewußtlosen. Er wünschte sich, er könnte ihn erschießen. Er mußte sich auf das Äußerste beherrschen, um in diesem Moment nicht zum Mörder zu werden.

Das Bild zeigte eine Nymphe und einen Faun. Der Faun trug die Gesichtszüge von Friedrich Berg. Die Nymphe ähnelte der noch kindlichen Charlotte Sophie.

Er nahm das Bild von der Wand, zerbrach den Rahmen und rollte das Gemälde zusammen.

Dann steckte er die Pistole in seine Rocktasche, schob das Bild unter die Jacke und verließ das Zimmer. Ein Stockwerk tiefer trat er wieder in das Zimmer von Antonie. Sie war nicht mehr da. Auch ihre Kleider fehlten. Wo sollte er sie suchen?

Mehrere Offiziere mit ihren Mädchen kamen ihm lärmend entgegen. Hinter sich hörte er die Stimme der Kupplerin: «He, was haben Sie mit meinem Mädchen gemacht? Bleiben Sie stehen.»

Bevor die angeheiterten Offiziere sich ihm in den Weg stellen konnten, rannte er an ihnen vorbei die Treppe hinunter, verließ eilig das Lokal. Zylinder und Handschuhe mußte er zurücklassen.

Mizi von Chudenitz schlug verwirrt die Augen auf. Was war das für ein Mann in ihrem Schlafzimmer? Sie drehte sich hastig um. Der Oberst lag neben ihr und schnarchte. Er hatte gar nicht bemerkt, daß die Tür aufgegangen war. Weder der Lichtschein noch die jammernde Stimme von Anna noch die Stimme dieses Fremden schienen ihn zu stören. Er lag weiter auf dem Rücken und schnarchte.

«Oberst!» rief der Fremde.

Von Chudenitz schnarchte weiter. Mizi stieß ihn in die Seite.

Der Fremde trat ins Schlafzimmer. Hinter ihm die Silhouette der händeringenden Anna, die sich nicht traute einzutreten.

«Oberst! Ich verlange Aufklärung!» rief der Fremde.

Endlich regte sich der Angesprochene. Er drehte sich schnaufend um, machte die Augen auf, wurde vom Lichtschein geblendet und fragte verwirrt: «Was? Was? Was?»

Mizi sah, daß der Eindringling einen länglichen Gegenstand in der Hand hielt.

Anna rief verzweifelt: «Gnädige Frau, ich wußte nicht ... Er hat beinahe die Tür eingetreten ... es ist ... dieser Koch ...»

Dieser Koch. Mizi von Chudenitz erstarrte. Dies war nicht irgend jemand, dies war der Mann, den Charlotte Sophie neulich mitgebracht hatte. Der Hochstapler. Der falsche Baron.

«Wer ist da?» fragte der Oberst.

«Es ist der Hochstapler», flüsterte Mizi ihrem Mann zu.

«Er soll gehen», sagte der Oberst schlaftrunken.

«Ich glaube, er will uns ein Bild zeigen», sagte Mizi.

«Ein Bild?» Plötzlich war der Oberst hellwach. «Wer will ein Bild zeigen?»

«Dieser Mann aus Italien.»

«Oberst, ich verlange augenblicklich eine Unterredung!» sagte der Mann und hob das Bild, auf dem in der Dunkelheit nichts zu erkennen war. «Wegen dieses Bildes, das ich bei einem Mann namens Greiner gefunden habe.»

«Greiner? Was zum Teufel? Ein Bild?» Der Oberst richtete sich auf und schwang sich aus dem Bett. Im Nachthemd macht er gegenüber dem bekleideten Eindringling eine schlechte Figur, dachte Mizi von Chudenitz.

«Zum Teufel!» fluchte der Oberst. «Gehen Sie in den Salon, Mann! Ich komme gleich.»

Der Mann drehte sich um und ging. Anna stotterte eine unverständliche Entschuldigung und wurde vom Oberst hinterhergeschickt.

«Was will er denn?» fragte Mizi.

«Eine lästige Sache», sagte der Oberst. «Im übrigen streng geheim. Schlaf weiter.» Er zog sich hastig an.

Mizi von Chudenitz ließ sich erleichtert auf die weichen Kissen zurückfallen. Otto würde sich kümmern. Wie gut. Ohnehin war die Sache streng geheim. Sie durfte nicht mal eine Vermutung anstellen. Eine Staatsaffäre womöglich. Wie gut, daß er sich kümmerte. Sie schloß die Augen.

Kaum hatte der Oberst die Schlafzimmertür hinter sich geschlossen, schlief sie schon wieder ein.

Pistoux erwartete den Oberst im Salon, wohin ihn Anna wortlos und ängstlich zu Boden blickend geführt hatte. Er hatte sich nicht hingesetzt, er hatte das Bild nicht aus der Hand gelegt. Ungeduldig lief er im Zimmer auf und ab, ignorierte Sessel und Stühle, das Sofa und die Chaiselongue, ein einziges Abbild von Empörung und mühsamer Beherrschung.

«Wie können Sie es wagen!» rief der Oberst, kaum daß er eingetreten war. Er hatte die Hand auf den Griff seines Säbels gelegt und schien bereit, jederzeit blankzuziehen, um gegen den Eindringling vorzugehen.

Pistoux blieb stehen. Er war plötzlich ganz ruhig. Mit verächtlichem Gesichtsausdruck empfing er den Oberst, der nun in angemessenem Abstand stehenblieb.

«Informieren Sie Leutnant Conrádi!» befahl der Oberst Anna, die sofort den Raum verließ. «Erklären Sie sich!» forderte er dann von dem Eindringling.

«Eine Erklärung sind Sie mir wohl schuldig», sagte Pistoux eiskalt, entrollte das Bild und legte es auf die Biedermeierkommode, die rechts neben ihm an der Wand stand.

Einen Augenblick lang war der Oberst sprachlos. Dann stieß er hervor: «Wie können Sie es wagen ... was ... woher haben Sie ...? Nehmen Sie das sofort da weg!» Er drehte sich um, ob noch jemand im Zimmer war. Doch seine Befürchtungen waren überflüssig. Anna hatte die Tür hinter sich geschlossen.

Pistoux rührte sich nicht.

«Mensch! Kerl!» sagte der Oberst und trat einige Schritte näher. «Was erlauben Sie sich?»

«Ich bin es, der hier eine Erklärung fordert, Oberst!»

«Genug!» rief von Chudenitz und zog blank.

«So nicht», sagte Pistoux ruhig und zog die Pistole hervor, die er Greiner abgenommen hatte.

«Feigling», sagte der Oberst tonlos und erbleichte.

«Ich bin nicht satisfaktionsfähig», sagte Pistoux. «Legen Sie den Säbel beiseite, Oberst. Ein Duell ist vollkommen überflüssig.»

«Sie dringen mit Waffengewalt hier ein, wie ein Dieb in der Nacht», stellte der Oberst fest und ließ zornig den Säbel zu Boden fallen.

«Sie mißverstehen absichtlich alles», sagte Pistoux kopfschüttelnd. «Auf diese Weise werden wir uns nie verständigen können.»

«Ich verlange, daß Sie augenblicklich gehen!»

«Das werde ich, wenn Sie mir erklärt haben, was dieses Bild hier zu bedeuten hat.»

«Mit welchem Recht ...»

Pistoux hob die Pistole: «Mit dem Recht des Stärkeren. Reden Sie!»

Von Chudenitz schnaufte und ließ die Arme hängen. Er warf einen traurigen Blick auf das Gemälde.

«Sie bringen mir ein Bild, was soll ich dazu sagen?»

«Erwarten Sie etwa, daß ich Ihnen beschreibe, was auf diesem Bild zu sehen ist? Eine Nymphe und ein Faun ... in schlechtem Stil gemalt zur Befriedigung niederer Gelüste, und beide Figuren tragen die Antlitze zweier Personen, die wir, Sie und ich, Herr Oberst, kennen.»

«Warum quälen Sie mich?»

«Ich quäle Sie nicht mehr als mich selbst. Aber ich verlange Aufklärung! Was hat dieses Bild zu bedeuten. Was immer Sie von mir und meinem Verhältnis zu Charlotte Sophie halten. Meine Motive sind lauter. Ich bin ein Ehrenmann. Aber ich habe die Vermutung, daß Sie es nicht sind.»

«Wie können Sie es wagen ...»

«Das Mädchen war Ihnen in diesem zarten Alter, wo es gerade aufzublühen begann, anvertraut worden. Und dieses schändliche Machwerk», Pistoux deutete auf das Bild, von Chudenitz sah nicht hin, «beweist, daß Sie Ihrer Pflicht nicht nachgekommen sind. Womöglich haben Sie diese Pflicht sogar aus niederen Motiven versäumt.»

Der Oberst blickte wortlos zu Boden und schwieg. Pistoux sah, daß seine Hände zitterten, die er jetzt hob, um sie gleich darauf wieder fallen zu lassen.

«Rechtfertigen Sie sich!» forderte Pistoux.

Der Oberst sank auf einen Sessel. Er sah nicht auf.

«Es ist geschehen, ohne mein Zutun, wie hätte ich denn ahnen können. Jahrelang wußte ich nichts, es war ein Schock, als eines Tages plötzlich ...»

Von Chudenitz sprach so leise, daß Pistoux näher treten mußte, um ihn zu verstehen.

«Wir sind ein Opfer unserer Umsicht geworden», sagte der Oberst. «Pflichterfüllung, Dienst am Höheren, und dann ein Sumpf und schreckliche Wahrheiten, Verzweiflung.» Der Oberst verzog den Mund.

«Wie sind diese Bilder entstanden?» fragte Pistoux unerbittlich.

«Berg, Friedrich ... er war einmal ein guter Freund ... Charlotte Sophie hat manchmal die Ferien in seinem Landhaus verbracht. Seit dem Tod ihrer Eltern lebte sie bei uns. Es ist schon lange her. Sie war noch klein.» Er deutete mit matter Handbewegung auf das Bild. «Sie sehen ja ... so unschuldig.» Der Oberst verzog grimmig das Gesicht: «Er hat unser Vertrauen mißbraucht! Er hat sie entehrt, sie heimlich gemalt und solche, solche ekelhaften Bilder von ihr gemacht, und von sich ...»

«Weiß sie davon?» fragte Pistoux.

«Nein. Er hat sie beim Baden beobachtet, hat eine Gouvernante von zweifelhafter Herkunft bestochen, damit sie sie nackt im Garten spielen läßt ...»

«Warum haben Sie ihn gewähren lassen? Wann haben Sie es erfahren?»

«Gewähren lassen! Wir wußten doch nichts davon. Erst als diese Skizzen auftauchten ...»

«Sind sie etwa in fremde Hände geraten?»

«Eine unglückliche Verstrickung», sagte von Chudenitz.

«Wir haben Berg überwachen lassen. Auf Weisung von oben. Er hatte Kontakte ins Ausland zu staatsfeindlichen Elementen. Man hat sein Landhaus durchsucht, wo er bestimmte Personen empfangen hat, und dort die Skizzen gefunden. Man hat sie zu mir gebracht. So habe ich davon erfahren. Im letzten Jahr erst.»

«Wer hat die Durchsuchung durchgeführt? Greiner?»

Der Oberst nickte. «Er hat mir die Skizzen gebracht. Ich habe ihn dafür bezahlt.»

«Sie haben ihm Geld dafür gegeben?»

«Er sollte herausfinden, ob es noch mehr davon gibt.»

«Hat er Ihnen von dem Gemälde dort erzählt?»

«Nein.»

«Ein unzuverlässiger Mensch, dieser Greiner.»

«Er wird mir das sicherlich erklären können.»

Pistoux zuckte mit den Schultern.

«Ich habe mit Berg gebrochen», fuhr der Oberst fort. «Ich habe ihn gefordert, aber er ist wie ein feiger Hund davongekrochen. Immer wieder habe ich ihn zur Rede gestellt, ihn gedemütigt. Aber er hat sich einem anständigen Duell verweigert.»

«Wie kann ein Duell mit so einem Menschen denn anständig sein?»

«Sie haben recht. Aber es wäre die einzige Möglichkeit gewesen. Ich konnte doch den Lieblingsdichter seiner Majestät nicht einfach so töten.»

«Aber Sie haben ihn doch im Auftrag des Kaisers ausgeforscht.»

«Ja, aber deshalb war er nicht in Ungnade gefallen. Alle unsere Dichter werden … kontrolliert. Ich habe alles versucht, ihn beschatten lassen, sein Leben ausgeforscht, um etwas zu finden, das ihn entlarvt.»

«Aber Sie haben nichts gefunden.»

«Nicht genug. Aber es hätte eines Tages gereicht. Doch da ist er schon gestorben.»

«Gestorben? Er wurde ermordet!»

«Mag sein. Mir ist es gleich.»

«Sie haben ihn nicht …?»

Der Oberst fuhr auf: «Vergiftet? Wollen Sie mir den letzten Rest von Ehrgefühl nehmen? Wie könnte ich jemals so etwas tun. Glauben Sie, alle meine Bemühungen, dieses Menschen habhaft zu werden, hätte ich auf mich genommen, um ihn am Ende einfach nur zu vergiften, wie ein Waschweib?»

«Sie hätten ein Motiv gehabt.»

«Was für ein abwegiger Gedanke.»

«Und Greiner?»

«Was?»

«Sie haben Ihren Einfluß auf ihn verloren. Er hat Ihnen nichts von diesem Bild gesagt.»

«So scheint es.»

«Kennen Sie einen Mann namens Rudnik?» fragte Pistoux.

«Rudnik? Wer soll das sein?»

«Ein Phrenologe.»

«Was ist das?»

«Ein Schädelforscher.»

«Einen solchen Menschen kenne ich nicht.»

«Er scheint Greiner sehr gut zu kennen.»

«Greiner kennt viele Leute. Das ist sein Beruf.»

«Werden Sie etwas gegen ihn unternehmen?»

«Gegen Greiner?» Von Chudenitz dachte nach und schien zu keinem Ergebnis zu kommen.

Außerhalb des Salons wurden Stimmen laut. Die Tür wurde aufgestoßen. Hauptmann Mattuschek trat ein, gefolgt von Leutnant Conradi und zwei Polizisten in Uniform.

«Herr Pistoux, Sie sind verhaftet!»

Pistoux starrte den Hauptmann finster an.

«Lassen Sie die Waffe fallen!»

Pistoux warf die Pistole zu Boden.

«Nehmen Sie ihn fest!» kommandierte Mattuschek.

Die beiden Uniformierten traten auf Pistoux zu und faßten ihn an den Oberarmen.

Pistoux warf einen letzten Blick auf den Oberst. Ein Wort von ihm muß doch genügen, und ich wäre frei, dachte er. Aber von Chudenitz schwieg. Er sah ihn aus traurigen Augen an und senkte dann wieder den Blick zu Boden.

«Nun gut», murmelte Pistoux.

«Gehen wir!» kommandierte Mattuschek. «Habe die Ehre, Herr Oberst.»

Leutnant Conradi salutierte und schlug die Hacken zusammen.

Draußen wurde Pistoux in einen geschlossenen Wagen geschoben. Einer der Uniformierten war vor ihm, der andere nach ihm eingestiegen. Als letzter folgte Hauptmann Mattuschek, der große Mühe hatte, seinen massigen, schweren Körper auf der Sitzbank zu plazieren.

Die Fahrt verlief schweigend. Pistoux dachte über das Bild nach und was es für den Oberst, für Charlotte Sophie und auch für ihn selbst bedeutete. Vermutungen und Verdächtigungen vermengten sich in seinen Gedanken mit den Bildern aus dem Nachtcafé. Er konnte keine Verbindung zwischen alledem ausfindig machen. Wenigstens hatten Mattuschek und seine Leute das Gemälde nicht bemerkt.

Mattuschek sah ihn mit einem leicht spöttischen Lächeln an. Pistoux spürte eine Wut auf den Hauptmann in sich hochsteigen. Er sah aus dem Fenster, um sich zu beruhigen.

Die Kutsche hielt, sie stiegen aus, traten durch das Eisentor und liefen über den gepflasterten Gefängnishof und dann durch den tristen Korridor zum Zellentrakt.

Hauptmann Mattuschek führte Pistoux persönlich durch den häßlichen Gang zur Zellentür, die er schon kannte.

Ein kalter, verbrannter Geruch lag in der Luft.

«Er hat versucht, seine Zelle anzuzünden, als es ihm nicht gelungen ist, einen *Fogosch auf Wiener Art* herzustellen», sagte Mattuschek. «Jetzt macht er einen Hungerstreik. Er scheint es ernst zu meinen. Ein Fanatiker. Sie kennen ihn ja. Seit Sie fort sind, hat sich sein Zustand von Tag zu Tag verschlimmert. Vor zwei Stunden hat er einen weiteren Tobsuchtsanfall bekommen, weil er es nicht geschafft hat, eine *Sachertorte* herzustellen. Meine Männer mußten ihn bändigen. Der Baron wird sich noch umbringen, wenn Sie ihm nicht schleunigst ein anständiges Menü kochen.»

«Jakob?» fragte Pistoux erstaunt. «Wegen ihm haben Sie mich hierhergebracht.»

«Ja, freilich», sagte der Hauptmann und schloß die Zellentür auf. «Und wegen des unerlaubten Besitzes einer Schußwaffe.»

Pistoux trat in die Zelle und sah Jakob von Mühlhausen, an einen Stuhl gefesselt, in der Mitte des Raums sitzen. Als er seinen ehemaligen Zellengenossen sah, strahlte er und rief: «Die Rettung naht! Jacques, ich wußte doch, daß du mich nicht im Stich läßt. Mein Leben ist nichts mehr wert, wenn ich nicht täglich in den Genuß deiner Kochkunst komme!»

«Na, nun übertreiben Sie nicht», sagte Mattuschek.

«Binden Sie mich los!» forderte der Baron.

«Nichts anderes habe ich vor», sagte der Hauptmann.

Kaum war er losgebunden, stürzte sich Jakob von Mühlhausen auf seinen Freund und umarmte ihn: «Jacques, Jacques, mein Lieber! Was hast du draußen gekocht? Erzähl mir alles ganz genau. Nein, besser noch, koch es mir vor. Wie ist es dir ergangen?»

«Ich habe als Koch in einem Beisl gearbeitet», sagte Pistoux.

«Koch in einem Beisl. Immerhin. Was hast du dort gelernt?»

Pistoux dachte kurz nach und sagte dann: «*Leberpüreesuppe, Kalbspörkölt mit Zupfnockerln, Topfenpalatschinken mit heißer Vanillesauce.*»

«Wundervoll!» rief Jakob von Mühlhausen aus. «Haben Sie das gehört, Herr Hauptmann?»

«Ja.»

«Läuft Ihnen da nicht das Wasser im Mund zusammen?»

«Schon.»

«Gleich morgen früh geht es los! Ich bin ausgehungert. Ich muß morgen exzellent speisen, sonst werde ich entweder tot umfallen oder wie ein Berserker wüten.»

«Das möge Gott verhüten», sagte der Hauptmann.

«Schicken Sie im Morgengrauen meinen guten Janusch zu mir», verlangte der Baron. «Er soll dann sofort auf den Naschmarkt gehen. Zum Einkaufen.»

Der Hauptmann zuckte mit den Schultern: «Morgengrauen ist jetzt gleich.»

«Dann los! Schnell! Gehen Sie! Sagen Sie ihm Bescheid.»

«Sie sollten jetzt schlafen gehen.»

«Schlafen? Wer könnte jetzt schlafen? Wir werden eine Flasche Wein aufmachen, vielleicht zwei. Wir werden uns unterhalten, nicht wahr, Jacques? Bleiben Sie hier, Hauptmann, lassen Sie sich das nicht entgehen.»

Mattuschek winkte ab: «Nein, danke. Ich geh jetzt schlafen. Ich hab ja schon bei ihm gespeist.»

Die Zellentür schloß sich hinter ihm.

«Hat er?» fragte der Baron.

«Ja», nickte Pistoux.

«So ein mißgünstiger … Ach was!»

Jakob von Mühlhausen sprang auf und holte eine Weinflasche, entkorkte sie in Windeseile, stellte zwei Gläser auf den Tisch und schenkte ein.

«Setz dich», sagte er dann zu seinem Freund. «Leberpüreesuppe, Kalbspörkölt, Palatschinken – mir läuft das Wasser im Mund zusammen.»

Pistoux lächelte matt. Dieser Mann hatte wirklich andere Sorgen als er.


⌇ 21 ⌁ SPRECHENDE SCHÄDEL   Während der Baron seinen Mittagsschlaf machte, holte Hauptmann Mattuschek Pistoux aus der Zelle. Jakob von Mühlhausen hatte so viel gegessen, daß er erschöpft auf sein Bett gesunken und augenblicklich eingeschlafen war.

«Wo haben Sie denn diese Pistole her?» hatte Mattuschek gefragt und die Waffe hoch gehalten.

Pistoux erzählte, daß er im Nachtcafé gewesen war, Greiner und Rudnik gesehen und außerdem die verschwundene Kaffeesiederin gefunden hatte.

Mattuschek hörte mit ausdruckslosem Gesicht, aber konzentriert zu, die Hände über dem mächtigen Bauch verschränkt, die Lippen geschürzt.

Pistoux erzählte nichts von dem Bild, aber ansonsten ungefähr die Wahrheit über seine Begegnung mit Antonie Erlenbach und die Konfrontation mit Greiner.

Hauptmann Mattuschek schüttelte den Kopf: «Beweise haben Sie keine. Sie behaupten, bestimmte Personen könnten etwas mit dem Tod von Friedrich Berg zu tun haben. Aber das sind doch nur vage Vermutungen. Sie versuchen, sich zu entlasten. Schön, Herr Pistoux, aber da müssen Sie sich schon ein bißchen mehr Mühe geben. Warum haben Sie das Mädchen nicht mitgebracht?»

Pistoux zuckte mit den Schultern. «Es war nicht möglich.»

«Was wollten Sie beim Oberst?»

«Das kann ich nicht sagen.»

«Sie haben Glück, daß der Oberst sich für Sie verwendet hat.»

«Der Oberst?»

«Ja.»

Pistoux war erstaunt und erleichtert.

«Also, gehen Sie bitte. Es wär mir ganz recht, ich würde Sie hier nicht so bald wiedersehen.»

Ein eigenartiger Mann war dieser Mattuschek. Nie hatte man den Eindruck, daß er wirklich seiner Arbeit nachging. Immer vermittelte er den Eindruck, als wolle er gleich anschließend etwas wesentlich Wichtigeres erledigen.

«Was den Baron betrifft: Machen Sie sich keine Sorgen um sein weiteres Schicksal. Er wird wahrscheinlich sehr bald entlassen. Man hat sich ganz oben für ihn verwendet.»

Und wieder war Pistoux durch den kahlen Korridor, das hallende Treppenhaus und über den leeren Gefängnishof gegangen. Und als das Eisentor hinter ihm zuschlug, wußte er, welches Spiel der Hauptmann spielte: Er benutzte ihn als Köder.

Nun stand er wieder in der düsteren Gasse, ratlos. Ein starker Wind war aufgekommen. Wenn er nach oben blickte, sah er im Schein des nahezu vollen Mondes Wolkenfetzen eilig dahinziehen. Es war kalt.

Gerade als er sich entschlossen hatte, das Lokal zu betreten, um herauszufinden, ob die gesuchten Personen sich dort befanden, sah er, daß die Tür im Souterrain sich öffnete. Heraus trat eine kleine Gestalt, eingehüllt in einen Umhang mit Kapuze. Im Lichtschein, der einen kurzen Moment aus dem Hauseingang drang, konnte Pistoux unter dem Umhang die Umrisse des Buckels erkennen. Kein Zweifel, es war Greiner. Pistoux trat einige Schritte in den dunkelsten Schatten zurück.

Der Zwerg lief die Gasse entlang, Pistoux folgte ihm.

Über eine breite Straße hinweg kamen sie in eine Gegend, wo nur noch vereinzelte, traurig aussehende Wohnhäuser standen, dann an einer Baustelle für Arbeiterwohnungen vorbei, und gelangten auf eine Fläche Brachland. Hier war es wesentlich schwieriger, dem Zwerg zu folgen. Pistoux war dankbar, daß sich nun öfter einige dicke Wolken vor den hell scheinenden Mond schoben.

Greiner lief zwischen dem Gestrüpp verwilderter Hecken hindurch, an einigen gefällten Bäumen vorbei auf eine Gruppe von baufälligen Holzhäusern zu, zwischen denen zwei Zigeunerwagen standen. Hunde bellten, ein Pferd wieherte, Pistoux machte einen großen Bogen um die Wagen, zwischen denen Greiner einfach hindurchgelaufen war. Nun hatte er ihn aus den Augen verloren.

Am Fußende eines kahlen Hügels stand eine Hütte. Dort hinein mußte er gegangen sein. Pistoux lief über unebenes Gelände, stolperte über Steine und Gestrüpp. Auf der ihm zugewandten Seite hatte die Hütte nur ein kleines Fenster. Ein schwacher Lichtschein drang durch einen undurchsichtigen gelben Vorhang. Pistoux hockte sich unter das Fenster und horchte. Er hörte ein Murmeln. Dann die Stimme von Greiner.

«Los, los! Fangen wir an.»

Wieder das Murmeln, das plötzlich abbrach.

Ein Tisch wurde geschoben, Stühle gerückt.

Pistoux richtete sich auf, um durch das Fenster zu spähen. Der Vorhang verdeckte ihm die Sicht.

Er schlich um die Hütte herum. Auf der anderen Seite befanden sich der Eingang und zwei größere Fenster. Vor beide waren ebenfalls gelbe Vorhänge gezogen worden. Das linke gab dennoch durch einen Spalt den Blick ins Innere der Hütte frei. Es sah alles ganz harmlos aus: Greiner und Rudnik deckten den Tisch. Zwei Stühle standen einander gegenüber, in der Mitte des Tisches ein Kerzenleuchter mit neun Kerzen. Jetzt brachte Greiner zwei große Porzellanteller und stellte sie in der Mitte des Tisches nebeneinander und blies alle Kerzen bis auf die beiden am weitesten voneinander entfernten aus. Dann klappte Rudnik einen kleinen Koffer auf, der auf einer Kommode neben dem Tisch stand, und holte die beiden Köpfe hervor.

Pistoux lief es eiskalt den Rücken hinunter.

Besonders viel Ehrfurcht vor den Schädeln von Berg und Schlick schien Rudnik nicht zu haben. Er hatte sie an den Haaren gepackt, hielt sie hoch und starrte sie mit höhnischem Lächeln an.

Er sagte etwas, aber Pistoux konnte nichts verstehen, denn das Fenster war geschlossen. Er beobachtete, was weiter geschah: Rudnik plazierte die Schädel auf den bereitgestellten Tellern. Es war ein gespenstisches Bild. Die Köpfe warfen flackernde Schatten auf das weiße Tischtuch. Jeder Schädel stand so da, daß er das Gesicht dem jeweils vor ihm stehenden Stuhl zugewandt hatte.

Nun begann Rudnik, Karten mit eigenartigen Symbolen auf dem Tisch zu verteilen. Sie erinnerten an Tarot-Karten, waren aber doch irgendwie anders. Den ineinander verschlungenen Verzierungen und Symbolen fehlte jede Symmetrie. Dadurch wirkten die Darstellungen befremdlich, als würde ihnen eine falsche, widernatürliche Geometrie zugrunde liegen.

Nachdem er die Karten scheinbar willkürlich um die Schädel herum verteilt hatte, verschwanden die beiden Männer.

Pistoux lief wieder um die Hütte herum, um am offenen Fenster zu horchen, was nun passierte. Er hörte ein Poltern und Rumpeln, jemand fluchte laut, dann ein Ächzen und Stöhnen und Geräusche wie von einem Kampf. Es folgte ein unterdrückter Schrei und Wutgeheul.

«Verdammte Kleschen! Ich werd's dir zeigen!» rief Greiner.

Es klang so, als würde jemand geschlagen. Dann glaubte Pistoux, das leise Wimmern einer Frau zu vernehmen. Ein Stuhl fiel um.

«Los! Da hinüber!» hörte man die Stimme von Greiner.

Pistoux mußte wieder um die Hütte herumgehen. Durch den Spalt zwischen den Vorhängen sah er, wie Greiner und Rudnik eine dritte Person auf einen weiteren Stuhl setzten. Sie banden sie mit dicken Stricken fest. Sie war bereits geknebelt. Es war Antonie Erlenbach. Ihrem Gesicht sah man an, daß sie geschlagen worden war. Ihre nackten Unterarme waren von roten Flecken und Striemen bedeckt.

Greiner schlug der wehrlosen Frau mehrmals mit der flachen Hand ins Gesicht.

«Augen auf!» kommandierte er.

Rudnik stellte währenddessen einen seltsamen Apparat mit mehreren Drehscheiben vor die Gefesselte hin. Der Apparat hatte offenbar einen Mechanismus, den man mit Hilfe eines Schlüssels aufziehen konnte. Rudnik drehte den Schlüssel, zog ihn wieder ab und legte einen Schalter um. Die Scheiben begannen sich zu drehen, es waren sich eigenartig schlängelnde

Spiralen, zwischen denen das Licht einer kleinen Kerze hindurchschien, die ebenfalls auf dem Apparat stand und die Rudnik jetzt angezündet hatte.

Die Gefangene preßte heftig die Augen zu, als die Schatten der sich schlängelnden Spiralen über ihr Gesicht glitten, und senkte den Kopf. Greiner riß sie an den Haaren zurück und schrie sie an. Sie öffnete die Augen und sah entsetzt auf die Scheiben der Höllenmaschine vor sich. Ihr Blick wurde starr, und plötzlich schien sie nur noch eine leblose Puppe zu sein.

Rudnik und Greiner setzten sich einander gegenüber. Jeder hatte einen Schädel vor sich, dessen Gesicht ihm zugewandt war. Sie breiteten die Arme aus und legten die Hände auf die Tischplatte. Sie schlossen die Augen.

Rudnik begann mit der Zeremonie. Wieder mußte Pistoux zum anderen Fenster wechseln, um mithören zu können.

Zunächst klang es nur wie ein Raunen, dann folgte das monotone Aufsagen einer Formel, dann eine aus wenigen langgezogenen Tönen bestehende Melodie, dann wieder die Formel. Schließlich ging der Gesang in eine Art Rezitativ über. Dann begann der Dialog mit den Toten.

Rudnik sprach in einem monotonen Singsang. Antonie antwortete mit zwei verschiedenen Stimmen. «Friedrich Berg! Hörst du mich?»

«Ja, ich höre.»

«Joseph Schlick! Hörst du mich?»

«Ja, ich höre.»

«Bleibt bei uns, bleibt bei uns.»

Wieder fiel Rudnik in den monotonen Singsang ein.

«Geht nicht, geht nicht. Wir wollen mit euch sprechen. Wo seid ihr jetzt?»

«Es ist dunkel hier.» Das war die Stimme von Friedrich Berg.

«Ich sehe einen endlos langen Gang, der aus einer Höhle ins Licht führt», sagte die Stimme von Joseph Schlick.

«Habt ihr einander noch etwas zu sagen?» fragte Rudnik.

«Er hat mich betrogen», sagte Schlicks Stimme.

«Sprich selbst mit ihm», sagte Rudnik.

«Du hast mich betrogen, Friedrich.»

«Du nennst mich Friedrich?»

«Sind wir jetzt nicht endlich alle gleich?»

«Ja, du hast recht, Joseph.»

«Du hast mich betrogen, Friedrich.»

«Klage mich nicht an, Joseph. Sieh in dir selbst den Sünder!»

«Ich habe deine Dramen geschrieben, Friedrich. Doch der Ruhm gehörte nur dir allein.»

«Du hast sie aufgeschrieben, erdacht habe ich sie, Joseph.»

«Das war vielleicht am Anfang so, aber später hast du mich schreiben lassen, ohne mit mir darüber zu sprechen. Drei Dramen sind so entstanden. Sie haben deinen Ruhm vergrößert. Aber mich hast du behandelt wie einen Sklaven.»

«Ist nicht auch ein Teil meines Ruhms auf dich gefallen? Saßt du nicht bei jeder Premiere in der Loge neben mir. Hat nicht ganz Wien auch dich gegrüßt und hofiert?»

«Nein, Friedrich, so war es nicht. Du hast mich betrogen.»

«Und deshalb, Joseph, hast du mich umgebracht?»

«Ich bin es nicht gewesen.»

«O doch. Noch immer schmecke ich das Gift auf meinen Lippen.»

«Ich gebe zu, ich habe es versucht. Doch es ist mir nicht geglückt.»

«Über Monate hinweg hast du versucht, mich umzubringen. Meinen Wein hast du vergiftet.»

«Du hast es überlebt.»

«Bin ich nicht tot jetzt, genauso wie du?»

«Ja, Friedrich, aber es ist nicht meine Schuld.»

«O doch, mein Geld wolltest du haben.»

«Stand es mir denn nicht zu?»

«Mit diesem Rudnik hast du dich zusammengetan. Er hat mich hypnotisiert. Mein Geld wolltet ihr, das schnöde Geld!»

«Du hast mich nicht erhört, was sollte ich tun? Ich habe gebettelt und gefleht, aber du wolltest mir nicht geben, was mir zustand.»

«Warum hast du weitergemacht, Joseph?»

«Hätte denn jemand meine eigenen Dramen aufgeführt. Die Dramen eines Epigonen?»

«Niemals, Joseph.»

«Du siehst, ich mußte so handeln, wie ich es tat.»

«Mit Verbrechern und Halunken hast du dich zusammengetan, um mich auszuplündern.»

«Wenn du mich doch nur erhört hättest.»

«Du hast mich verraten. Ich werde dich nie erhören.»

Nun schaltete sich Rudnik in den Streit ein: «Hört mich an! Nun seid ihr beide tot. Wollt ihr denn nicht bereuen?»

«O doch, ich bereue», sagte die Stimme von Schlick.

«Was soll ich bereuen?» fragte die Stimme von Berg.

«Friedrich Berg, wir haben den Geist des toten Joseph Schlick erweckt, damit er dir Abbitte leisten kann.»

«Abbitte?»

«Vergib mir, Friedrich, bitte!»

«Ist es jetzt nicht einerlei? Sei's drum. Ich vergebe dir.»

Schlicks Stimme wurde schwach: «Ich gehe, ich muß euch jetzt verlassen ...»

«Friedrich», sagte Rudnik. «Willst du nicht deine zurückgelassenen Habseligkeiten auf dieser Welt ordnen, bevor auch du für immer verschwindest?»

«Damit ihr euch bereichern könnt? Wer seid ihr überhaupt, daß ihr glaubt, so anmaßend sein zu dürfen?»

«Wir haben dich gerächt. Den Schlick haben wir ins Jenseits befördert.»

«Und nun soll ich euch beschenken, ihr Einfältigen?»

«Ist es einfältig, eine Belohnung für einen Dienst zu verlangen?»

«Ihr wollt mein Geld, mein Vermögen.»

«Ja.»

«Dann müßt ihr mir erst noch ein zweites Opfer bringen.»

«Wir hören.»

«Der Mord an mir muß gesühnt werden.»

«Ja.»

«Seid ihr bereit dazu?»

«Ja.»

«Dann tötet sie!»

«Antonie?»

«Ja, tötet sie, denn sie hat mich vergiftet!»

«Jetzt gleich?»

«Sofort.»

Pistoux war wegen des monotonen Singsangs beinahe eingenickt. Er hockte unter dem Fenster, horchte und hatte sehr bald schon das Gefühl gehabt, seltsam entrückt zu sein.

Nun hörte er, wie ein Stuhl gerückt wurde und dann den markerschütternden Schrei der Frau, die sich in der Gewalt der beiden verrückten Geisterbeschwörer befand.

Er sprang auf. Mit einemmal war er wieder hellwach.

Wieder schrie Antonie laut auf, und es klang, als würde ein Tier zur Schlachtbank geführt.

Pistoux rannte los.

**✧ 22 ✧** *WIENER BLUT* Pistoux stemmte sich mit aller Kraft gegen die morsche Tür, vergeblich. Er nahm noch einmal Anlauf, spürte einen heftigen Schmerz an der Schulter, hörte, wie Holz splitterte, taumelte, fing sich wieder, nahm erneut Anlauf, und jetzt spürte er den Schmerz gar nicht mehr, merkte, wie der morsche Türrahmen nachgab, die rostigen Türangeln brachen, und stürzte mit einem ohrenbetäubenden Krachen ins Haus.

Dann hörte er das Kreischen. Es war ein hoher, schriller Ton, der immer wieder abbrach und neu anhob und sich nun in ein in schnellem Rhythmus hervorgestoßenes grelles Stakkato verwandelte.

Pistoux rappelte sich auf. Er stand in einem engen Vorraum, von dem zwei Türen, eine nach rechts und eine nach vorn, abgingen. Das schrille Kreischen kam von rechts.

In dem Moment, als Pistoux die Klinke herunterdrückte, brach das Kreischen ab. Er taumelte in den Raum, sah den Tisch mit dem Leuchter und den Köpfen von Berg und Schlick daneben. Sonst nur Schatten, die sich bewegten. Zwischen den Schatten das alptraumhaft grotesk verzerrte Gesicht von Antonie. Er spürte, wie ihm ein warmer Schwall ins Gesicht spritzte, konnte einen Augenblick lang nichts mehr erkennen und sah, als er sich das warme Naß aus den Augen gewischt hatte, wie Antonie nach oben schwebte.

Er stürzte nach vorn, bekam sie zu fassen, riß sie fort und warf sich zusammen mit ihr auf den Boden und merkte erst, als er versuchte, sich wieder aufzurappeln, daß er einen Frauenkörper ohne Kopf zu Boden gerissen hatte. Aus dem klaffenden, gräßlich hohlen Loch zwischen den Schultern pulste dunkles Blut.

Mit einem Entsetzensschrei stieß Pistoux den leblosen Frauenkörper von sich und wandte sich um. Da stand Greiner plötzlich über ihm und sah aus wie ein der Hölle entsprungener Dämon. Er schwang den Kerzenständer, den er vom Tisch genommen hatte, über dem Kopf und brüllte: «Geh zum Teufel!»

Pistoux versuchte, dem herabsausenden schweren Gegenstand auszuweichen. Vergeblich. Er sah die flackernden Flammen auf sich zukommen, und als sie erloschen, wurde es auch um ihn herum schwarz. Er sank zu Boden.

Als er wieder erwachte, hatte er entsetzliche Kopfschmerzen. Er spürte, daß man ihn auf einen Stuhl gesetzt und dort festgebunden hatte. Weder Hände noch Füße konnte er bewegen. Er zwang sich, die Augen zu öffnen, und stellte fest, daß er an dem Tisch saß, auf dem die Köpfe der Ermordeten angeordnet waren. Der Ständer mit den wieder angezündeten Kerzen stand in der Mitte. Links davon der Kopf des Dichters Friedrich Berg, rechts davon der seines Sekretärs Joseph Schlick, beide mit geschlossenen Augen. Im Vergleich zum Kopf von Antonie Erlenbach sahen sie friedlich aus. Das tote Gesicht der ermordeten jungen Frau war noch immer schmerzverzerrt, die Augen weit aufgerissen.

Pistoux sah weg. Eine gallige Übelkeit stieg in ihm auf, gleichzeitig spürte er, wie das Blut aus seinem Kopf wich, ihm wurde schwindelig.

Aber er wollte nicht in Ohnmacht fallen. Er mußte sich diesen Bestien stellen, die sich jetzt rechts und links von ihm an den Tisch mit dem blutbesudelten Tischtuch und den Köpfen der Geschändeten gesetzt hatten und ihn höhnisch grinsend ansahen: Greiner, der geldgierige, bucklige Zwerg, und der alte Rudnik, dessen Leidenschaft für menschliche Schädel abartige Züge angenommen hatte.

«Das wird er uns büßen», sagte Greiner.

«Ja, büßen», wiederholte Rudnik stumpf.

«Er hat alles zerstört.»

«Das wird er büßen.»

«Dreckiger Franzose», sagte Greiner. «Warum mischst du dich ein?»

«Dreckiger Franzose», wiederholte Rudnik.

Pistoux mußte sich zwingen, nicht immer wieder zu den drei Köpfen zu sehen, die vor ihm aufgebaut worden waren. Was war jetzt noch an diesen toten Fratzen so faszinierend, daß sie ihn magisch anzogen. War es der Tod selbst? War es die Unausweichlichkeit des Schicksals, die ihn zwang, sich anzusehen, was in wenigen Minuten auch mit ihm passiert sein würde?

«Antworte!» rief Greiner. «Warum mischst du dich ein?»

«Du Abschaum!» sagte Rudnik und lachte. Pistoux sah, daß er neben sich das Messer mit der langen Klinge liegen hatte. Die Klinge war wieder blank geputzt.

«Sei still!» befahl Greiner seinem Komplizen. «Ich rede jetzt.»

Rudnik lachte vor sich hin, griff nach dem Messer und fuhr mit dem Daumen die Klinge entlang, um die Schärfe zu prüfen. Er grinste vor sich hin.

Am anderen Ende des Tisches stand die seltsame Hypnoseapparatur von Dr. Rudnik.

«Ihr habt den Dichter hypnotisiert», sagte Pistoux. Was konnte er jetzt schon tun, außer reden?

Rudnik lachte laut auf.

«Ja und? Was geht's dich an?» sagte Greiner.

«Ihr wolltet sein Geld. Deshalb habt ihr euch mit Joseph Schlick zusammengetan.»

«Nicht sein Geld!» rief Rudnik. «Seinen Kopf! Was für ein Kopf!»

«Sei still!» zischte Greiner. «Ich will hören, was er weiß.»

«Schlick hat versucht, ihn zu vergiften. Er wollte Rache und das Vermögen, das der Dichter zu einem großen Teil der Arbeit seines Sekretärs verdankte. Er hat es nicht bis zu Ende gebracht. Aber der Dichter wurde langsam vergiftet. Deshalb der seltsame Geruch in seiner Wohnung.»

«Moder!» kicherte Rudnik.

«Ihr habt ihn hypnotisiert, damit er sein Testament zugunsten von Schlick ändert. Ich nehme an, Schlick hat Rudnik als Arzt vorgestellt, der angeblich in der Lage sei, das geheimnisvolle Siechen des Dichters zu kurieren.» Pistoux spürte, wie sein Kopf schwerer wurde und ein bohrender Schmerz sich ausbreitete.

«Weiter!» kommandierte Greiner.

«Es hat nicht ganz funktioniert. Der Dichter hat etwas bemerkt. Vielleicht nicht im wachen Zustand, aber irgend etwas in ihm hat Alarm geschlagen. Er hat sein Vermögen versteckt.»

«Er weiß alles», staunte Rudnik, der noch immer mit dem Daumen über die scharfe Klinge fuhr. «Das wird er büßen.»

«Erzähl uns, was du noch weißt, Franzose!»

«Das Mädchen habt ihr auch hypnotisiert», sagte Pistoux. «Ich vermute, ihr habt sie im Nachtcafé entdeckt. Sie war bestens geeignet, dem Dichter die letzte Giftdosis zu geben, auf sie würde man gar nicht kommen. Sie war ja nur ein unscheinbares Mädchen. Sie hatte keine Verbindung mit Berg und auch nicht mit Schlick. Als ihr wußtet, daß Berg das Testament zugunsten von Schlick geändert hatte, habt ihr euch entschlossen, die Angelegenheit zu Ende zu bringen.» Pistoux hielt erschöpft inne.

«Er ist schlau», stellte Rudnik fest.

«Pah!» sagte Greiner. «Diese Schlauheit ist sein Verderben.» Rudnik lachte wieder vor sich hin.

«Ich verstehe nur nicht, warum das Gift überhaupt nötig war», sagte Pistoux.

Greiner sah ihn erstaunt an.

«Mit dem Messer wäre es doch einfacher und schneller gewesen.»

«Hab ich gesagt! Hab ich immer gesagt!» rief Rudnik und hob die Waffe.

«Still!»

«Das langsame Dahinsiechen des Dichters öffnete die Tür für Rudnik, den angeblichen Arzt, der Berg zu behandeln vorgab. Hätte er Berg nicht unter einem anderen Vorwand hypnotisieren können? Und dann der Schlußakt ...» Pistoux schüttelte den Kopf. «Die Mörder im Publikum. Sie wollten Bergs letzten großen Auftritt nicht verpassen, seinen Todeskampf aus nächster Nähe sehen. Was für eine verrückte Art, jemanden umzubringen!»

«Wir haben ihn ausgemerzt», sagte Greiner verbissen.

«Es war die Lust, jemanden zu zerstören, den man unendlich beneidet. Alle sollten es sehen. Am liebsten hättet ihr laut geschrien: ‹Wir sind es gewesen. Wir haben den größten Dichter von Wien umgebracht.›»

«Genug!» sagte Greiner.

«Er hat uns immer noch nicht gesagt, wo das Geld ist», sagte Rudnik.

«Damit kann ich nicht dienen.»

«Wie?» fragte Rudnik. «Er weiß es nicht?»

«Woher soll er es denn wissen», sagte Greiner ärgerlich.

«Warum redet er soviel?»

«Um seine Eitelkeit zu befriedigen», sagte Pistoux

Greiner grinste säuerlich: «Du machst dich lächerlich, Franzose.»

«Was will er hier?» fragte Rudnik verwirrt.

«Es ist wegen der Gräfin», stellte Greiner fest.

«Die Gräfin?» echote Rudnik.

«Die Bilder von der Gräfin, stimmt's, Franzose?»

Pistoux antwortete nicht. Ihm wurde erneut schwindelig.

«Schöne Bilder», murmelte Rudnik, «wirklich schön. Sie werden uns eine Menge Geld einbringen.»

«Und du, Franzose. Du könntest uns auch Geld bringen.»

«Er hat Geld?» fragte Rudnik.

«Die Gräfin hat Geld. Sie wird zahlen.»

«Nein!» sagte Rudnik.

«Sei still, Idiot!»

«Nein! Ich will kein Geld, ich will seinen Kopf!» Rudnik hob das Messer.

«Den bekommst du später.»

«Jetzt! Ich will ihn jetzt!»

«Laß den Unsinn!»

«Nein!» Rudnik sprang auf, das Messer in der Hand.

Pistoux wandte den Kopf ab. Aber natürlich war es unmöglich, diesem blutgierigen Verrückten auszuweichen.

«Halt!» rief Greiner und schnellte hoch.

Pistoux sah, wie der Alte mit dem Messer auf ihn zustürzte, sah, wie die Klinge durch die Luft sauste, hatte einen Moment lang das Gefühl, die Zeit würde stehenbleiben. Dann spürte er, wie sein Stuhl umgeworfen wurde, bemerkte im Fallen, daß der Zwerg sich zwischen ihn und den Angreifer geworfen hatte. Sah, wie die lange, blitzende Klinge in Greiners Brust gestoßen wurde, entdeckte die Pistole in der Hand des Zwergs, der jetzt stolperte und strauchelte, beobachtete, wie sich auf Rudniks Gesicht ein triumphierender Gesichtsausdruck breitmachte, hörte einen Schuß und den Schrei des Alten, der von der Wucht der Kugel zurückgeworfen wurde. Das alles geschah in Sekundenbruchteilen.

Dann lag er auf dem Boden, noch immer an den Stuhl gefesselt, und blickte in das Gesicht von Greiner, der nun schräg gegen die Leiche von Rudnik gelehnt lag. Das Messer steckte in seiner Brust, Blut quoll aus seinem Mund und aus der Nase. Er deutete auf den von der Kugel zerschmetterten Kopf des Schädelfetischisten und lachte, tonlos vor sich hin zuckend.

Pistoux schloß die Augen. Er bemühte sich mit aller Kraft, an etwas anderes zu denken, an etwas, das ihn sehr weit von hier fortführen könnte. Er stellte ein Menü für seinen Freund Jakob von Mühlhausen zusammen. Er stellte sich vor, wie er die Zutaten auf dem Markt kaufen würde, er malte sich aus, wie er das Gemüse putzen und zuschneiden würde, wie er das Fleisch panieren und die Zutaten in Schüsseln, Töpfen und Pfannen behutsam zubereiten und kombinieren würde. Er dachte über den Wein nach, der dazu passen könnte, und überlegte sehr lange, welches Dessert am besten geeignet war. Gelegentlich verlor er das Bewußtsein. Wenn er aufwachte, schloß er sofort wieder die Augen und begann von neuem mit einem anderen Menü.

Es dauerte eine Stunde, bis alles Leben aus dem Zwerg namens Greiner gewichen war. Zehn weitere Stunden brauchte Hauptmann Mattuschek, um die Hütte zu finden, in der Pistoux darauf wartete, aus dem Reich der Toten befreit zu werden.

*◁ 23 ▷ ᴇɴᴅᴇ ᴇɪɴᴇʀ ʟɪᴀɪsᴏɴ* Jakob von Mühlhausen entkorkte die Rotweinflasche und stellte sie zu den anderen auf den Boden.

«So fügt sich alles zusammen», sagte Hauptmann Mattuschek.

«Ich bin nicht dieser Ansicht», widersprach Jakob von Mühlhausen.

«Nein?» fragte Eduard Busch.

«Es ist doch eine wirre Geschichte», sagte Jakob von Mühlhausen, «und manches ist noch nicht geklärt.»

«Aber selbstverständlich ist alles geklärt», beharrte Mattuschek.

«Ehrlich gesagt», meinte Eduard Busch, «habe ich den Fall auch nicht ganz durchschaut. Vor allem diese übernatürlichen Vorkommnisse.» Er schüttelte sich. «Daß Menschen in unseren Zeiten noch solchem Aberglauben anheimfallen können.»

«Der Aberglaube wird genau wie das Verbrechen niemals aus der Welt verschwinden», urteilte Mattuschek.

«Da irren Sie sich», sagte der Baron. «Wenn nur erst der Geist der Aufklärung . . .»

«Der Fortschritt!» warf Eduard Busch ein.

«Auch das Verbrechen macht Fortschritte», sagte Hauptmann Mattuschek. «Und selbst wenn nicht, bleibt es auf jeden Fall bestehen. Es gehört zur menschlichen Natur.»

«Eine ganz falsche Ansicht!» sagte Jakob von Mühlhausen.

«Hören Sie, wir schweifen ab. Es ist nicht gut, schon vor dem Essen derart ins Theoretisieren zu verfallen», sagte Mattuschek.

«Er hat recht», stimmte Jakob von Mühlhausen zu.

Pistoux stand am Herd der umgebauten Gefängniszelle, neben ihm der Wachtmeister mit großer, fleckiger Schürze. Janusch war heute der Küchenjunge. Pistoux trug die tadellos weiße Uniform eines Chefkochs, auf dem Kopf eine hohe Toque, mit der er beinahe die Decke berührte. Für das Abschiedsessen von Jakob von Mühlhausen, der dank besonderer Fürsprache von ganz oben nicht mehr angeklagt war, hatte Pistoux sich ein besonderes Menü überlegt: eine Speisenfolge, wie man sie nur in Wien servieren konnte, der Stadt, in der Üppigkeit und Übermaß zum Alltag der Feinschmecker gehörten, und wo man nie genug von Butter, Sahne und Ei bekommen konnte.

Pistoux wies Wachtmeister Janusch an, die *Consommé* zu servieren, in der gelbglänzende *Butternockerln* schwammen. Dem Wachtmeister stand der Schweiß auf der Stirn. Es war schon ein Kraftakt gewesen, alle Zutaten für dieses Abendessen zu besorgen. Aber die Vor- und Zubereitung, die viele Stunden gedauert hatte, hatten ihm die letzten Kraftreserven geraubt. Nicht mal ein Kipferl hatte er gegessen, kein Frühstück, nichts. Er schleppte die Suppenterrine zum Tisch und ächzte erbärmlich. Die Schöpfkelle wog so schwer in seiner Hand, daß er jedesmal laut stöhnte, wenn er eine Portion Suppe auf einen Teller goß.

«Na, kommen Sie», sagte Hauptmann Mattuschek, «das ist ja nicht mit anzuhören. Setzen Sie sich und essen Sie mit.»

Das traurige Gesicht des Wachtmeisters hellte sich auf. Er holte sich einen Hocker sowie Teller und Löffel, setzte sich ans Ende der Tafel und beugte sich über die Vorspeise.

Kaum war er mit seiner Suppe fertig, kam Jakob von Mühlhausen zum Thema zurück: «Man kann doch keinen Kriminalfall lösen, indem man übernatürliche Kräfte als Erklärung bemüht.»

«Er hat recht», stimmte Eduard Busch zu. «Das widerspricht jeder Vernunft.»

«Natürlich», sagte Hauptmann Mattuschek und tupfte sich die Mundwinkel mit seiner Serviette ab. «So etwas tun wir ja auch nicht.»

«Nein?» fragte der Baron.

«Nein.»

«Also», sagte Eduard Busch, «fangen wir noch mal von

vorne an. Wenn ich es richtig verstanden habe, ist der Dichter aus Habgier ermordet worden.»

«Von drei Männern», ergänzte Jakob von Mühlhausen. «Seinem Sekretär Joseph Schlick, der die Dramen für ihn schrieb, seit Berg selbst dazu nicht mehr in der Lage war; einem zwergenwüchsigen Geheimagenten namens Ludwig Greiner, der sich mit Schlick das Vermögen des Dichters teilen wollte; und einem Scharlatan, der sich Doktor Rudnik nannte und den Dichter unter dem Vorwand der ärztlichen Behandlung hypnotisierte, um ihn dazu zu bringen, ein für Schlick günstiges Testament zu verfassen.»

«So ist es», stimmte Mattuschek zu.

Pistoux stand auf, tippte dem Wachtmeister auf die Schulter, der sich hastig die letzten Butternockerln einverleibte. Pistoux warf die Krebsschwänze in eine Pfanne mit heißer Butter, goß die vorbereitete Dillsauce dazu und montierte sie mit Sahne. Dann zog er die mit Reis gefüllten Forellen aus dem Ofenrohr und richtete die Fische mit der Sauce an.

Man sah deutlich, wie dem Wachtmeister das Wasser im Mund zusammenlief, als er die Platte mit den *Forellen à la Mozart* servierte. Das Gespräch verebbte, aber kaum hatte Busch das erste Filet vertilgt, konnte er sich nicht mehr zurückhalten.

«Es gab ein Testament», sagte er. «Das stand in allen Zeitungen. Ganz Wien sprach davon und wunderte sich. Doch nun wundern wir uns alle, daß das dazugehörige Vermögen gar nicht mehr da ist.»

«Auf Nimmerwiedersehen verschwunden», sagte Jakob von Mühlhausen und starrte auf den Krebsschwanz, den er mit der Gabel aufgespießt hatte. «Wie traurig.»

«Aber nein», widersprach Mattuschek. «Wir haben es gefunden.»

Die anderen blickten ihn staunend an. Nur Wachtmeister Janusch aß weiter.

«Tatsächlich?» fragte Busch.

«Aber ja. Ein Bankier hat sich bei uns gemeldet. Er verwaltete das gesamte Geldvermögen auf einem Geheimkonto. Und diverse Wertgegenstände in einem Tresor. Er hat sich schon gewundert, daß der Schlick sich nicht bei ihm gemeldet hat.»

«Jetzt kann er sich nicht mehr melden», sagte der Baron und wandte sich wieder dem Fisch zu.

«Eben darum hat der Bankier bei uns vorgesprochen. Nur wissen wir auch nicht, wohin mit dem Besitz des Verstorbenen.»

«Ein herrenloses Vermögen ist eine sehr nutzlose Angelegenheit», sagte Jakob von Mühlhausen. «Jacques sollte ein Restaurant eröffnen mit dem Kapital.»

«In Wien?» fragte Mattuschek hoffnungsvoll.

«Wo auch immer.»

«Nein», sagte Pistoux. «Nicht nach allem, was ich hier erlebt habe.»

Er stand auf und machte sich daran, das *Wiener Kalbsbries* zuzubereiten, von dem ihm der Baron so häufig vorgeschwärmt hatte. Gleichzeitig kontrollierte er den Braten, den er nach den Forellen in den Ofen geschoben hatte.

«Ich verstehe eigentlich nicht, wieso die Leiche von Berg gestohlen wurde. Wegen des Kopfes?» fragte Jakob von Mühlhausen.

«Vermutlich wollte dieser verrückte Rudnik den Kopf des berühmten Dichters in seiner Sammlung haben und hat seine Komplizen unter Druck gesetzt», sagte Mattuschek. «Wir haben seine Wohnung durchsucht. Er hatte dort eine erstaunliche Schädelsammlung.» Er seufzte. «Nun wissen wir endlich, wo die Schädel geblieben sind, die in den letzten Jahren aus den Gräbern gestohlen worden sind.»

«Er nutzte die Schädel, um die Toten zu beschwören?» fragte Busch.

«Es war reine Scharlatanerie», sagte Mattuschek. «Rudnik war Bauchredner. Er veranstaltete Séancen, um damit Geld zu verdienen. Aber er hat nie einen Toten aus dem Jenseits herübergeholt. Er hat einfach nur Stimmen imitiert.»

«Ein erstaunliches Talent», meinte Jakob von Mühlhausen.

«Scharlatanerie», wiederholte Mattuschek.

«Die meisten Scharlatane glauben an ihre Fähigkeiten», sagte Busch. «Das ist das Unglaubliche daran. Aber ich verstehe dennoch nicht, warum Schlick sterben mußte. Weil Rudnik seinen Schädel wollte?»

«Er hat einen Herzschlag erlitten», sagte Mattuschek. «Vermutlich mußte er sich einer Séance unterziehen. Greiner und Rudnik glaubten ihm nicht, daß er nicht wußte, wo Bergs Vermögen sich befand. Sie hypnotisierten ihn, vielleicht haben sie ihn gefoltert.»

«Was meinst du, Jacques», fragte Jakob von Mühlhausen. «Haben diese Kerle wirklich an ihre Beschwörungen geglaubt?»

«Ich will von alledem nichts mehr wissen», sagte Pistoux.

Er hatte Wichtigeres zu tun, als sich in Spekulationen zu ergehen. Er stellte den Braten warm und machte sich daran, den Fond mit Sauerrahm zu binden, passierte ihn und rührte kalte Butter hinein. Wachtmeister Janusch fischte derweil die *Serviettenknödel* aus dem Kochtopf. Pistoux schnitt den Braten in Scheiben und übergoß ihn mit der Sauce. Etwas Gemüse als Garnitur, dann wurde das Fleisch serviert.

«Ah!» rief Jakob von Mühlhausen. «*Lungenbraten Belvedere.*»

Wachtmeister Janusch legte vor.

«Er gäbe auch einen guten Restaurant-Kellner ab», lobte Jakob von Mühlhausen.

«Machen Sie mir bloß nicht meine Männer abspenstig», sagte Mattuschek.

Gerade wollte Pistoux sich dazusetzen, da ging die Zellentür auf, und ein Uniformierter salutierte und schlug die Hakken zusammen.

Mattuschek sah mißmutig auf.

«Herr Pistoux wird zu sprechen gewünscht», sagte der Beamte.

Pistoux sah ihn erstaunt an. Dann warf er Hauptmann Mattuschek einen fragenden Blick zu.

«Sie sind ja frei. Sie können gehen, wohin Sie wollen», sagte dieser.

«Aber ...» warf Jakob von Mühlhausen ein.

«Aber kommen Sie rechtzeitig zum Dessert wieder.»

Pistoux verließ die Zelle und folgte dem Beamten.

In einem tristen Bürokratenzimmer mit häßlichen Tischen, Stühlen und Aktenschränken trafen sie ein letztes Mal zusammen.

In ihrem dunklen Kleid mit Mantel, Hut, Handschuhen und Schleier wirkte Charlotte Sophie traurig, verloren und gleichzeitig unnahbar.

«Otto hat mir erlaubt, dich noch einmal wiederzusehen», sagte sie.

Pistoux schwieg.

«Ich möchte dich um Verzeihung bitten.»

«Das ist nicht nötig.»

«Dennoch. Es war eine schöne Zeit. Aber nun bin ich wieder in meiner Welt angelangt.»

«Ich gehöre nicht dazu», stellte Pistoux fest.

«Es ist leider nicht möglich. Durch diese grausame Geschichte sind wir wieder getrennt worden.»

«Ich werde bald abreisen. Ich habe einen Freund gefunden, der weniger auf Standesdünkel gibt», sagte Pistoux bitter.

«Jacques ...»

«Du hast recht. Jetzt sind wir Welten voneinander entfernt.»

«Aber in meinem Herzen ...»

«Du kennst ihn übrigens: Jakob von Mühlhausen.»

Charlotte Sophie erstarrte: «Jakob?»

«Ja.»

Plötzlich lachte sie auf, es klang zuerst erschrocken, dann erfreut.

«Ich habe ihn so lange nicht gesehen. Er ist sicherlich ein stattlicher junger Mann geworden.»

«Ja.»

«Dann könnt ihr aufeinander aufpassen.»

Sie reichte ihm die Hand. Er verbeugte sich.

«Leb wohl, Jacques.»

«Leb wohl.»

Sie wandte sich ab und verließ das Zimmer.

Pistoux ging zurück. Sein Kopf war leer, und sein Körper bewegte sich mechanisch.

Die Männer saßen am Tisch und hoben die Gläser, als er eintrat. Sie ließen ihn hochleben.

Pistoux lächelte traurig. Hauptmann Mattuschek reichte ihm ein volles Glas. Er mußte mit jedem anstoßen.

Man trank auf die Freiheit.

Pistoux ging zum Herd. Er kochte Milch zusammen mit Butter und Salz auf, rührte Mehl ein, gab einige Eidotter dazu. Dann schlug er das Eiweiß steif, vermengte es mit Zucker und zog die Eischneemasse unter den Teig. Nun schob er eine

Pfanne auf den heißen Herd, gab Butter hinein, ließ sie auf-schäumen und backte «Omeletten». Als sie fertig waren, füllte er sie mit Marillenmarmelade, richtete sie auf einer Platte an und streute Zucker darüber.

Dann servierte er.

«Sieh da, eine *Kaiseromelette*!» rief Jakob von Mühlhausen und stürzte sich mit einem Heißhunger darauf, als hätte es Suppe, Fisch, Bries und Braten gar nicht gegeben.

DAS KOCHBUCH DES JACQUES PISTOUX

*«Frißt du, so gedeihst du.»*

(Wiener Volksmund)

*Kurz vor seiner erniedrigenden Begegnung mit
Oberst Otto von Chudenitz bestellt der Dichterfürst
Friedrich Berg im Café Metropol ein Kipferl und einen
Fiaker zum Frühstück:*

### ᘐ KIPFERLN ᘗ

Um diese Wiener Hörnchen zuzubereiten, benötigen Sie
einen Germbutterteig: In lauwarmer Milch 50 g Hefe
auflösen und mit 500 g Mehl und 50 g Butter, 3 Eigelb,
5 g Salz und etwas Vanille zu einem Teig kneten. Gehen
lassen. Aus 400 g gekühlter Butter und 50 g Mehl einen
«Butterziegel» erarbeiten. Diesen auf den ausgerollten
Teig legen, 4 Teiglappen darüber zusammenschlagen und
zu einem fingerdicken Rechteck ausrollen. Das Rechteck
in 3 Teile schneiden und übereinanderlegen und eine
Viertelstunde kühlen. Wieder zum Rechteck ausrollen
und nun in 4 Teile schneiden, die wieder
übereinandergelegt werden. Eine halbe Stunde kühlen,
dann gehen lassen. Anschließend Teig ausrollen, spitze
Dreiecke ausschneiden und zu Hörnchen formen. Mit
Eigelb bestreichen und bei 200 Grad 20 Minuten backen.

*Nach einer monatelangen Reise durch Italien nähern sich
Jacques Pistoux und Charlotte Sophie der Hauptstadt der
K.u.k.-Monarchie. Im Kurort Baden machen sie Station
und besuchen ein Heurigenlokal, wo zum Wein deftige
Spezialitäten aufgetischt werden:*

## ∿ LIPTAUER ∿

300 g Schafskäse durch ein Sieb streichen und mit 200 g Butter verkneten. Eine feingeschnittene Schalotte, 5 feingehackte Sardellenfilets, 50 g gehackte Kapern, zerriebene Kümmelkörner, 1 zerdrückte Knoblauchzehe, 2 EL Dijonsenf dazugeben, vermischen. Mit 1 TL mildem Paprikapulver sowie Pfeffer und Salz abschmecken. Ziehen lassen. Zu deftigem Bauernbrot reichen.

## ∿ WARMER ERDÄPFELSALAT ∿

Gewürfelten Speck mit 1 feingehackten Zwiebel anbraten. Gekochte, in Scheiben geschnittene Kartoffeln dazugeben, mit Essig, Salz und Pfeffer würzen.

## ∿ SELCHFLEISCH ∿

Nach dem Schlachten nimmt man große Stücke vom Schwein (Schulter, Schinken, Hals- oder Rippenstücke), läßt sie auskühlen, reibt sie mit Salz und Knoblauch ein und läßt sie über Nacht liegen. Dann werden sie in ein Holzfaß geschichtet. Zwischen die Lagen Salz streuen (auf 25 kg Fleisch kommt 1 kg Salz). Aus Lorbeerblättern, Zwiebeln, Pfefferkörnern, 20 g Salpeter und 5 l Wasser eine Pökelbeize kochen und über das Fleisch gießen. Faß verschließen und 3 Wochen beizen. Danach trocknen und in der Räucherkammer bei 16–18 Grad im Rauch aus Wacholder- oder Tannenreisig, Buchen- oder Akazienholz «selchen», bis es eine hellbraune Farbe hat.

## ❖ SCHWEINSBRATEN ❖

1 kg Schweinefleisch salzen, mit Knoblauch einreiben und mit Kümmel bestreuen. In einer Pfanne mit 40 g Schmalz anbraten, herausnehmen und 250 g kleingehackte Schweineknochen hineingeben. Fleisch wieder darauf legen und etwas Wasser angießen. Bei mittlerer Hitze im Ofen braten, nach der Hälfte der Zeit umdrehen. Nach 2 Stunden Fleisch herausnehmen, warm stellen und Knochen mit 5 g Mehl bestäuben, kurz rösten, dann Fleischsaft abseihen und um den Braten (nicht darüber!) gießen. Mit Kraut und Knödeln servieren.

*Ein wohlhabender Wiener Haushalt kommt nicht ohne Mehlspeisköchin aus, die rechtzeitig zur Kaffeezeit leckere Süßigkeiten auf den Tisch zaubert, sehr zur Freude von Mizi von Chudenitz und ihren Gästen:*

## ❖ VANILLEKIPFERLN ❖

280 g Mehl, 140 g Butter, 2 Eigelb und 100 g feingehackte Mandeln werden mit 1 Prise Salz zu einem Teig verarbeitet. Daraus werden kleine Hörnchen geformt, bei mittlerer Hitze hell gebacken und anschließend in Puderzucker gewälzt.

## ❖ TASCHERLN ❖

Mürbeteig aus 300 g Mehl, 200 g Butter, 100 g Puderzucker und 2 Eigelb sowie Zitronenschale und Vanille verkneten. 8 cm große Quadrate ausschneiden. In die Mitte eines Quadrats einen haselnußgroßen Klecks Ribisel-Marmelade

setzen und ein zweites Quadrat darüber legen.
Mit Ei bestreichen, mit Mandeln bestreuen und
bei 200 Grad goldgelb backen.

## ❧ LINZERAUGEN ☙

150 g Mehl, 100 g Butter und 50 g Staubzucker zu einem
Mürbeteig verkneten. 10 cm große, gezackte Scheiben
ausstechen, die Hälfte davon in der Mitte mit einem Loch
versehen. Mit Ei bestreichen und mit 50 g feingeriebenen
Mandeln bestreuen. Alle Scheiben backen. Dann die
Unterteile mit Marmelade bestreichen, die Ringe darauf
setzen und in der Mitte extra mit Marmelade füllen.

## ❧ ISCHLER TÖRTCHEN ☙

Mürbeteig wie bei den Linzeraugen fertigen und ausstechen,
aber keine Löcher schneiden. Mit Marmelade füllen,
zuklappen und mit Schokoladenguß überziehen, dann in die
Mitte eine halbe Mandel setzen.

## ❧ MALAKOFFTORTE ☙

Eine Crème herstellen aus 250 ml Milch, 2 Eigelb, 40 g Zucker
und Vanille, indem man alle Zutaten vermengt und im
Wasserbad dickrührt. 3 Gelatineblätter in kaltem Wasser
auflösen, ausdrücken, dazugeben und kaltrühren. 250 ml
geschlagene Sahne und 1 EL Rum unterziehen. Dann
Tortenform mit Eierbiskotten, die vorher durch
Rumläuterzucker gezogen wurden, auslegen und mit der
Crème überziehen. Wieder Biskotten legen, wieder
übergießen usw. Anschließend kalt stellen und nach einigen

Stunden mit Schlagsahne, die mit Vanillezucker gesüßt wurde, auf allen Seiten bestreichen, bis sie ganz bedeckt ist. Mit gerösteten und gehobelten Mandeln bestreuen und kandierten Kirschen garnieren.

## ❖ DOBOSTORTE ❖

In eine Vanillecrème (siehe Malakofftorte) 100 g heiße Schokolade einrühren und kalt werden lassen. 5 Eier mit 130 g Zucker und Vanille zuerst warm, dann kalt schlagen, 130 g Mehl dazugeben und 60 g flüssige Butter einrühren. Aus dieser Masse acht Tortenblätter mit einem Durchmesser von 23 cm backen. Sieben Tortenblätter mit Schokoladencrème bestreichen und übereinandersetzen. Das achte Blatt mit einer Zuckerglasur überziehen und oben aufsetzen.

*Der Oberst legte Wert darauf, um Punkt neun Uhr geweckt zu werden, und zwar vom Duft des Kaffees und frischer Kaisersemmeln:*

## ❖ KAISERSEMMELN ❖

170 ml Wasser, 80 ml Milch, 500 g Weizenmehl, 10 g Hefe, 10 g Butter, 7 g Salz, 5 g Malzextrakt und 5 g Zucker vermengen, kneten und gehen lassen. Kleine Kugeln formen, mit Mehl bestäuben und ruhen lassen. Dann die fünf Laugen (Teile) einer Semmel zusammensetzen. Die Semmeln verkehrt herum legen, mit einem Holzbrett beschweren, in feuchter Wärme gehen lassen. Nachdem sie aufgegangen sind, mit Wasser bestreichen und bei 200 Grad 15 Minuten backen, bis sie «rösch» sind, d. h. beim Auseinanderbrechen krachen.

*Mizi von Chudenitz hingegen greift beim Frühstück im*
*Bett am liebsten nach einem Nußkipferl:*

## ⌁ NUSSKIPFERLN ⌁

Nußfüllung herstellen: 250 g Zucker mit 50 g Butter und
350 ml Milch mit etwas Vanille, Zitronenschale, Zimt und
Rum aufkochen. 500 g geriebene Nüsse und
180 g Biskuitbrösel einrühren. Dann Plunderteig (siehe
Kipferln) ausrollen, spitze Dreiecke ausschneiden,
Nußfüllung auftragen, zusammenrollen und Kipferln formen.
Bei mittlerer Hitze 20 Minuten backen, mit Zuckerglasur
überziehen und gerösteten Mandeln bestreuen.


*Jeden Morgen schreitet der Oberst den Korso ab, um sich*
*wie alle wichtigen Bürger auf den Straßen der Wiener*
*Innenstadt zu zeigen. Dabei kommt Hunger auf, der mit*
*einem Gabelfrühstück gestillt wird:*

## ⌁ SAFTGULASCH ⌁

800 g blättrig geschnittene Zwiebeln in 150 g heißem
Schweinefett rösten, dann 40 g Edelsüßpaprika unterrühren,
1 Spritzer Essig dazugeben und mit 60 ml Wasser ablöschen.
1 kg Rindergulasch hinzugeben, salzen, mit 2 zerdrückten
Knoblauchzehen, 1 TL Majoran, 1 TL gehacktem Kümmel
und eventuell 1 EL Tomatenmark würzen und zugedeckt
dünsten. Ab und zu Wasser nachgießen. Wenn das Fleisch
«kernig-weich» gedünstet ist, nochmals Wasser zugeben, daß
das Fleisch knapp bedeckt ist, und etwa 10 Minuten sehr
langsam kochen, bis das rotbraun gefärbte Fett teilweise an die

Oberfläche aufsteigt und der Saft seine «mollige»
Konsistenz zeigt.

*Für Leutnant Conradi, den Adjutanten des Obersts,*
*fällt das zweite Frühstück, das für ihn leider das erste ist,*
*magerer aus:*

### ⸕ WÜRSTEL MIT BROT ⸲

Pro Person zwei Wiener in heißem, aber nicht
kochendem Wasser zehn Minuten ziehen lassen. Mit einer
Scheibe kräftigem Roggenbrot und Senf servieren.

*Im weltberühmten Hotel Sacher lädt*
*Oberst von Chudenitz seine Spitzel zu einem*
*konspirativen Mittagsmahl im Séparée ein:*

### ⸕ KLARE WACHTELSUPPE ⸲

4 Wachteln auslösen, die Karkassen kleinhacken und mit
geschlagenem Eiweiß von 3 Eiern, 6 zerdrückten
Wacholderbeeren, 6 Pfefferkörnern und 60 ml Sherry
anrühren. Eine halbe Stunde ziehen lassen, mit kräftiger
Rindssuppe auffüllen und klären. Mit Salz und Sherry
abschmecken. Mit Wachtelfarcennockerln als Einlage
servieren: Für die Nockerln das Fleisch faschieren, im
Mörser zerstoßen und mit 50 g Béchamelsauce binden.
2 Eiweiß und 3 EL Sahne einrühren. Mit Salz, Pfeffer und
Cognac würzen. Kleine Nockerln formen und in heißem
Salzwasser pochieren.

## ᴠ HECHTNOCKERLN ᴠ

Zuerst einen Brandteig herstellen: 125 ml Milch und
30 g Butter aufkochen. 60 g Mehl einrühren und so lange
rühren, bis sich die Masse vom Topfrand löst. Für die
Nockerln 250 g frisches Hechtfleisch und 250 g
Kalbsnierenfett zusammen mit dem Brandteig durch den
Fleischwolf drehen, dann die 3 Eier einrühren und
Nockerln formen. Einen Topf mit Salzwasser, Lorbeerblatt,
1 mit 2 Nelken gespickten Zwiebel zum Sieden bringen und
die Nockerln darin pochieren. Dazu gibt es eine Sauce:
1 feingehackte Zwiebel und 50 g feingehackte Champignons
werden in 30 g Butter gedünstet, mit Mehl bestäubt, mit
Weißwein abgelöscht, eine halbe Stunde gekocht und mit
Sahne und Eigelb legiert. Die Nockerln damit überziehen und
feingehackte Petersilie darüber streuen. Mit Reis servieren.


## ᴠ ROSTBRATEN À LA TEGETTHOFF ᴠ

Rostbraten sind Rindsschnitzel, aus einem besonderen Stück
im vorderen Rindsrücken geschnitten, und werden ähnlich
wie Steaks oder Entrecotes behandelt: 4 Rostbraten klopfen
und den Rand einschneiden, salzen, pfeffern und in der
Kasserolle anbraten, herausnehmen. 150 g feingeschnittene
Zwiebeln im Bratrückstand rösten, mit 10 g Mehl bestäuben,
einen halben EL Tomatenmark dazugeben und mit 60 ml
Weißwein ablöschen. 350 ml Wasser dazugießen und die
Rostbraten darin gar dünsten. Inzwischen grobe Streifen von
gelben und weißen Rübchen in 20 g Butter anschwitzen, zu
den Rostbraten geben und fertig dünsten. Sauce mit Stärke
binden. Mit Oliven und ausgelösten gebratenen
Krebsschwänzen garnieren.

## ↭ Kaiserschmarrn mit Zwetschgenröster ↭

100 g Mehl, 30 g Puderzucker, eine Prise Salz, 4 Eigelb und 180 ml Milch oder Sahne zu einem glatten Teig verrühren und Schnee von 3 Eiweiß unterziehen. 50 g Butter in einer Pfanne erhitzen, den Teig darin backen, mit 50 g Rosinen bestreuen, wenden und fertig backen. In kleine Stücke zerreißen und im Ofen ausdünsten lassen. Mit Zucker bestreut servieren. Dazu kann man Zwetschgenröster reichen: 1 kg Zwetschgen in 125 ml Wasser und 200 g Zucker mit 2 Nelken, 1 Stück Zimt sowie Saft und Schale von 1 Zitrone aufkochen, bis sie halb zerfallen sind und die Schalen sich einzurollen beginnen.

*Es war bekannt, daß Friedrich Berg den Abschluß einer Arbeit mit einer Kaisermelange und einem Stück Apfelstrudel mit Schlag zu feiern pflegte:*

## ↭ Apfelstrudel mit Schlag ↭

Strudelteig aus 200 g Mehl, 1 Ei, etwas Salz und 60 ml lauwarmem Wasser fertigen, indem man alle Zutaten vermengt und verknetet, dann, mit 20 g Öl bestrichen, eine halbe Stunde ruhenlassen. Dann so dünn wie möglich ausrollen und mit der Hand papierdünn ziehen. Zwei Drittel des Teigs mit in Butter gerösteten Semmelbröseln bestreuen, dann 1,5 kg blättrig geschnittene Äpfel sowie 100 g Zucker, gemahlenen Zimt, 60 g Rosinen und 60 g gehackte Walnüsse darauf geben. Strudel einrollen, mit zerlassener Butter bestreichen und 35 Minuten bei 180 Grad backen. Mit reichlich geschlagener Sahne warm servieren.

*Bevor Hauptmann Mattuschek im Café Rebhuhn mit*
*seinem Verhör beginnt, bestellt er zwei Germknödel, denn*
*er hat noch nicht gefrühstückt:*

## ∿ GERMKNÖDEL ∿

60 g lauwarme Milch, 10 g Zucker und 10 g Hefe glattrühren
und zu 250 g Mehl geben. Etwas Salz, 1 Eigelb, 25 g zerlassene
Butter beigeben und alles verkneten. 1 Stunde gehen lassen.
In 12 Stücke teilen, mit Zwetschgenmus (Powidl) füllen, zu
Knödeln formen, eine halbe Stunde gehen lassen. 12 Minuten
in leicht köchelndem Salzwasser ziehen lassen. Abtropfen
lassen und mit Mohn, Zucker und zerlassener Butter
beträufeln.

*In seiner Gefängniszelle ohne anständige Verpflegung*
*schmachtend, erklärt Jakob von Mühlhausen seinem*
*Zellengenossen Jacques Pistoux, was es mit dem legendären*
*Tafelspitz auf sich hat und welche Beilagen dazu serviert*
*werden müssen:*

## ∿ TAFELSPITZ ∿

Tafelspitz nicht parieren! (Fettrand und Sehnen sind
wichtig für das exakte Garen.) In einer guten Rindsbrühe
zwei Stunden bei sehr kleiner Hitze köcheln lassen,
dann eine weitere Stunde ziehen lassen. Gegen die Faser
tranchieren und die Scheiben mit der Suppe übergießen.
Mit Röstkartoffeln, Spinat à la crème, Apfelkren und
Schnittlauchsauce servieren.
Als Vorspeise wird die Suppe gereicht.

## ~: RINDSBRÜHE :~

1 kg durchwachsenes Rindfleisch, 300 g Rindsknochen,
30 g Leber, 30 g Milz mit 10 g Salz und 4 Pfefferkörnern in
kaltes Wasser geben und aufkochen. Nach 1 Stunde ein
Bund Suppengrün, 2 Zwiebeln, 1 Champignon,
2 Knoblauchzehen hinzugeben. 3 Stunden bei geöffnetem
Topf leise köcheln lassen. Fleisch herausnehmen, Suppe
abseihen und mit Muskat abschmecken.

## ~: SPINAT À LA CRÈME :~

Spinatblätter blanchieren und durch ein Sieb passieren.
Mit Sahne auf Püreedicke bringen, aufkochen, mit Salz und
Muskat würzen und mit reichlich Butter montieren.

## ~: BRATKARTOFFELN (POMMES PARISIENNES) :~

Sehr kleine rohe Kartoffeln schälen, in kochendes
Salzwasser legen, kurz aufkochen lassen, abtrocknen und in
heißem Fett braten. Zum Schluß Fett abgießen,
etwas frische Butter beigeben, salzen und schwenken.

## ~: APFELKREN :~

3 Äpfel vierteln, mit Zitronensaft beträufeln, im Ofen
weich dünsten und durch ein Haarsieb passieren.
2–3 EL geriebenen Meerrettich dazugeben und mit einem
Spritzer Essig, Zucker und Salz abschmecken.

## ❧ SCHNITTLAUCHSAUCE ❧

In Milch eingeweichtes und gut ausgedrücktes Weißbrot
zusammen mit einem pochierten Eigelb durch
ein Sieb passieren. Ein rohes Eigelb hinzufügen und mit
Öl zu einer Mayonnaise aufrühren. Mit Salz, Zucker,
Essig und weißem Pfeffer würzen. Zum Schluß feingehackten
Schnittlauch einrühren.

*«Großartig!» rief Jakob von Mühlhausen aus.
«Ausgezeichnet.» Er hatte ein Messer genommen und die
Klinge zwischen Panade und flachgeklopftem Fleisch
geschoben. «Genauso muß ein Wiener Schnitzel sein! Du
bist ein Künstler, mein lieber Jacques.»:*

## ❧ WIENER SCHNITZEL ❧

Die Kalbsschnitzel nicht zu dünn klopfen und an den
Rändern ganz leicht einschneiden, damit sie sich beim Backen
nicht zusammenziehen und krümmen. 1 Teller mit
Weizenmehl, 1 Teller mit verquirltem Ei, 1 Teller mit
Semmelbröseln bereitstellen. Schnitzel leicht salzen und
zuerst in Mehl, dann Ei, dann Semmelbröseln wenden und
sofort in Schweineschmalz backen. Panade darf nicht zu dick
sein und nicht feucht werden! Das Fett muß daumenhoch in
der Pfanne stehen. Schnitzel nach eineinhalb Minuten
wenden. Pfanne wiederholt schütteln, damit das heiße Fett
über die Panade schwappt und sie soufliert. Aus der Pfanne
nehmen, abtropfen lassen und, mit Petersilie und
Zitronenscheiben garniert, servieren.

*Zu einem echten Wiener Schnitzel gehört traditionell ein*
*Kartoffel- oder ein Gurkensalat, mitunter beides:*

### ᴖ ᴇ ERDÄPFELSALAT ᴖ

Gekochte Kartoffeln (am besten Kipfelerdäpfel) schälen, in
dünne Scheiben schneiden, salzen, pfeffern und mit heißer
Rindsbrühe und Essig benetzen. Etwas Öl beigeben,
vermengen. Mit feingeschnittenen Schalotten vermischen.

### ᴖ GURKENSALAT ᴖ

Gurken in dünne Scheiben schneiden oder hobeln und salzen.
Salzwasser nach kurzer Zeit abgießen. Mit Essig und Öl
vermischen und mit Pfeffer abschmecken. Eine Spur
Knoblauch kann nicht schaden, besonders, wenn der Salat
mit saurer Sahne angemacht wird.

*Sehr zum Mißfallen seines Feinschmeckerfreundes Jakob*
*von Mühlhausen beharrt Pistoux darauf, die berühmteste*
*Eierspeise der österreichischen Küche als Soufflé zu*
*bezeichnen:*

### ᴖ SALZBURGER NOCKERLN ᴖ

5 Eiweiß mit 30 g Zucker steif schlagen, dann 3 Eigelb, etwas
Vanillezucker, geriebene Zitronenschale und 20 g Mehl
einrühren. Drei große pyramidenförmige Nocken formen
und in eine mit Zucker ausgestreute, feuerfeste ovale Form
legen. 5 Minuten backen. Dann 60 ml Sahne, mit 10 g Zucker
verrührt, dazugießen und weitere 3 Minuten backen. Die

Nockerln werden nicht ganz durchgebacken, sondern sollen innen noch cremig sein. Mit Puderzucker bestreuen und sofort servieren.

*Nachdem er seinen Posten als Kellner im Café Rebhuhn verloren hat, arbeitet Pistoux wieder als Koch. Im Beisl erweitert er seine Kenntnisse der Wiener Kochkunst, sehr zur Freude von Eduard Busch, dem deutschen Exilanten:*

### ❖ FRITTATENSUPPE ❖

In eine klare Rindsbrühe (Rezept siehe oben) werden Streifen von Palatschinken eingelegt. Diese werden folgendermaßen bereitet: 125 ml kalte Milch wird mit 1 Ei, einer Prise Salz und 50 g Mehl verrührt und in einer flachen Pfanne in Butter oder Schweineschmalz zu 2 cm dicken, auf beiden Seiten goldgelben Pfannkuchen gebacken. Die kalten Palatschinken zusammenrollen und zu strohhalmdicken Nudeln schneiden. Die Suppe wird mit reichlich feingeschnittenem Schnittlauch bestreut.

### ❖ BACKHENDL ❖

Hähnchenkeulen und -brüste gut salzen und in Mehl tauchen. Durch mit etwas Öl aufgeschlagene, leichtgesalzene Eier ziehen und mit nicht zu feinen Semmelbröseln panieren. Sofort backen, Panade darf nicht feucht werden. Die Hähnchenteile in mindestens dreifingerhohem Schweineschmalz goldbraun backen (Keulen 15 Minuten, Bruststücke 10 Minuten). Dabei nur einmal wenden! Herausnehmen, abtropfen lassen. Nun eventuell Magen und

Leber panieren und ausbacken. Am Schluß Petersilie ins heiße Fett geben und ganz kurz backen. Das Backhendl mit Petersilie und Zitronenachtel garniert servieren. Dazu gibt es Röstkartoffeln und Vogerlsalat.

## ⌁ RÖSTKARTOFFELN ⌁

Pellkartoffeln vom Vortag schälen und grob reiben (raspeln). Salzen, pfeffern und in reichlich Schmalz knusprig backen. Nur einmal wenden!

## ⌁ VOGERLSALAT ⌁

Hierbei handelt es sich um Feldsalat, auch Rapunzel genannt. Schmeckt am besten mit einer Vinaigrette aus 3 EL feinem Essig und 1 EL Haselnußöl sowie Pfeffer und Salz. Alles gut verrühren, bis Öl und Essig sich verbinden. Eventuell können noch gehackte Haselnüsse darüber gestreut werden.

*Auch Hauptmann Mattuschek weiß die handwerklichen Fertigkeiten des verdächtigen Franzosen zu schätzen und wird Stammgast im Beisl von Pistoux:*

## ⌁ ESTERHÁZY‑RINDSBRATEN ⌁

1,2 kg Rindfleisch spicken und mit Salz und Pfeffer einreiben. In einer Pfanne zusammen mit einigen Rindsknochen zunächst scharf, dann milder anbraten, bis es gut gebräunt ist. Herausnehmen. Durchwachsenen Speck und 200 g gemischtes, grobgewürfeltes Suppengrün und 150 g grobgeschnittene Zwiebeln im Bratfett rösten.

Mehl darüber stäuben, 2 pürierte Tomaten hinzugeben und mit 125 ml Weißwein ablöschen. Dann Fleisch wieder hineinlegen, 0,75 l Wasser angießen, ein Bouquet garni (Bündel aus Petersilie, Porree, Knoblauch, Thymian, Lorbeerblatt) und einige Pfefferkörner hinzugeben, abdecken und mindestens 2 Stunden schmoren. Fleisch herausnehmen, warm stellen. Sauce passieren, einkochen, eventuell mit Stärkemehl binden. Dazu gibt es Knödel.

## ⌁ KARTOFFELKNÖDEL ⌁

500 g gekochte, geschälte und passierte Kartoffeln noch warm mit 50 g Grieß, 30 g Butter, 2 Eigelb, 150 g Mehl und etwas Salz zu einem Teig verarbeiten. Ruhenlassen, Knödel formen, in Salzwasser kochen.

## ⌁ KARFIOLSUPPE ⌁

Einen mittelgroßen Blumenkohl (Karfiol) in kleine Röschen teilen und mit den in Streifen geschnittenen grünen Karfiolblättern in Salzwasser oder Suppe weich kochen. 1 kleingeschnittene Zwiebel in Butter andünsten, mit Mehl bestäuben und mit dem Blumenkohlsud aufgießen. Eine halbe Stunde kochen, passieren und die Karfiolröschen hineingeben. Mit Salz, weißem Pfeffer und Muskat würzen und mit einer Mischung aus 125 ml Sahne und 2 Eigelb legieren. Ein nußgroßes Stück Butter einrühren und mit gehackter Petersilie bestreuen.

*Zum Nachtisch bietet Pistoux dem Hauptmann der
Kriminalpolizei drei verschiedene Süßspeisen an:*

## ❧ POWIDLTASCHERLN ❧

400 g mehlige Kartoffeln weich kochen und passieren,
erkalten lassen und 20 g Butter, 100 g Mehl, 25 g Grieß,
1 Eigelb und etwas Salz einarbeiten. Teig 5 Millimeter dick
ausrollen und handtellergroße runde Flecken ausstechen.
Jeweils 1 TL Zwetschgenmus (Powidl) darauf geben,
Teigränder mit verdünntem Ei bestreichen,
übereinanderschlagen, zusammendrücken. In leicht
gesalzenem, siedendem Wasser etwa 6 Minuten garen,
bis sie obenauf schwimmen. Mit kaltem Wasser
abschrecken, abtropfen lassen, in gerösteten Butterbröseln
wälzen und mit Puderzucker bestreuen.

## ❧ MOHR IM HEMD ❧

90 g Butter mit 40 g Puderzucker schaumig rühren. 3 Eigelb,
60 g geschmolzene Schokolade, eineinhalb in Milch
eingelegte Semmeln, 60 g geriebene Nüsse und 50 g
Semmelbrösel untermischen. 3 Eiweiß mit 50 g Zucker
schlagen und unterheben. Die Masse in gefettete, mit
Puderzucker ausgestäubte Puddingformen dreiviertelhoch
füllen und im Wasserbad, nicht ganz zugedeckt, 35 Minuten
garen. Aus 250 g Schokolade, 200 g Zucker und 250 ml Wasser
eine Schokoladensauce kochen und den Mohr damit
überziehen und mit Schlagsahne garnieren.

## ❧ Nusskoch mit Weinchaudeau ❧

4 Eigelb, 40 g Puderzucker, etwas geriebene Zitronenschale, Vanille und Zimt schaumig rühren. 4 Eiweiß mit 60 g Kristallzucker zu Schnee schlagen. Ein Drittel des Eischnees mit 50 g Mehl, 80 g Nüssen, 20 g Biskuitbröseln und der Eigelbmasse vermischen, dann den restlichen Eischnee unterziehen. In eine gebutterte Auflaufform füllen und bei mittlerer Hitze 45 Minuten backen. Für das Weinchaudeau 250 ml Weißwein, 3 Eigelb, 1 Ei und 100 g Puderzucker im Wasserbad schaumig schlagen und zum Koch reichen.

*Um Mitternacht werden den männlichen Gästen im Nachtcafé Haderer Buchteln mit einer im wahrsten Sinne des Wortes delikaten Füllung serviert:*

## ❧ Buchteln ❧

180 ml Milch lau erwärmen. Ein Drittel davon mit 20 g Hefe, wenig Mehl und einer Prise Zucker ansetzen. Die restliche Milch mit 80 g Butter, 5 g Salz, Vanille und 80 g Zucker auf 30 Grad erwärmen und zur Hefemasse geben. Etwas geriebene Zitronenschale und 3 Eigelb dazugeben, gehen lassen. Dann den Teig 30 × 30 cm ausrollen und in 5 × 5 cm große Teile schneiden. Marillenmarmelade in die Mitte der Teigstücke geben, die vier Ecken übereinanderschlagen und zusammendrücken. Jede Buchtel mit zerlassener Butter bestreichen und in eine Pfanne mit dem Schluß nach unten einschichten. Aufgehen lassen, Butter dazugießen und im Ofen bei mittlerer Hitze 45 Minuten backen, dabei öfter mit Butter bestreichen.

Abkühlen lassen, stürzen und mit Zucker bestreuen.

*Nachdem es ihm nicht gelungen ist, auf eigene Faust
einen «Fogosch auf Wiener Art» zu kochen, legt Jakob von
Mühlhausen in seiner Gefängniszelle Feuer:*

## ⌁ FOGOSCH AUF WIENER ART ⌁

Zuerst die Füllung herstellen: 3 Semmeln entrinden und in
kleine Würfel schneiden, mit etwas Milch befeuchten und mit
2 Eiern vermengen. Salzen, mit Muskat würzen und mit 20 g
zerlassener Butter verrühren. 2 EL gekochte Erbsen und 120 g
in Butter sautierte Champignonwürfel und 2 würfelig
geschnittene Tomaten dazugeben. Den Zander (ca. 800 g)
von oben her ausnehmen, salzen und mit Zitronensaft
beträufeln. Mit der Füllmasse füllen, zunähen und mit 2 EL
Weißwein benetzen. In eine gebutterte Form geben, abdecken
und 30 Minuten bei 150 Grad garen. Herausnehmen, warm
halten, Fischfond mit Sahne und Eigelb legieren, mit Butter
aufschlagen und extra servieren.

*Auch die Sachertorte mißlingt dem adeligen Gourmet.
Er will Pistoux zurück und beginnt einen Hungerstreik:*

## ⌁ SACHERTORTE ⌁

130 g erwärmte Butter mit 110 g Puderzucker und Vanille
schaumig rühren. 6 Eigelb und 130 g Schokolade dazugeben.
6 Eiweiß mit 110 g Zucker zu steifem Schnee schlagen und
unter die Schokoladenmasse heben. Anschließend 130 g Mehl
vorsichtig einrühren. In einer runden Backform von
22 – 24 cm Durchmesser bei 170 Grad eine Stunde backen.
Stürzen, auskühlen lassen. Torte horizontal halbieren und mit

217

leicht erwärmter Marillenmarmelade füllen. Mit einer Glasur aus 300 g Zucker, 250 g Schokolade und 125 ml Wasser überziehen. Ruhig stehenlassen, bis die Glasur gestockt ist, dann in 16 Stücke schneiden und jedes Stück mit 1 EL ungezuckerter Schlagsahne garnieren.

*«Jacques, Jacques, mein Lieber! Was hast du draußen gekocht? Erzähl mir alles ganz genau. Nein, besser noch, koch es mir vor.»* :

### ↩ LEBERPÜREESUPPE ↝

1 feingeschnittene Zwiebel und etwas feingeschnittenes Suppengrün in 80 g Fett anbraten. 250 g feingeschnittene Kalbsleber hinzufügen, braten, mit Pfeffer und Majoran würzen, Mehl darüber stäuben und mit eineinviertel Liter Kalbsknochensuppe aufgießen. Alles weich kochen. Passieren und dann noch einmal mit 2 EL Tomatenpüree, 1 Lorbeerblatt, 1 Glas Wein und 1 TL Cognac aufkochen. Mit Salz, Pfeffer und Essig abschmecken und zum Schluß mit 125 ml Sahne und 2 Eigelb legieren.

### ↩ KALBSPÖRKÖLT MIT ZUPFNOCKERLN ↝

250 g feingeschnittene Zwiebeln in 150 g Speck goldgelb anbraten. Mit 20 g Paprika bestäuben und etwas Wasser ablöschen. 1 EL Tomatenpüree, 2 zerdrückte Knoblauchzehen und 800 g gewürfeltes Kalbfleisch beigeben. Salzen und zugedeckt 25 Minuten dünsten. Mit 1 TL in Wasser verrührtem Stärkemehl binden und weitere 15 Minuten dünsten. Für die Zupfnockerln einen Nudelteig aus 300 g

Mehl, 2 Eiern und 3 EL Wasser anfertigen, in kochendes Salzwasser zupfen, gar kochen und zum Pörkölt servieren.

## ∿ TOPFENPALATSCHINKEN MIT HEISSER VANILLESAUCE ∾

140 g Mehl in 250 ml Milch mit 2 Eiern und 1 Eigelb sowie einer Prise Salz zu einem glatten Teig verrühren. In einer Pfanne mit heißer Butter dünne Pfannkuchen hellbraun backen und warm stellen. Für die Füllung 250 g Topfen (Quark), 80 g Butter, 50 g Puderzucker, 3 Eigelb mit etwas Salz, Vanille, Zitronenschale und -saft schaumig rühren.
3 Eiweiß mit 50 g Zucker steif schlagen und mit der Topfenmasse vermengen. Palatschinken mit der entstandenen Creme bestreichen, mit Rosinen bestreuen, zusammenrollen, in zwei Teile schneiden und dachziegelförmig in eine Backform legen. 15 Minuten backen und dann mit Eiermilch (250 ml Milch vermischt mit 250 ml Sauerrahm, 4 Eigelb und 50 g Zucker) übergießen und weitere 15 Minuten backen.
Dazu eine Vanillesauce reichen: 350 ml Milch mit halber Vanilleschote erhitzen. 150 ml Milch mit 120 g Zucker und 20 g Stärkemehl glattrühren und in die kochende Milch einrühren. Einmal aufkochen, ziehen lassen und mit 3 Eigelb und 60 ml Sahne legieren.

*«Für das Abschiedsessen von Jakob von Mühlhausen hatte Pistoux sich ein besonderes Menü überlegt: eine Speisenfolge, wie man sie nur in Wien servieren konnte, der Stadt, in der Üppigkeit und Übermaß zum Alltag der Feinschmecker gehörten.»* :

## ∿ CONSOMMÉ MIT BUTTERNOCKERLN ∿

3 Eiweiß und 500 ml Wasser mit dem Schneebesen schaumig rühren und 500 g grobgehacktes mageres Rindfleisch mit grobgehacktem Suppengrün, 20 g Tomatenpüree und etwas Salz verrühren und eine halbe Stunde ruhen lassen. 2 Liter Rindssuppe (Rezept siehe oben) erhitzen und die Masse hineinrühren. Aufkochen lassen und bei schwacher Hitze eineinhalb Stunden köcheln lassen. Durch ein Tuch seihen und mit Sherry oder Madeira abschmecken. Für die Butternockerln 100 g Butter schaumig rühren und mit 3 Eigelb sowie 2 entrindeten, gewürfelten, in Milch eingeweichten und ausgedrückten Semmeln verrühren. Salzen und mit Muskat würzen. Mehl und Schnee von 3 Eiweiß unterheben. Mit zwei Suppenlöffeln längliche Nocken formen und in siedendem Salzwasser pochieren. Anschließend in der Consommé servieren.

## ∿ FORELLEN À LA MOZART ∿

4 Forellen von oben her ausnehmen, salzen und mit Zitronensaft beträufeln. 200 g gedünsteten Reis einfüllen. In eine gebutterte Form geben und im Ofen bei 180 Grad garen, dabei öfter mit heißer Butter (60 g) übergießen. Fische auf vorgewärmter Platte anrichten, mit der Bratbutter umkränzen, warm stellen. 150 g in Butter geschmorte

Krebsschwänze in 250 ml Dillsauce (Béchamelsauce mit gehacktem Dillkraut, Sauerrahm, Essig und einer Prise Zucker abgeschmeckt) geben, mit Sahne montieren und über die Forellen gießen.

## ∴ WIENER KALBSBRIES ∾

1 vorgekochtes Kalbsbries in Scheiben schneiden, salzen, in Mehl wälzen, durch 2 mit etwas Milch und Salz aufgeschlagene Eier ziehen und mit Semmelbröseln panieren. Wie Schnitzel in heißem Schmalz schwimmend backen. Dazu gibt es Kartoffel- oder Gurkensalat (siehe oben).

## ∴ LUNGENBRATEN BELVEDERE ∾

1,2 kg Lungenbraten (Rinderlende) mit 80 g durchwachsenem Speck sowie Sardellen und Essiggurken spicken und mit Salz und Pfeffer würzen. In heißem Fett anbraten, warm stellen. Im Bratfett 500 g kleingehackte Rindsknochen anrösten und gewürfeltes Suppengrün und 1 feingehackte Zwiebel hinzufügen, braten, dann mit 3 EL Weißwein ablöschen und mit Suppe oder Wasser aufgießen. 5 Pfefferkörner, 3 Thymianzweige, 1 Lorbeerblatt hinzugeben, den Braten einlegen und 1 Stunde weich dünsten. Braten herausnehmen, warm stellen. 125 ml Sauerrahm mit 1 EL Mehl verrühren, etwas Zitronenschale beigeben und in den Fond rühren, einkochen und über den tranchierten Lungenbraten geben. Dazu gibt es Serviettenknödel.

## ❧ SERVIETTENKNÖDEL ❧

5 Semmeln entrinden, würfeln und mit 60 g flüssiger Butter vermischen. 3 Eigelb, 180 ml Milch mit etwas Salz und Muskat verquirlen und dazugießen. Masse zusammendrücken und eine halbe Stunde ziehen lassen. 3 Eiweiß steif schlagen und unterziehen. Eine Serviette dick mit Butter bestreichen, Knödelmasse rollen und in die Serviette legen. An beiden Enden zusammenbinden und in Salzwasser 35 Minuten kochen oder über Dampf garen. Aus dem Topf nehmen und ruhen lassen. Aus der Serviette nehmen und in dicke Scheiben schneiden.

## ❧ KAISEROMELETTE ❧

250 ml Milch mit einer Prise Salz und 50 g Butter aufkochen. 70 g Mehl einrühren, bis sich die Masse vom Rand löst, 5 Eidotter nach und nach einarbeiten. 5 Eiweiß mit 60 g Zucker steif schlagen. Ein Drittel des Eischnees in die Masse geben und glattrühren. Restlichen Schnee locker unterheben. 50 g Butter in einer Pfanne aufschäumen lassen und Omeletteteig hineingeben. Anbacken, wenden und bei schwacher Hitze fertig backen. Mit Marmelade bestreichen, zusammenklappen, zuckern, servieren.

*«Immer ist Sonntag,*
*es dreht immer am Herd sich der Spieß.»*
(Friedrich Schiller über den Alltag in Wien)

# KLEINES KAFFEELEXIKON

*Brauner:* Mokka mit Milch, wird in kleiner oder großer Tasse
   serviert
*Einspänner:* im Glas servierter Mokka mit einer Haube
   Schlagobers
*Fiaker:* Einspänner mit Rum
*Kaisermelange:* Mokka mit einem mit Honig verquirlten
   Eidotter
*Kapuziner:* großer Mokka mit etwas Milch oder Schlagobers,
   beim «Kapuziner verkehrt» ist das Mengenverhältnis genau
   umgekehrt
*Konsul:* mit kaltem Wasser verlängerter Mokka
*Lauf:* wer den Fehler macht, in Wien einen «Kaffee» zu
   bestellen, bekommt eine beliebige Mischung, wie sie gerade
   «zusammenläuft»
*Melange:* Mokka mit viel Milch und einer Haube
   Schlagobers, je nach Milchmenge «mehr licht» oder «mehr
   dunkel»
*Mokka:* kleiner Schwarzer, eventuell «doppelt, kurz», d. h.
   besonders stark
*Schwarzer:* Mokka ohne Milch
*Türkischer:* ungefiltert aufgebrühter und gesüßter Mokka
*Verlängerter:* ein kleiner Schwarzer, mit heißem Wasser zum
   «großen Schwarzen» verlängert


*«Es gibt in Wien wenige Alkoholiker und noch weniger
Morphinisten, aber viele tausend Kaffeehaussüchtige.»*
                                        (Otto Friedländer)

**Über die Autorin:** Virginia Doyle, Mitte 30, ist das Pseudonym einer mehrfach ausgezeichneten Krimiautorin. Sie lebt, nach einer Lehrzeit in einem Hotel an der Côte d'Azur und einer Ausbildung zur Sommelière in einem Londoner Restaurant, mittlerweile in Maidstone (Grafschaft Kent), wo sie sich ganz dem Schreiben und der Corgi-Zucht hingibt.

«Tod im Einspänner» ist ihr vierter Roman um den Meisterkoch und Amateurdetektiv Jacques Pistoux.